BIBLIOTECA SOBRE RODAS

DAVID WHITEHOUSE

BIBLIOTECA SOBRE RODAS

Tradução de Ryta Vinagre

Título original
MOBILE LIBRARY

Copyright © by David Whitehouse, 2014

O direito moral de David Whitehouse de ser identificado como autor desta obra foi assegurado em concordância com Copyright, Designs and Patents Act de 1988.

Todos os direitos reservados.
Nenhuma parte desta obra pode ser reproduzida ou transmitida por qualquer forma ou meio eletrônico ou mecânico, inclusive fotocópia, gravação ou sistema de armazenagem e recuperação de informação, sem a permissão escrita do editor.

Direitos para a língua portuguesa reservados
com exclusividade para o Brasil à
EDITORA ROCCO LTDA.
Av. Presidente Wilson, 231 – 8º andar
20030-021 – Rio de Janeiro, RJ
Tel.: (21) 3525-2000 – Fax: (21) 3525-2001
rocco@rocco.com.br
www.rocco.com.br

Printed in Brazil/Impresso no Brasil

Preparação de originais
ANA ISSA DE OLIVEIRA

CIP-Brasil. Catalogação na publicação.
Sindicato Nacional dos Editores de Livros, RJ.

W587b   Whitehouse, David
        Biblioteca sobre rodas / David Whitehouse; tradução de Ryta Vinagre. – 1ª ed. – Rio de Janeiro: Rocco, 2019.

Tradução de: Mobile library
ISBN 978-85-325-3133-9
ISBN 978-85-8122-762-7 (e-book)

1. Ficção inglesa. I. Vinagre, Ryta. II. Título.

18-53233   CDD-823
                                        CDU-82-3(410.1)

Meri Gleice Rodrigues de Souza – Bibliotecária CRB-7/6439

O texto deste livro obedece às normas do
Acordo Ortográfico da Língua Portuguesa.

Para Lou

1

FIM

Lábios, pegajosos, não como os da mãe quando o beijava. Ele só levava em conta a diferença de idade entre as duas quando sentia o gosto de sua maquiagem.

— Estamos encrencados? — perguntou Bobby.

— Não — disse Val. — Não estamos mais.

Os penhascos brancos do Sul da Inglaterra esparramavam-se diante deles, desaparecendo onde se amalgamavam os azuis, mar e céu. Do alto da cabine da biblioteca itinerante, eles não conseguiam enxergar a terra abaixo, apenas o ciclo incessante do mar, como se dirigissem uma ilha pelo oceano a algum lugar distante. Cercados por um crescente lunar de viaturas policiais perto da beira do penhasco, flashes espocavam, helicópteros cortavam o ar. Quando as sirenes se calaram, ele a viu, extraordinária à luz fraca do painel.

Rosa descansou a cabeça na poça rasa de sol no colo de Val. O estômago de Bobby roncou.

— Está com fome? — perguntou Val.

O barulho, um murmúrio, vinha de outro compartimento dentro dele: um compartimento em disputa, que não era perturbado pelas câmaras borbulhantes de ácido ou qualquer coisa corporal.

— Não — disse ele e a beijou de novo.

O detetive Jimmy Samas, cansado da perseguição, porém animado com sua conclusão iminente, postava-se junto de seu carro. Sabia que os outros policiais esperavam por uma ordem dele, mas não conseguia conjurar nenhuma. Era uma investigação muito divulgada. Seu trabalho era chefiá-la e, assim, os colegas presumiam que ele saberia o que fazer. Estavam enganados.

Às vezes, ele se sentia jovem demais para este trabalho, embora fosse precisamente este o motivo para sua competência. Sua natureza juvenil e pele imaculada despertavam a solidariedade dos outros. A solidariedade é uma vantagem inestimável nas questões de negociação. As pessoas imediatamente sentiam pena do rapaz de cara nova enviado para fazer o trabalho de um homem, e era neste segundo de distração que o detetive Samas conseguia libertar um refém ou convencer um homem a descer de um peitoril.

O tormento pegajoso do cansaço dificultava sua concentração. Ele pensou nas prioridades. A reavaliação contínua do objetivo era um componente importante de seu treinamento e ele fazia bem em se lembrar disso agora, com as pálpebras comprimindo-se em espasmos. Sua maior preocupação era a segurança das duas crianças, Bobby Nusku e Rosa Reed, de 12 e 13 anos, respectivamente. Apesar disso, outros cento e um problemas crepitavam no calor de sua mente. Para começar, havia a mulher, Valerie Reed, mãe de Rosa, que a qualquer momento podia levar o caminhão para o mar. Quem poderia saber onde andava a cabeça da mulher? Fugir da lei, intencionalmente ou não (isto ainda seria visto), era um problema fortemente estressante. Os sequestradores de primeira viagem, em particular mães solteiras com uma ficha limpa, sentiam essa ansiedade de forma mais aguda do que a maioria. Um movimento errado do detetive Samas poderia levar ao desastre. Ele viu uma equipe de noticiário de TV ao vivo colocando-se atrás da barreira policial e desgrudou o colarinho do suor que pingava no pescoço. Um desastre televisionado, ainda por cima.

Além da sra. Reed, naturalmente, havia a questão nada insignificante do homem que o detetive Samas tinha motivos para acreditar estar escondido na traseira do veículo, e cuja perseguição lhe subtraíra o sono por meses. Ele levou o megafone à boca, mas não apertou o botão. Em vez disso, apreciou uma calma que só existe perto do mar. O escárnio das gaivotas em mergulho e a água batendo nas pedras. Ele respirou fundo, tentando cooptar essa serenidade.

A biblioteca itinerante era formada pela caçamba de um caminhão do tipo que range ao acelerar pela rodovia — de arrepiar. Originalmente pintada de verde ervilha, a biblioteca era tão longa que Val mal conseguia ver sua traseira pelo retrovisor, apenas a saia enferrujada de sua pintura. Rodando pelo interior, parecia, a um olhar semicerrado, uma miragem andando na brisa. Agora a emulsão branca com a qual a cobriram descascava e a cor original de fundo podia ser vista de novo, junto com as palavras "Biblioteca Itinerante", retornando como uma lembrança já esquecida. Na lateral estava escrito seu peso, vinte toneladas. Muitos meses antes, enquanto eles estavam sentados na escada da biblioteca itinerante vendo os rastros de jatos em zigue-zague cinzelando um céu rubro de verão, Val disse que vinte toneladas era o peso de uma baleia, "se você conseguir pegá-la e colocá-la na balança". Rosa deu uma gargalhada de prazer. Tinham lido juntas *Moby Dick*, de Hermann Melville. Para ela, agora com a vista do mar à frente, parecia que a história, de um jeito diminuto e bonito, tornava-se realidade. Procurando na espuma das ondas algum vislumbre da corcova prateada da baleia vindo à tona, ou um jorro pelo respiradouro, o coração de Rosa agora era o de Ahab (aquele "que loucamente o busca"), batendo como se sua imaginação pudesse enchê-lo de alegria até explodir. Com que rapidez, ela se perguntou, a biblioteca itinerante afundaria quando a baleia batesse em seu chassi e a arrastasse para o fundo do mar? Ela não precisaria esperar muito para saber.

— Eu amo você — disse Bobby, e Val se retraiu como se nunca tivesse ouvido essas três palavras unidas em ordem tão dolorosa.

Enquanto o sol nascia, o calor vencia o ar frio da cabine. A camiseta de Bobby grudava na barriga, uma pele transparente por cima do sorriso claro e afetado de suas cicatrizes. Bert arquejava, o suor acumulando-se na cereja preta e reluzente do focinho.

* * *

O detetive Samas não contava com a presença de um cachorro. Não surgiu nenhuma menção a ele na ficha do caso. Só agora visto pelo helicóptero da polícia que sumia no alto, e agora que a notícia lhe fora transmitida pelo rádio preso no cinto, foi que teve ciência de sua existência. Um cachorro! Como deixaram passar? Nem um detetive afiado como ele podia ter domínio completo dos detalhes de um caso tão propagado. Era precisamente um descuido desses que ele evitava ao ponto do desespero. Os animais eram muito mais imprevisíveis do que sequestradores ou fugitivos. De modo geral, ele achava que quanto menos peludos, menores as variáveis. Imaginava o cachorro atacando seus testículos enquanto ele tentava calmamente negociar a libertação das crianças. Pensar no trabalho pela frente já provocara a primeira alfinetada pavorosa de uma enxaqueca catastrófica. Desligando o celular para o caso de a namorada ter entrado em trabalho de parto e telefonar, ele se sentiu culpado por um momento. Hora ruim, pensou. Havia um trabalho a fazer.

Nada aconteceu por algum tempo. A biblioteca itinerante ficou ali, estranhamente inerte, cercada por viaturas policiais no alto do penhasco, existindo na calmaria ansiosa que antecede o que traz o futuro. Val jamais pensava muito no futuro. Para ela, o futuro era um quadro da coleção *Olho mágico*, sempre desaparecendo quando ela estava a ponto de apreender plenamente seu formato. Mas ela, agora, o via com clareza. Era bonito, cheio de amor e ela o queria, mas ele nunca lhe parecera tão distante. Talvez ela é que estivesse desaparecendo.

— Tivemos uma aventura — disse Val, como se tivesse acabado. — Foi o que prometemos fazer. Uma película quente cobria os olhos de Bobby.

— Como num livro. — Bobby olhou o espelho e viu o reflexo do detetive se aproximar. Ele já o vira antes, no noticiário da TV, e notou o tom vermelho no bigode, um toldo de cobre elegante para os lábios. A camisa do detetive estava amarrotada, como se as roupas tivessem ido dormir sem ele.

Dando uma passada por uma lista mental de tudo que sabia sobre Valerie Reed, o detetive Samas percebeu que somava muito mais do que ele sabia sobre a própria namorada. Em vez de entristecê-lo, esta revelação animou-o com uma confiança renovada. Talvez, mas só talvez, ele estivesse mais preparado para lidar com essa investigação do que qualquer outro. Considerando o tempo que o caso já levava, circulou alguma conversa de que devia ser entregue a um policial mais experiente. Era absurdo, pensava ele agora.

Quando ele chegou a quatro metros da biblioteca itinerante, Val curvou-se para fora da janela e deu um fim à confiança dele com a velocidade arrasadora de um projétil que atravessa o fundo de um barril.

— Pare — disse ela. — Espere bem aí. — E ele parou, protegendo os olhos com a mão de dedos amarelados e fumando um cigarro, as cinzas arrancadas em danças na ponta.

— O que esse homem quer? — perguntou Bobby.
— Ele quer falar comigo — disse Val.

— Diga a ele para ir embora.

— Ele só quer saber se estamos bem.

— É claro que estamos bem. — Ele trepou nas pernas de Val, colocou a boca no pequeno espaço no alto da janela do motorista e gritou:

— É claro que estamos bem!

— Estamos bem! Estamos bem! — disse Rosa, e os dois riram.

O detetive Samas recuou alguns passos. Se o vento não tivesse aumentado tanto, a ponto de apagar o cigarro, ele teria ouvido o suspiro coletivo dos policiais cansados junto de seus veículos, com as armas apontadas para a porta traseira da biblioteca itinerante, de onde provavelmente surgiria algum perigo. Foi uma noite longa e frustrante perseguindo sombras que se recusavam a ser confinadas.

Val passou um braço pela cintura de Bobby e o outro pelos ombros de Rosa e os juntou, enterrando a cabeça entre o corpo dos dois e, assim, ambos sentiram a umidade de seu rosto. Bobby deu um beijinho na testa de Rosa e ela engoliu em seco, alto o bastante para que todos ouvissem.

— Quer que eu vá lá fora e diga a ele para ir embora? — perguntou Bobby. Val balançou a cabeça em negativa.

— Porque eu vou. Vou proteger você.

— Sei que vai — respondeu ela —, você é o meu homem.

— Ela o abraçou com uma força ainda maior, e os corpos dos três chiaram com uma percepção, esta poderia ser a última vez.

— Me conta uma história — disse ele.

— Todos os livros estão trancados na biblioteca — respondeu ela.

— Então, inventa uma. Uma história com final feliz.

— Eu já lhe falei, não existem finais.

— Então, começa a contar uma história feliz e pare antes de chegar ao fim. Se a gente decide onde termina, ela é feliz, né?

Val olhou de novo pelo retrovisor.

Roçando a sola do sapato na relva, o detetive Samas tentou decidir o próximo movimento. Deveria ele bater na janela, ou esperar que Val abrisse a porta? Não haveria benefício nenhum em tentar provar autoridade. Embora ele estivesse com o distintivo, a vantagem era dela. Ele decidiu aguardar sua oportunidade e torceu para que a conversa que estavam tendo ali dentro não demorasse demais. Seus colegas já começavam a desconfiar, e com razão, de que ele não sabia o que fazer. Estava acostumado a se sentir inexperiente. A paternidade iminente piorava isso.

Longe de se ofender, como costumavam ficar os suspeitos em negociação, porque a polícia mandou um sujeito relativamente jovem para tratar com ela, Val observou o detetive Samas por alguns segundos, tempo suficiente para ver algo com que ela podia se identificar inteiramente. Medo. Naquele momento eles o partilharam, pesarosamente, como a um resto de comida.

Para além do detetive, depois da fila de policiais, na colina que levava à Grã-Bretanha, havia um furgão de sorvete decorado em cores vibrantes. À primeira vista, ela pensou que era uma ambulância de mau gosto, estacionada atrás de uma fila de outras.

— Quem quer um sorvete? — perguntou ela. Bobby e Rosa jogaram as mãos para cima, acordando Bert do prazer de um sono recente.

Val tirou uma nota da bolsa, o fecho de ouro falso brilhando num tom esverdeado, e a estendeu para Bobby, segurando-a firmemente: uma flor que se abria junto com sua mão.

— Tome — disse ela —, leve Rosa e Bert e compre sorvete para todos nós. — Bobby se retraiu no banco, sem gostar da ideia de que eles se separassem pela primeira vez em meses.

— O que está esperando?

— Você não vem?

— Vou ficar aqui e proteger a biblioteca itinerante.

— A polícia vai pegar a gente — disse Rosa.

— A polícia não vai pegar vocês porque a polícia só pega gente má. Não é assim, Bobby? — Bobby compreendeu o pretexto e concordou com a cabeça, e logo Rosa o imitou com aquele jeito lento e encantador que ela aperfeiçoara. Val tramava um novo plano e Bobby confiava nela, apesar de não saber que plano era.

Ele calçou os tênis, depois tentou prender o cachorro na coleira e colocar-lhe a focinheira. No entanto, embora fosse preguiçoso mesmo para o padrão dos cachorros velhos, Bert insistia em andar solto.

— Continue andando — disse Val — até o furgão do sorvete. Não deixe que eles parem vocês. E trate de comprar um dos grandes, com muitos confeitos de chocolate por cima.

* * *

O detetive Samas apertou o nó roliço de sua gravata. Algo na situação jazia embaraçoso em sua consciência. Nenhum treinamento podia prepará-lo para isso. Para que vida ele estava devolvendo o menino? Conhecera o pai de Bobby Nusku e vira não o vazio deixado pela perda de uma criança, mas sinais de indiferença no espaço onde ela deveria estar. Que infelicidade ele, ao ajudar, estaria infligindo? Não haveria final feliz para essa história, Samas tinha certeza disso.

Val abraçou Rosa, cujo corpo se afrouxou para caber nos braços da mãe, e elas se tornaram uma só por um segundo, misturando-se e formando um par. Depois colocou as mãos na cara de Bobby e o puxou para perto, e eles se beijaram pela última vez. Ela fechou os olhos e teve esperanças de que nada desse errado.

— Eu amo você — disse ela, e Bobby nunca ouvira essas palavras, não desse jeito, não assim, costuradas por uma linha tão mágica.

Ele saiu da cabine e sentiu o ar frio nos tornozelos. Rosa veio em seguida, depois Bert, pulando para a relva úmida do alto do penhasco, a um passo da queda violenta da beira.

O detetive olhava, sem acreditar, enquanto as crianças pelas quais ele vinha procurando desde antes do outono passavam por ele de braços dados, seguidas por um cachorro que, pelo visto, andava solto.

— Oi — disse Rosa —, meu nome é Rosa Reed. Qual é o seu?

— Meu nome é Jimmy Samas — respondeu o detetive, tombando a cabeça um pouco de lado. Rosa parou e escreveu o nome dele em seu caderno.

Muitos momentos surreais pontuaram seu trabalho, mas nenhum mais do que este. Tinha mais em comum com o caráter estranho e incerto dos sonhos do que com a vida real.

Bobby, Rosa e Bert continuaram andando. Passaram pelas viaturas e pelos homens e mulheres em suas fardas azuis e elegantes, com distintivos prateados e cintos pesados tão pretos que apagam reflexos do sol, passaram pelas ávidas equipes de televisão, passaram pelas ambulâncias à espera. Andaram todo o caminho até o furgão de sorvete.

O detetive Jimmy Samas aproximou-se da biblioteca itinerante.

Bobby só se virou quando o fogo derreteu o sorvete em suas mãos trêmulas. A fumaça tingiu o céu.

2
O ROBÔ, PRIMEIRA PARTE

Com as sobrancelhas puxadas em um ângulo inflexível de trinta e oito graus, o ocre tostado da base facial da namorada do pai de Bobby era um leito fosco onde ela pintava uma única emoção inalterada. Suspeita. Um lampejo de branco-ovo, atrás da orelha, dava uma pista fugaz de sua verdadeira cor, mas sua voz cantarolada, uma buzina tediosa e funcional, era compatível com a nova cor escolhida por ela. Poucos que tentassem conseguiriam adivinhar com precisão a idade de Cindy, da mesma forma que era difícil saber a idade de um réptil, com sua máscara inalterada de escamas. Na realidade, ficava em algum ponto entre os meados dos 20 anos, mas podia muito bem estar algumas décadas ao norte, dependendo da severidade da luz. E ela parecia mais nova nas noites de sábado.

Apesar de Cindy se intitular "cabeleireira em domicílio", as pessoas sempre vinham à casa dela — isto é, à do pai de Bobby —, para onde se mudara três meses depois de a mãe de Bobby sair pela derradeira vez. Cindy não teve nenhum treinamento formal, mas sua queda por recriação de estilo usado pelas estrelas, a partir de fotos de revistas, era passável. Uma vez por semana, ela descoloria o próprio cabelo na pia da cozinha. Os danos que causara a ele eram irreversíveis. Apesar de estar permanentemente preso a sua cabeça, pouco fazia para repelir possíveis clientes, conferindo peso ao ditado de que até a pior publicidade é boa. Além do cabelo, seu outro interesse principal era a fofoca. Bobby ficava sentado na escada, ouvindo as conversas que Cindy tinha com as clientes. Com a trilha sonora do estalo percussivo da tesoura, falavam de boatos e inventavam outros. Para Bobby, a tagarelice não era preocupante. Ele se concentrava em uma coisa só: o cabelo, das mulheres, cortado, flutuando lentamente para o tapete de sua mãe. Os fios, castanhos, pretos e louros quebradiços de farmácia se entrelaçavam na lã, enlaçando vidas que jamais pretendiam se tocar. Depois disso, quando estava sozinho, ele pegava os fios com a mão, separando-os em dois montes, e colocava os montinhos em vidros. Um vidro para o cabelo da mãe, outro para o cabelo dos outros. Ele sabia que cabelo era de sua mãe porque era mais macio e mais liso. Quando os segurava contra a luz, os fios eram da mesma cor do brilho por trás de um anjo. Coletar os fios consumia horas e lhe dava dor na ponta dos dedos, mas Bobby atualizava seus arquivos secretos toda noite depois que a última cliente de Cindy saía e ela ia comprar vinho (ela se gabava de nunca ter ressaca).

Ele guardava os vidros debaixo da cama. Era um arquivista de sua mãe.

As medidas compunham uma parte igualmente importante dos arquivos e ele as catalogava meticulosamente em um caderno, diminuindo os números ao máximo para que o pai tivesse muita dificuldade para entender o que diziam, se encontrasse o caderno no esconderijo, debaixo do tapete do quarto. De braços esticados, andando de lado como um caranguejo, ele ia de uma parede da casa à outra em cinco passos largos. Havia onze degraus na escada, trinta e oito ladrilhos no piso da cozinha, quarenta e três espirais no reboco do teto do quarto e nove minipassos da privada ao box. Eram cinquenta e sete veículos diferentes — aviões, viaturas policiais e helicópteros — no papel de parede de seu quarto, mas estes eram apenas os que ele conseguia ver e contar. Bobby estimava haver outros vinte escondidos na parede do outro lado, atrás das caixas volumosas dos pertences de Cindy.

Às vezes, ele praticava andar pela casa de luzes apagadas. Se não fosse visto, não poderia ser castigado e assim, no escuro, ele ficava mais perto de si mesmo. À medida que melhorava sua visão noturna, ele conseguia encontrar o caminho pela casa sem tocar em móvel nenhum, mesmo nas noites mais negras. Se um dia desse com um ladrão, Bobby pretendia esperar até ele tropeçar na cadeira de cabeleireiro no meio da sala, depois o apunhalaria pela garganta com a tesoura. Coagulado nas fibras do tapete, o sangue dificultaria a separação dos cabelos. Mas ele o faria mesmo assim. Não poeria haver sinal maior de compromisso com seus arquivos do que essa preocupação.

O tapete tinha um metro e meio por um metro — era o que dizia na etiqueta — e se transformava de vermelho em uma extremidade a amarelo na outra, as cores de um prato depois de um bom café da manhã. Outros tapetes pareciam simplórios, se comparados com este. Não admirava que a mãe gostasse tanto dele.

Todas as casas tinham um corpo, suas memórias mapeadas pelas cicatrizes que ficavam. Bobby fez esboços de cada cômodo com um lápis a carvão que a mãe usava para desenhá-lo e colocou as imagens em uma seção especial dedicada à "Arte", no fundo dos arquivos. Sabia que essa era a parte de que ela mais gostaria.

A mancha preta na parede acima do fogão marcava o dia em que ela colocara fogo em uma panela de óleo quando o pai veio de mansinho por trás, bêbado e excitado. A mancha tinha dois palmos e meio de largura. Havia um buraco esfarelado de dezessete centímetros na escada, criado depois que ela correu, caiu e meteu o pé pelo reboco, quebrando o tornozelo. Havia as ranhuras que suas unhas cavaram na cabeceira e os restos do cavalete que Bruce tinha quebrado.

Bobby imaginava como a mãe ficaria orgulhosa de seus arquivos quando voltasse. Eles poderiam usar as anotações para recriar a casa nestas exatas especificações, só que no alto de uma montanha. Por dentro, ela seria idêntica. Cortinas verde-lima na sala de estar, bordas chocolate cingindo as paredes. Ladrilhos creme no piso da cozinha traindo borrifos de comida caída. O mesmo espaço de oito centímetros entre o armário e a geladeira, onde sempre era possível encontrar objetos perdidos. Mas, quando eles abrissem a porta dos fundos, haveria nuvens no gramado. Águias teriam ninho nas calhas, e ele pegaria neve do pico para ter água pura para o banho. O mundo seria seu jardim, como a mãe prometera.

Os dias pareciam mais longos depois que ela se fora. Bobby acompanhava as horas lentas rodando em seu relógio. Até que a mãe chegasse, só uma pessoa no mundo sabia de seus arquivos. O nome dela era Sunny Clay e era o melhor e mais antigo amigo de Bobby. Também era seu guarda-costas. Por isso ele sempre usava uma máscara mutável de hematomas, os calombos coloridos se alterando, uma ode violenta aos recifes de coral.

Bobby chegou à casa de Sunny na primeira manhã de sábado das férias de verão. Por toda parte brilhavam lembretes dos dias em branco acumulados à frente, quando ele e Sunny poderiam fingir a fantasia que quisessem. Cócegas quentes de empolgação desciam pela coluna de Bobby, até que Sunny finalmente atendeu à porta com uma expressão que Bobby já conhecia.

— Oi, Bobby — disse ele.
— Oi, Sunny.
— Sabe que dia é hoje?
— Sei que é sábado. Isto é resposta suficiente para você?
— Na verdade, não — disse Sunny.

Bobby suspirou. Enganchou os polegares nas presilhas do cinto e puxou o jeans para cima.

— Então, é melhor você me dizer.
— Hoje é um dia importante. É hoje que começamos a Fase Três.

Bobby estivera com medo da Fase Três. As fases Um e Dois já tinham sido bem difíceis. Ossos foram quebrados. Sangue foi derramado. Não foi muito relaxante. Porém, eles tinham traçado um plano, tinham uma missão e não havia como recuar. Quando acabasse, Bobby Nusku nunca mais apanharia de ninguém, nem na escola, nem do pai, nunca mais na vida. Sunny se tornaria um ciborgue no final das férias de verão e depois poderia proteger Bobby com toda a força extra e a velocidade de quem é meio humano e meio robô.

Fora ideia de Sunny e ocorrera-lhe logo depois que os dois se conheceram, embora ele alegasse ser uma ambição antiga. Sunny se aproximara de Bobby no pátio da escola e perguntara se ele sabia fazer túneis.

— Túneis?
— É, túneis.
— Não mesmo.
— Então você pode aprender enquanto a gente faz.

Bobby supôs que Sunny tinha motivos escusos. Estava pensando em fugir quando Sunny estendeu a palma da mão aberta para ele. Quando Bobby finalmente abriu os olhos, ficou surpreso ao perceber que não apanhou. Eles trocaram um aperto de mãos e Bobby ficou impressionado com a força de Sunny.

Sunny estivera observando Bobby a semana toda. Ele o vira se esquivar sozinho pelo perímetro dos campos durante o recreio. Vira que ele tentava evitar outros três meninos mais velhos que o perseguiam pelo campo de futebol. Tinha visto um deles dar uma rasteira em Bobby na lama, não uma vez só, mas duas, e o seguiu sem ser visto até os banheiros, onde ele tentara limpar a camisa na pia, piorando tudo.

Ele reconhecia a solidão quando se deparava com ela. As multidões barulhentas que giravam em torno do silêncio onde você se sentava. Uma dor irreprimível feita pela melodia do riso dos outros. A distância de um cânion pode estar entre você e alguém que você poderia tocar só estendendo a mão. Ele também sentia como se fosse radioativo.

Sunny era grande para um menino de 12 anos. Bobby, por outro lado, era magro, irritadiço e da cor do leite. Parecia precisar de um amigo, qualquer que fosse sua forma, e assim esse novo arranjo era mutuamente benéfico.

— Vem comigo — disse Sunny, e Bobby foi com orgulho atrás dele ao departamento de arte, tentando coordenar os passos dos dois no ritmo exato.

— Por que você está fazendo um túnel? — perguntou Bobby enquanto eles chegavam a uma parede de tijolos, protegida da vista do pátio por uma moita espinhosa.

— Para a gente dar o fora daqui. Você quer sair daqui, né? — A primeira coisa que passou pela cabeça de Bobby foi o problema em que eles se meteriam, pois foi assim que sua mãe o criara para pensar. Constrangido, ele colocou as mãos nos quadris e tentou parecer alto e reto.

— É claro.

— E você já viu filmes de prisão? — Quando abandonou o filho e a mulher, o pai de Sunny deixou para trás um acervo considerável de filmes antigos em fitas de VHS. Sunny se educou ficando acordado até tarde, consumindo-os com voracidade.

— Aham — disse Bobby, sem saber do que Sunny falava.

— Então você sabe tão bem quanto eu que os túneis são o único jeito de sair. — Sunny se encostou no muro, passando a mão pela alvenaria de forma que o cimento se transformou em poeira na ponta de seus dedos.

— Mas esta é a parede do departamento de arte. Se cavar um túnel por ela, você estará fugindo pra dentro.

— Túnel errado — disse Sunny. Ele se deitou de bruços no chão e alcançou a base do arbusto, de onde tirou uma caixa contendo duas latas roubadas de tinta preta. Bobby olhou para o chão, que pareceu se afastar dele. Esta, raciocinou ele, seria a visão que teria se fosse para a forca. Apesar disso, ele não queria abandonar Sunny. Queria montar em suas costas e lançar os punhos para o alto.

Sunny desenhou o contorno em semicírculo de um túnel na parede, como vira o Coiote fazer em inúmeros desenhos animados do *Papa-Léguas*. Estes Bobby assistia, mas não tinha coragem de falar porque esperava estar enganado sobre Sunny ser maluco. Sunny meteu um pincel na mão de Bobby e lhe disse para ajudar a preencher de preto o vazio no meio.

— Isso não vai dar certo. Você sabe disso, né? — Bobby passava a tinta com liberalidade na parede.

— Negativo — disse Sunny —, este túnel vai me tirar da escola hoje. — Bobby admirava o fervor da crença de seu novo amigo. Mesmo sendo equivocada, bastou para convencê-lo. E era só isso que Sunny queria. Sabia muito bem que seu plano era idiota, mas, naquela hora, o menino tímido que ele vira catar o conteúdo de sua mochila no charco, atrás do campo, mal tinha vacilado. Não havia necessidade para isso.

— Quer ir à minha casa mais tarde? — perguntou Sunny.
— À sua casa?
— É.
— Para quê?
— Para o jantar.
— Seus pais não vão se importar?
— Somos só eu e minha mãe.
— Ah. Bom, então, tudo bem.
— Tá legal — disse Sunny —, ótimo. — Ele arregaçou a manga direita de Bobby e, com o pincel mais fino que encontrou, pintou um endereço em seu braço. Depois os dois se viraram para um farfalhar na moita de onde apareceu o sr. Oats, a saliva se acumulando nos cantos da boca.

— Mas que raios vocês fizeram? — perguntou ele. Assustado, Sunny se virou e correu para o túnel, desmaiando com o impacto. Ficou esparramado no chão, coberto de tinta preta. O túnel o tirara dali.

Eles passaram o fim de semana todo vendo os filmes do pai de Sunny no sótão, entupindo-se de chocolate e sacolés, e emocionados porque eles tinham nascido muito depois das datas emolduradas em vermelho na frente das caixas. Por insistência de Bobby, Sunny foi buscar os brinquedos que tinha no armário do quarto. Todos cabiam em uma caixa de sapatos amassada, que Sunny abriu com um misto nauseante de medo e constrangimento, embromando para levantar a tampa. Bobby, ao contrário de qualquer amigo que Sunny já convidara a sua casa, não comentou como os poucos brinquedos eram antigos, nem que alguns estavam unidos por fita adesiva. Nas mãos dele, os soldados de plástico verde ganharam vida e, por fim, até Sunny deixou de ver as pernas e braços ausentes.

Nenhum dos dois mencionou a relutância com que se separaram quando Bobby aos poucos pegou suas coisas e se preparou para a curta caminhada para casa.

— Posso proteger você daqueles garotos da escola — disse Sunny.

— O quê?

— Eu posso fazer com que eles parem.

— Não, você não pode.

— Posso. Posso ir e voltar com você a pé da escola todo dia. Posso ir à sua casa e pegá-lo de manhã, depois posso voltar com você para casa.

— Não — disse Bobby, sabendo que não queria que Sunny conhecesse seu pai —, esta é uma coisa que definitivamente não podemos fazer. — Eles apertaram as mãos de novo. — Mas, obrigado.

Sunny ignorou as súplicas de sua mãe para ir dormir. Naquela noite, assistiu a *O exterminador do futuro 2*. O esqueleto de metal indestrutível, coberto de carne humana falsa, protegia o menino, John Connor, a todo custo. Ele teve uma ideia e de imediato começou a tomar notas. Para executá-la corretamente, precisaria ser realizada em três fases distintas, caso contrário ele provavelmente morreria. Ter todo seu esqueleto substituído por aço em uma só operação, por quaisquer padrões, era ambição demais.

Na manhã seguinte, Sunny esperou perto do túnel. Descobriu que seu entusiasmo, como todas as ideias que tinha, diminuíra com a mesma rapidez com que a tinta secara sob o sol do fim de semana. Todas as suas ideias, isto é, todas, exceto esta nova, que ele sabia que veria se realizar, independentemente de qualquer coisa, desde que tivesse alguma ajuda.

Quando Bobby chegou, Sunny acenou para ele da moita. Quando Bobby se aproximou, Sunny viu que a camisa dele estava de novo coberta de lama e que uma mistura de muco e lágrimas sujava-lhe o rosto. Uma gota solitária de sangue brilhava na narina esquerda.

— O que está fazendo aqui? — perguntou Bobby, obrigando o pé a se plantar no chão para que a perna parasse de tremer.

— Tenho um plano e preciso que você me ajude — disse Sunny.

— Plano para quê?

— Para proteger você.

Bobby abriu a boca para dizer que não precisava de proteção, mas não saiu som nenhum.

Sunny pulou de trás da moita a tempo de flagrar Bobby, que chorava com força suficiente para provocar ondas através dos dois.

— Eu vou me transformar em um ciborgue.

Mesmo em sua aflição, Bobby precisou se esforçar para reprimir o riso.

Por mais temerária que tenha sido, a Fase Um saiu como se esperava. Sunny colocou duas cadeiras no jardim, atravessando a perna direita por elas. Ambos puseram sacos de areia dos dois lados de seu tornozelo para prender o pé no lugar, depois estenderam um saco de dormir abaixo dele, como um colchão amortecedor rudimentar. Bobby enrolou tão apertado uma toalha que ela estalou, depois a enfiou na boca de Sunny, que cerrou os maxilares nela. Assim como tinham treinado, Sunny assentiu três vezes para Bobby saber que ele estava pronto. O terceiro gesto de cabeça era a deixa para Bobby pular do galpão na perna de Sunny, quebrando ao mesmo tempo a tíbia e a fíbula. O salto foi rápido e preciso. Os passarinhos voaram com o eco.

Sunny mentiu que tinha caído do galpão. O cirurgião lhe disse que foi uma das fraturas mais limpas que ele viu na vida. Sunny agradeceu, confundindo a todos na sala de cirurgia.

Com sua determinação de aço, Sunny perseverou pelos meses de dor que se seguiram, saindo precisamente com o que ele e Bobby esperavam: abaixo do tecido brilhante e torcido da cicatriz da perna de Sunny — com quinze centímetros de extensão e quase no formato da Itália —, havia um pino de metal rígido. Sólido. Indestrutível. A primeira parte do esqueleto de Sunny fora substituída.

A Fase Dois não foi tão bem-sucedida. A cicatriz em formato de X marcava o ponto no braço de Sunny onde os pedaços de osso esmagado flutuaram por sua pele. Embora ele tivesse recebido um pino de metal, o braço continuou torcido e fraco. A marreta era pesada demais para o controle de Bobby, tinha metade de seu tamanho; além disto, a mãe de Sunny, Jules, e a equipe do hospital, desta vez relutaram em acreditar nas mentiras sobre o que acontecera. Apesar disso, eles atingiram seus objetivos das fases Um e Dois. Tendo chegado a esse ponto, nada poderia impedi-los de ver o plano atingir sua conclusão.

Antes que a Fase Três começasse, Sunny declarou que era importante que eles não trabalhassem de estômago vazio. Bobby, sempre atormentado pela fome, ficou feliz ao ouvir isto. Dentro da geladeira, havia uma cheesecake grande de limão. Eles devoraram uma fatia generosa. Bobby lambeu os dentes até que a agitação causada pelo açúcar passasse, até extinguir quaisquer excitação residual. O pai nunca permitia uma comida dessas em casa. Nem mesmo deixava Bobby mascar chiclete. Dizia que se Bobby o engolisse, grudaria em suas tripas por sete anos. Bobby imaginou sua caixa torácica como uma explosão de cores. Por ele, tudo bem. Quando estava com Sunny, era como se sentia por dentro.

Eles tomaram duas garrafas de Coca-Cola e se sentaram no muro do jardim, abaixo da beira da calha. O céu estava sujo como asa de pombo. Começou a chover. Poças envenenadas de gasolina brilhavam na rua. O trânsito se arrastava, as janelas dos carros embaçadas com hieróglifos de lama. Sunny lambeu a palma da mão e passou na testa num movimento ascendente.

— E se você não gostar de mim quando for um ciborgue? — perguntou Bobby. Por mais que valorizasse os esforços de Sunny para protegê-lo, Bobby temia muito mais a perda do amigo do que qualquer surra no pátio da escola.

Sunny empurrou a língua contra os dentes da frente, formando protuberâncias que pareciam larvas cor-de-rosa pulsando entre os espaços.

— Esta é a parte do meu cérebro que eu vou manter igual — disse ele.

Apareceu a mãe, Jules, coberta pela sombra do guarda--chuva. Uma mulher gentil e calada que só se preocupava com duas coisas: a pouca saúde dos pais, que moravam a centenas de quilômetros dali, e o talento extraordinário do filho único para se machucar de formas tão dramáticas. Ela falou devagar, na esperança de que suas palavras entrassem de algum modo pelos ouvidos dele:

— Está prestando atenção?

— Aham — disse Sunny.

— E o que foi que eu disse agora? — Ele se contorceu. Ela lhe deu um cascudo na lateral da cabeça, mas só de leve. Sabia com que facilidade ele se quebrava. — Eu disse, fique longe do andaime. — O andaime fora erguido em volta da casa para a troca das janelas. Bobby e Sunny já estiveram conspirando, em silêncio, como só as crianças sabem fazer, pensando exatamente como iam escalá-lo. Mesmo enquanto ela os fazia prometer, com a mão no coração, eles se perguntavam a que altura poderiam chegar.

— Sunny, querido, eu só lhe digo para fazer as coisas porque eu o amo. Você sabe disso, não sabe?

— Eu sei.

— A não ser quando eu lhe digo para arrumar seu quarto. Falo isso porque você faz uma bagunça danada e já estou farta.

— Eu sei. — Jules acariciou o cabelo de Sunny.

— Eu amo você — disse ele.

— Eu o amo também, querido. — Ela se despediu de Bobby e andou lentamente para o centro da cidade. Quando a mãe de Sunny saiu, Bobby sentiu culpa suficiente para sussurrar um pedido de perdão, que ela não ouviu. A culpa era uma emoção que ele conhecia bem. Os adultos a confundiam com maneiras impecáveis.

Os meninos subiram uma escada suja de reboco até o terceiro andar do andaime e jogaram de lado lascas de alvenaria quebrada, assoviando e soltando explosões guturais para imitar bombas. Dali, a cidade era uma procissão enfadonha de chaminés, abafada por um chuvisco que a tornava de algum modo sem futuro, mas também sem história. Ela existia, como seu povo, em um momento de que queria escapar. O túnel de Sunny não parecia má ideia dali de cima.

Sunny tentou tirar a camiseta, mas Bobby teve que ajudá-lo a passar a cabeça pelo buraco do pescoço enquanto ele se curvava como uma marionete desobediente. O braço esquerdo de Sunny ainda estava mole; o gesso só poderia ter sido retirado alguns dias antes. Eles sentiam o metal através da pele, o calombo rígido e frio da realização conquistada a duras penas. Molhado, o corpo dele cintilava. Já havia algo de robótico nisso, leve e funcional, a máquina eficiente da juventude.

— Que comece a Fase Três! — gritou Sunny, passando à extremidade da plataforma, três andares acima. Com o estômago nauseado, os joelhos de Bobby se vergaram. A Fase Três, a última, era para ter placas de metal instaladas no crânio de Sunny. Se eles esperassem mais tempo, a pouca consideração pelo perigo desfrutada pelos meninos poderia se esvair. Sem a presença do perigo, a infância se desfaz.

Sunny se balançou de um lado a outro e, confiante, como se estivesse entrando numa banheira quente, partiu correndo para Bobby. Seus braços se ergueram como asas ao lado do corpo, mas Bobby sentiu, pelas enguias que se contorciam nos músculos de seu maxilar, que devia pensar duas vezes.

— Abortar! Abortar! — Sunny cravou os calcanhares na madeira. Mas a superfície era escorregadia. Não houve tempo de ele parar. Bobby o agarrou pelo tornozelo e jogou o ombro em seu joelho, o que travou e girou a perna de Sunny para a esquerda. Parece que isto só lhe deu mais ímpeto. Sunny parecia breve e gloriosamente sem peso enquanto saía da beira do andaime. Ele ganhou o ar num silêncio que só era perturbado pelos passarinhos cantando e escarnecendo da imitação de voo de um menino. De cabeça para baixo e tombando à terra, ele disse:

— Eu vou proteger você, Bobby Nusku.

Sunny rachou a cabeça na saliência de um cano de metal comprido e afiado que se projetava do andaime — interrompendo sua queda — e caiu pelos três metros restantes ao chão, onde bateu no pátio com um baque nauseante de um pugilista esmurrando uma carcaça de boi. O sangue formou um labirinto vermelho-escuro nas rachaduras entre as pedras da pavimentação, um quebra-cabeça sinistro que tinha Sunny como prêmio, no meio. O balão de nervosismo inflou no estômago de Bobby, enchendo suas laterais, ameaçando despejar as entranhas pelo traseiro.

Naquele momento, Bobby aprendeu sobre a náusea vertiginosa que acompanha um erro recém-cometido. Os erros são aqueles momentos em que seguramos o futuro com tanta força que ele se quebra e sabemos que devemos construir outro a partir dos pedaços, mas um futuro que jamais será tão bom. Bobby se perguntou quantos pedaços haveria, se um deles seria pequeno demais para catar.

* * *

Jules voltou e encontrou Bobby aninhando a cabeça quebrada de seu filho. Em pânico, empurrou Bobby para o chão e ficou cega a tudo, exceto para o menino, cujo crânio se mexia sob seus dedos.

— Ele caiu — disse Bobby. — Foi um acidente. — Mas era como se ela não conseguisse sintonizar na frequência que ele usava, como se tivesse mudado para um canal de emergência, a única linguagem partilhada por uma baleia e seu filhote perdido.

— Chame uma ambulância! — gritou ela. — Chame uma ambulância! — Bobby procurou pela chave da casa na bolsa de Jules e correu para dentro, a fim de usar o telefone.

Uma ambulância sumiu com Sunny e sua mãe. Bobby ficou sentado numa poça no chão. A chuva a transformou de vermelho sangue a cinza, como as outras à sua volta.

Ele esperou ali a noite toda, até Jules voltar, sozinha, ao amanhecer. Bolsas escuras pendiam de seus olhos. As lágrimas formaram grumos nos cílios. Bobby lançou os braços por sua cintura e chorou contra o travesseiro quente de sua pélvis. Segurou as mãos dela e se preparou para ouvir que o melhor amigo estava morto.

— Ele ficou consciente por um tempo — disse ela, encarando a parede.

— Por um tempo?

— O suficiente para dizer que foi um acidente. Que não foi culpa sua. — Bobby se amarfalhou aos pés dela. — Venha — disse ela —, vou levar você para casa.

Ele chorou por todo o percurso, deixando um punhado de lenços encharcados e amassados no tapete do carro. Assim que o veículo parou em uma vaga na frente de sua casa, Bobby pronunciou as palavras que só ouvira nos filmes que Sunny exibia para ele.

— Lamento profundamente por sua perda. — Jules beliscou e puxou com gentileza o lóbulo da orelha de Bobby, como se pudesse tirar uma moeda de trás dele.

— Bobby, querido — disse ela —, parece que você me entendeu mal. Sunny não morreu. Quero dizer, ele não está bem, mas não morreu. — Embora ela chorasse, o carrilhão de seu riso encheu o carro. — Ao que parece, meu menino é indestrutível.

Sunny nunca ficou tanto tempo no hospital. Enfim Bob teve permissão para visitá-lo. Dada sua presença nos contínuos namoros do filho com a morte, não teria sido insensato que Jules considerasse Bobby um mau augúrio. Porém, sabendo como o amigo parecia fazer Sunny feliz, ela deixou um bilhete pela porta de Bobby no momento em que ele ficou em condições de recebê-lo.

Não era a primeira vez que Bobby visitava Sunny no hospital. Encontrar o caminho para a ala pediátrica era fácil, usava os corredores dos fundos, passava pelo necrotério e as cozinhas — uma delas sempre tinha cheiro de caldo de legumes fervendo e pele de gente velha. Bobby fechou bem o capuz sobre o rosto para que só os olhos ficassem visíveis e entrou de mansinho na ala, atrás do carrinho de limpeza de um zelador.

Três quartos à esquerda, encontrou Sunny, quimicamente entorpecido, e foi rapidamente recebido pela percepção definitiva de que ele não era mais o mesmo. Algo havia mudado. Ele ainda tinha dois olhos (espiando do meio de círculos arroxeados), um nariz (quebrado) e uma boca (em que faltavam cinco dentes). Ainda era maior do que todos os outros meninos na pediatria. Sua cabeça tinha um leve amassado, sugerido por baixo das ataduras, mas nada que explicasse a dominadora sensação da fisiologia transformada. Bobby não sabia ao certo, mas alguma coisa não estava bem.

— Oi — disse Sunny. Sua voz era mais grave, mais molhada e se prendia na boca, a cara frouxa e arriando do crânio. Só então, agora que ele não podia mais usá-lo, foi que Bobby deu-se conta de que antes o sorriso de Sunny era largo.

Sunny ofereceu uma uva a Bobby — seu braço e as mãos ainda funcionavam, evidentemente —, mas Bobby achou que era grosseria comer toda, então ficou com uma metade e devolveu a outra, colocando-a na língua de Sunny. Ela caiu e rolou para baixo da cama. Veio da boca de Sunny o barulho do riso, no ritmo dos solavancos de seu peito, mas não havia reflexo dele em sua expressão. Era como se Bobby ouvisse os pensamentos do amigo. Os músculos no rosto de Sunny não se contraíam mais, uma avalanche de sinapses bloqueava esta via nervosa. Bobby queria entrar em si mesmo, arrancar o que agora faltava em Sunny, e entregar a ele, ainda ensanguentado e se contorcendo em sua mão.

— Eu sinto muito — disse.

— Deixa de ser idiota — disse Sunny. — Esta é a melhor coisa que pode ter acontecido. Quantos ciborgues você conhece que andam por aí sorrindo o tempo todo?

— Não conheço ciborgue nenhum, tirando você.

— Bom, pode acreditar em mim. Os ciborgues não têm sentimentos. Como o Exterminador. É por isso que eles lançam o medo no coração dos inimigos. — Bobby passou a mão pelo lençol. Era mais áspero do que ele pensava e torceu para que não fosse irritante à pele de Sunny.

— Bobby — continuou Sunny —, consegui minha placa de metal. Agora estou completo. Nunca mais alguém vai machucar você.

3
A PRINCESA

A ausência de Sunny foi intensa como uma dor de dente. De dia, Bobby ficava no quarto, sozinho, matando tempo, descascando o papel de parede. Decidiu desfazer as cortinas fio por fio. Por fim, o tédio permeava tudo. Ele sentia seu gosto nas porções de biscoitos e maçãs que tocava. O sentia chocalhando nos pulmões a cada respiração que dava. Quando dormia, não sonhava com nada.

Bruce e Cindy o ignoravam ao máximo. Vez por outra, quando Bobby os ouvia rindo, escapulia do quarto na esperança de que contassem a ele o que achavam tão engraçado, mas eles nunca o faziam. O que mais o incomodava não era que os dois não falassem com ele. Era que seu pai sempre desse boa-noite antes de ele ir para a cama. De todas as interações possíveis do dia, por que ele escolhia aquela que trazia tal caráter final, uma interação que não podia ser realmente respondida? Era, na realidade, por este exato motivo.

À noite, quando os Bruce e Cindy dormiam profundamente, Bobby registrava o que o pai tinha comido no jantar, olhando os restos na lixeira. As alterações em seu comportamento culinário desde que a mãe fora embora podiam então ser traçadas num gráfico. Ele dedicou muitas horas a seus arquivos, observado apenas pela lua através da janela, o monóculo de um deus vigilante de um olho só.

Quando terminou de arquivar, Bobby se sentou no tapete da mãe e assistiu à televisão com as luzes apagadas e o som emudecido, para que os borrões amorfos e coloridos iluminassem as paredes à sua volta. Viu o noticiário. Quatorze viaturas da polícia cercaram uma antiga fazenda no campo, a cidade uma distante conga cintilante. O queixo do fazendeiro se enrugava e seu lábio tremia como se ele só sentisse as coisas com a metade inferior do rosto, como fazem os homens. Ele tinha medo de quem poderia estar se escondendo no feno. Na base da tela, rolava uma legenda: "A busca continua..."

Bobby acendeu a luz do banheiro. Manchas de urina no assento da privada piscaram como ovas de sapo. O pai dormia no chão. Uma tirolesa de baba ligava a boca aos ladrilhos.

Bruce abriu os olhos e encarou o filho até que ele entrasse em foco. Por instinto, sua primeira sensação foi de uma forte vergonha. Bobby era esta vergonha manifesta, encolhendo-se perto do cesto de roupa suja.

— Acha engraçado chegar no seu velho de mansinho?

— Não.

— Para me espionar? — disse ele, levantando-se.

— Não, eu juro — disse Bobby, se encolhendo. Bruce passou o polegar pela fivela do cinto. Bobby correu do banheiro, atravessou a cozinha e subiu a escada, onde não sentia o cheiro de cerveja choca.

Pelo resto da semana, nenhum dos dois se interessou pelo espaço frio entre eles, real como um muro de prisão.

Quando o pai falava com ele, Bobby se sobressaltava, como se tivesse acabado de estourar um balão. Tinha dificuldade para dormir, fosse dia ou noite. O sono sempre vinha, mas atrasado, um convidado que não pedia desculpas.

Em uma manhã insípida de segunda-feira, Bobby comeu as migalhas do fundo da caixa de cereais, um punhado insignificante de poeira bege, e subiu ao alto do morro. Quando olhou para baixo, o bairro formava uma bacia, tendo no meio a rua em que ele morava. Um declive suave e relvado cercava os arredores da cidade, como se todo o lugar ficasse dentro de um vulcão extinto, e seu povo se alimentasse do calor da lava sob os pés.

Bobby foi para os Ponds, onde costumava ir com a mãe, para ver se já era a temporada dos sapos. Não teve sorte. Na água estagnada flutuava um bolo esponjoso de algas, que arrotavam bolhas pungentes no ar.

A senhora grisalha da loja da esquina arrumara sua seleção de chocolates com um novo adendo, uma pirâmide de embalagem vermelho-rubi. Bobby a elogiou por seu bom olho para criar uma vitrine atraente, na esperança de que pudessem conversar, que ela o deixasse ficar ali um pouco, ou talvez o colocasse para trabalhar, reabastecendo as prateleiras.

— Eu posso ser velha — disse ela, completando cuidadosamente a pirâmide com uma barra de chocolate belga —, mas não sou boba.

— Como disse? — perguntou Bobby, e ela se virou para ele. Seu perfume era de água de rosas, do tipo usado por uma mulher muito mais nova, e Bobby ficou surpreso por achá-lo agradável.

— Você me distrai com seu papo furado, depois os meninos maiores invadem e roubam todo o meu estoque.

— Não, não é isso...

— Já vi aqueles meninos por aqui. — Ela abriu a porta e virou a placa para "fechada". — Vá embora. Na sua idade, deveria estar em casa com seus pais. — Bobby pensou em jogar um tijolo na vitrine da mulher, mesmo sabendo que jamais o faria.

Ele foi até a cerca do parque e espiou por um buraco na altura dos joelhos para ver se alguém estava ali. Os três meninos mais velhos de sua escola — Kevin Grandão, Kevin Baixinho e o líder de fato, Amir Kindell — entalhavam suas iniciais nos postes de madeira dos balanços. Embora estivessem a certa distância, Bobby os reconhecera de imediato. Não por suas feições, mas pelo andar, pelo modo como gingavam — algo dentro deles, solto, desatado, que sairia pela boca ou pelos punhos como um raio. Ele sabia que, se atravessasse o parque, eles o pegariam, deixariam seus braços dormentes com uma saraivada de socos e esvaziariam sua mochila na lama. Bobby fechou os olhos e desejou que Sunny estivesse ali, usando os braços superfortes de ciborgue para despedaçar a cerca e seus canhões nos ombros para explodir os três em pedacinhos. Ainda tremendo, Bobby voltou para a rua principal.

No meio da tarde, ele não tinha mais o que fazer e só conseguia pensar em um lugar novo aonde ir. A cinco portas de sua casa, na esquina, havia um terreno com seis passos de largura e quatro de extensão. Não era um jardim, nem um quintal, apenas um remendo esquecido no planejamento urbano sob a jurisdição de ninguém.

O mato e as flores se misturavam com samambaias, tons verdes e castanhos ameaçados por rajadas de cereja. Pétalas se torciam e se transformavam em borboletas. Uma abelha fazia entregas entre narcisos, um gato tigrado apanhava sementes de datura em pirueta no ar. Bobby se sentou no alto de um monte úmido de lama que tragava os pingos da cesta de basquete bem conservada acima e, ali, cravou fundo os dedos.

Às costas, ouviu o triturar de borracha rolando sobre a terra e se virou, vendo uma menina pedalando um velocípede vermelho. Não o tipo de velocípede comum para uma criancinha, era feito sob medida, o quadro especialmente soldado, as rodas da largura de barris de cerveja. O dispositivo tinha uma majestade curiosa, como um robusto cavalo de metal. Murmurando alegremente consigo mesma, a menina tinha bochechas redondas emoldurando lábios cobertos de rachaduras. O corte do cabelo, dourado como trigo tostado, era funcional, em cuia, curto o suficiente para que a franja ficasse longe dos olhos. A menina tinha pouco mais de um metro em meio de altura, mas, Bobby calculou, talvez fosse um ano mais velha do que ele, apesar das roupas de cores vivas, com apliques de personagens de desenho animado que ele já superara há muito tempo. Ela colocou a mão aberta na barriga que brotava sobre o cós da calça de moletom, e a bateu com força na pança dilatada, formando uma pálida estrela-do-mar na pele.

Bobby se escondeu no mato alto, sem querer ser visto. Precisava era de camuflagem, como Sunny e ele usavam quando brincavam de guerra. Cores de lama, folhas e moitas. Riscos de tinta sombrios pelo rosto tornavam-no parte da casca da árvore, uma criatura da natureza, na palma da mão da terra.

O velocípede parou e a menina olhou diretamente para ele, como se os dois se conhecessem. Constrangido, Bobby se levantou de um salto, como se nunca tivesse se escondido ali.

— Qual é o seu nome? — perguntou a menina.

Thomas Allen, um garoto da turma de Bobby, imitava as crianças com necessidades especiais da outra escola, do outro lado da cidade, perto dos Deeps. Ele rolava a língua, forçando-a para dentro do lábio inferior e falava lentamente numa voz estúpida. Bobby não podia fingir que ela não era meio parecida.

— Bobby — disse ele.

— Qual é seu sobrenome?

— Nusku. — Bobby se colocou na ponta dos pés, equilibrado numa pedra, e olhou o morro, por sobre o ombro da menina. Não vinha ninguém. De repente lhe ocorreu o que poderia acontecer se alguém da escola o visse falando com ela. Implicariam com ele, ele seria empurrado e, até que Sunny recuperasse toda sua capacidade de ciborgue, ele teria de enfrentá-los sozinho. Precisava se afastar dela o mais rápido possível.

Bobby nunca sentira esta autoconsciência elevada e isso o envergonhou. O que a mãe diria quando voltasse — encontrando Bobby como a antítese de tudo que ela ensinara sobre gentileza e aceitação?

A menina puxou o elástico da calça de moletom e o soltou, revelando brevemente a pele branca acima de seus tênis.

— Meu nome é Rosa Reed. Quer brincar? — Ela desceu do velocípede. Na mão, havia uma hidrocor preta. Ela a estendeu para Bobby como o bastão de um corredor. — Quer brincar? — repetiu. Ele torcia uma folha comprida de mato entre os dedos.

— Brincar do quê? — perguntou ele. Marcas de dentes guarneciam a caneta de plástico. — O que você quer que eu faça com isso?

— Escreve seu nome. — Ela colocou a mão no cesto encaixado na frente do velocípede e pegou um bloco enroscado cheio das palavras "Rosa Reed Rosa Reed Rosa Reed" em garranchos fragmentados e convulsivos.

— Por quê?

— Eu coleciono nomes.

— Mas você só tem um.

— Bobby Nusku — disse ela, balançando a cabeça —, às vezes você é engraçado.

Ele pegou o caderno, escreveu seu nome e o devolveu a Rosa com a maior rapidez possível. Parecia importante não estarem fisicamente ligados, que eles não se tocassem nem segurassem o mesmo objeto ao mesmo tempo. Bobby mudou o peso do corpo do pé esquerdo para o direito. Começou a salivar, como se o próprio preconceito inesperado realmente o fizesse vomitar.

— Agora — disse ele — você tem dois.

— Espere aqui — pediu Rosa. Ela foi à casa da esquina e pegou, no jardim, uma bola de basquete de couro arranhado.

Bobby não sabia que era lá que ela morava. Ele não concedeu à menina esse nível de normalidade, morar numa casa, numa rua, na rua dele, como ele próprio. Isto o deixou duplamente nauseado por continuar constrangido com a perspectiva de os dois serem vistos juntos. Bobby tentou engolir a sensação, um pedaço de carne impalatável.

Eles se sentaram no meio-fio e quicaram a bola um para o outro. Embora ela fosse desajeitada, seus dedos curtos e morosos, rapidamente a dupla criou um padrão em que Bobby imitava Rosa sempre que ela deixava cair a bola. E ela ria até doer do lado do corpo. Ele ainda vigiava, vendo se alguém vinha, mas não aparecia ninguém.

Rosa imitou Bobby, mas seu movimento era canhestro. Bobby imaginou que ela era controlada de dentro por alguém muito menor. Toda brincadeira que eles faziam se desintegrava em uma rotina desarmônica de chamado e resposta. Ele levantava um braço, ela fazia o mesmo. Ele jogava a bola, ela jogava a bola. Não havia competição, apenas uma dança estranha e especular feita em silêncio, como se eles fossem duas pétalas de uma flor, atingidas no intervalo de uma fração de segundo pela mesma brisa suave.

Bobby estava se divertindo. Pela primeira vez desde que visitara o hospital, Sunny saía de sua mente, assim como a ideia de que ele e Rosa podiam ser descobertos. Por alguns instantes adoráveis, a autoconsciência renunciou a suas garras nele e Bobby estava feliz. O tempo passado com Sunny lhe ensinara que era isto que significava a amizade. Receber a chave para uma parte trancada de sua alma.

* * *

O primeiro hálito do crepúsculo esfriou a pele de Bobby e lhe deu arrepios. Em algum lugar ao longe, ele ouviu risos. Ricochetearam pelo ar e se suavizaram, desaparecendo como uma ideia sem mérito nenhum. Ele agora entrava em pânico.

— Rosa — disse Bobby de repente —, eu preciso ir.

— Por quê? — Ela girava a bola nas mãos.

— Simplesmente preciso. E você também. Você precisa ir para casa.

— Por quê?

— Vá para casa! — Ele a empurrou, gentilmente, para virar seu corpo, mas ela era mais forte do que parecia e não se mexeu. — Por favor.

— Por quê?

Ele ouviu o riso novamente, animado, próximo. Eles estavam chegando. E o veriam com ela. Acabou-se. Bobby a segurou pelos ombros.

— Rosa, você precisa ir, agora.

Ela pegou a caneta e o papel no bolso e escreveu "Rosa Reed, Bobby Nusku".

— Não — disse Rosa com raiva —, eu quero brincar.

Em silhueta contra o sol que baixava, ele os viu, os três meninos do parque, subindo o morro.

— Desculpe — disse ele.

Tarde demais para correr dali, Bobby abaixou-se atrás da moita, deixando Rosa na calçada. Meteu a cabeça entre as pernas e passou os braços pelos joelhos com a maior força que pôde. Prendeu a respiração.

Eles chegaram, mas não o viram.

— Oi. Meu nome é Rosa Reed. Qual é o seu nome?

Amir repetiu o que ela disse como se fosse um som tocado em baixa rotação. Os dois Kevins riram. Bobby queria correr e conseguir ajuda, mas tinha medo demais para se mexer. Eles implicaram com ela por um tempo, mas ela não entendeu. O riso deles baixou a um murmúrio e então os sons começaram a se sobrepor.

A batida da caneta e do bloco de Rosa na rua.

A sola de seu sapato raspando de um lado a outro do meio-fio.

Seu gemido, como o de um temporal anormal.

Bobby só conseguia escutar, petrificado, e imaginar o pior. Ela gritou, depois o grito se interrompeu, como se um deles tivesse tapado sua boca com a mão. E o bater da calça de Rosa onde suas pernas chutavam parou também, como se eles a tivessem levantado e jogado no chão.

A lama sendo mexida.

O farfalhar da moita quando ela estendeu a mão para Bobby, batendo-a.

Enquanto ele descobria a vergonha, o lado sombrio dentro de nós que vem à luz, corcunda e humilhado, Rosa Reed, a menina com quem ele se constrangera demais em ser visto, estava a um metro, na terra, descobrindo o medo naquele mesmo instante.

Só quando os ouviu correr dali, sem rir, mas fugindo, foi que Bobby conseguiu se levantar. Rosa estava deitada de costas, onde eles a apertaram nos braços e nos ombros com força suficiente para deixar a marca de seu corpo na lama. A boca, o nariz e as orelhas estavam cheios de terra. A torrente de seus olhos traçava rotas vermelhas e erráticas pela terra grudada no rosto. Bobby pegou sua mão e a colocou sentada, depois tirou a lama de suas vias aéreas com os dedos. Usou o suéter para limpar as orelhas e as narinas. Rosa chorou. Fios finos e rosados de sangue proliferavam por baixo da pele em volta de seus olhos. Estavam vidrados, ela se afastara, fora a outro lugar, um lugar melhor, a um jardim qualquer aonde vamos na mente.

— Desculpe, Rosa — disse ele.

Ele precisou de toda sua força para ajudá-la a se levantar. A terra solta em seu cabelo e nas roupas rapidamente caiu no chão. Ele colocou o braço de Rosa em seu ombro e ela chorava tão alto que, quando chegaram à casa de Rosa, a porta já estava se abrindo.

Uma mulher estava em pé ali. Sua pele era clara, tinha cabelo e olhos escuros, o projeto tormentoso de uma madona cigana. Rosa se agarrou à mulher e por um tempo elas choraram uma no pescoço da outra, a lama agora se grudando às duas.

Rosa pedira à mãe para brincar na rua, tanto que ela enfim, com relutância, concordara. Foi uma decisão simples, uma em um milhão ao longo dos anos, de que a mulher sabia que se arrependeria pelo resto de seus dias. Esta era sua experiência da maternidade, algo em que você pode ser bom por uma vida inteira, mas só precisa ser incompetente por um segundo.

Uma nuvem cinza engoliu o sol. A mulher olhou para Bobby e falou com uma vontade tão forte que ele jurou poder vê-la como a cor nas íris de seus olhos, um roxo esverdeado de pele de cobra molhada.

— O que aconteceu com minha filha?

— Apareceram uns meninos — disse ele. — Eles a prenderam no chão e encheram a boca, os olhos e o nariz com lama. — A mulher foi para dentro da casa e saiu com uma garrafa de água. Rosa, ainda incapaz de recuperar o fôlego, jogou a cabeça para trás e deixou que a mãe despejasse o conteúdo da garrafa em sua boca e pelo rosto. Por fim, Rosa pegou a garrafa e a mulher se aproximou de Bobby. Colocou a mão em sua nuca e o obrigou a olhar para ela. Acima de sua cabeça, a nuvem escura que ocultara o sol formava um halo taciturno.

— Esses meninos — disse ela —, esses meninos eram amigos seus?

— Não — disse Bobby, mas, ainda angustiado de vergonha, até a ele parecia uma mentira. Ela o beliscou com mais força. — Eu não sei quem eles eram. Não vi.

— Fale a verdade. Você fez isso com ela? — Ela apontou para Rosa. Bobby meneou a cabeça. Duas lágrimas caíram do rosto da mulher, formigas quentes pousando no cabelo dele.

— Não.

— Porque vou matá-lo, se foi você.

As palavras saíram de Bobby aos trambolhões:

— Eu fiquei com medo. Me escondi. E peço desculpas.

— Deus me perdoe, mas vou quebrar cada osso de seu corpo...

— Não! — gritou Rosa. A mulher soltou o pescoço de Bobby. Rosa abriu o punho cerrado e sujo e dentro dele estava o pedaço de papel que trazia o nome dos dois. A mulher pegou e leu em voz alta:

— Bobby Nusku.

— Esse é Bobby Nusku — disse Rosa. — Bobby Nusku é meu amigo.

A mancha de urina na calça dele clareava, mas ainda era visível, sua covardia secando no tecido. A mulher tinha visto. Este círculo de sua vergonha se completara e ele correu o mais rápido que pôde. Quando chegou em casa, não havia ninguém lá.

4

A RAINHA

Bobby abriu o armário debaixo da pia da cozinha, pegou um frasco de alvejante e descobriu que não tinha força suficiente para abrir a trava anticriança. A tampa dentada marcou a palma de sua mão. Frustrado, pegou o frasco mais próximo que conseguiu encontrar e, com a escova mais áspera, esfregou a urina de sua calça. Quando o pai e Cindy chegaram em casa de seu jantar de aniversário em um restaurante chinês do bairro, perceberam, pelo cheiro de limão, que Bobby usara o xampu mais caro — reservado para as melhores clientes dela — e acabara com sua escova de unhas. Quando Cindy se enfureceu, a pele de seu pescoço se retesou, levando todas as feições a uma expressão aguda. Ela exigiu que Bobby fosse castigado, mas ele se enfiou por baixo do braço estendido do pai e fugiu o mais rápido que pôde.

Ele passou a noite no quarto, reunindo freneticamente as coisas para a volta da mãe. Já fazia algum tempo desde que ela partira. Não sabia exatamente quanto, mas tinha certeza de que ela voltaria logo. É claro que voltaria. Ela nunca o decepcionara na vida.

Debaixo do colchão, escondido por dentro da roupa de cama, havia um estilete que ele pegara no cinto de ferramentas do pai. Ele usou para cortar um quadrado pequeno de tecido de cada um dos vestidos de Cindy. Na eventualidade de ela fugir e mudar de identidade, privando Bobby da oportunidade de se vingar, antes que Sunny, o ciborgue, estivesse em pleno funcionamento, isto simplificaria a vida. Comparando o quadrado com o buraco no tecido, Sunny poderia confirmar a verdadeira identidade de Cindy. Depois ele poderia destruí-la. Fazer o fogo dançar em círculos aos pés dela, queimar seu esqueleto e não deixar nada além de um monte preto de cinzas por dentro de suas roupas, onde antes ficava o corpo. Talvez então ela se sentisse uma imbecil por ter cabelo inflamável.

Bobby jamais sentiu tanta raiva na vida. A mãe sempre lhe ensinou que a raiva era um desperdício de energia, que era melhor transformá-la em amor. Mas a raiva era boa, tomava todo seu corpo, cozinhava seu sangue. Ele queria se cortar, deixá-la sair, jorrar num grande arco vermelho pelo quarto. E, então, vê-la esfriar no vidro gelado onde ele agora via seu reflexo, um enxame de veias nas têmporas. Igual ao pai. Mas ele não queria ser como o pai. Nem agora, nem nunca. Que força devem ter as pernas de um homem, perguntou-se Bobby, para sempre carregar seu peso morto de ódio nas entranhas?

Escondido em uma lata de biscoito enferrujada atrás do guarda-roupa, estava um maço de antigas fotografias da família. Enquanto o estilete ainda estava afiado, Bobby recortou a cabeça do pai de cada uma das fotos.

Colocou cuidadosamente todas as novas amostras na caixa vazia de cereais e numerou-as uma por uma para seus arquivos. Depois apagou a luz e esperou no escuro até que os outros fossem dormir. Não demorou muito. A cama deles rangia e era velha, guinchando no ritmo agitado de seu sexo breve e desapaixonado. Depois disso, roncos. Feliz aniversário de casamento, pensou Bobby.

Esgueirando-se no maior silêncio possível, ele desceu a escada para ver televisão. No noticiário, mostraram um helicóptero perseguindo a luz de um refletor por alguns campos. A fazenda onde a polícia estivera parecia solitária contra os pontinhos da festa celeste da noite. Bobby acionou as legendas para entender o que o homem dizia — o detetive Jimmy Samas, segundo o noticiário. Ele era novo. Novo demais, pensou Bobby, para ter um trabalho tão importante. Em geral o noticiário era composto por falatório de caras de buldogue, políticos de papada e dirigentes sindicais de queixo duplo. Parecia que o detetive não tinha saído da escola há muito tempo e dava a impressão de constrangimento, ou talvez só estivesse farto da chuva. Ainda assim, ele tranquilizou a todos que assistiam de casa, "Embora o rastro agora tenha esfriado, não há dúvida de que a caçada continuará".

Passarinhos cantaram no amanhecer. Como devia ser glorioso, pensou Bobby, esquecer o dia que passou e acordar cheio de música.

Chuvisco, um véu fino de teia de aranha; as ruas, um espelho cobalto do céu. Bobby vagou. Canteiros de flores parcialmente cavados, túmulos vazios junto da rua, com uma escultura, arranhada e enferrujada, a lápide de uma cidade morta. Ele pegou o caminho mais longo, para nenhum lugar específico, se alguém perguntasse a suas pernas, mas seu coração sabia aonde ia — ao lugar em que pensara durante a noite toda.

— Bobby Nusku — disse a mulher. Ele gostou de como seu nome foi pronunciado. Não era nada parecido como dizia o pai, como se tossisse as palavras com a língua.

— Oi — cumprimentou ele, olhando os próprios sapatos. Ficou satisfeito ao ver que as manchas de urina tinham sido lavadas do chão pela chuva.

— O que está fazendo aqui? Você está ensopado. — Ela afastou os cachos molhados da franja de sua testa com um dedo delicado. — Você vai ficar doente.

— Eu estou bem.

— Falei com a polícia sobre o que aconteceu. Eles vieram conversar com Rosa. Não sabia onde encontrar você.

Bobby coçou a parte de trás da perna com a ponta do sapato.

— Tem uma coisa que eu quero lhe dizer.

— Bom, nesse caso é melhor você entrar. — Bobby hesitou. — Sei que Rosa gostaria de ver você. Meu nome é Valerie. Valerie Reed. Mas pode me chamar de Val. É como todo mundo me chama.

Val passou uma toalha vermelha e macia pelos ombros de Bobby e o fez se sentar à mesa da cozinha. Fervendo a chaleira, deixou que o vapor afagasse seu rosto, depois colocou uma colher de chocolate em pó em uma caneca e despejou água quente por cima.

Rosa desceu a escada, vindo do banheiro, onde Val lhe dera banho.

— Oi, Bobby Nusku — disse Rosa, e ele ficou surpreso por ela ficar tão deliciada ao encontrá-lo sentado ali. Ela estendeu a mão e ele percebeu que suas unhas brilhavam como o branco da roupa de cama de hospital. Bobby nunca vira ninguém tão limpo. Deixou-o brutalmente consciente da sujeira que secara por dentro de suas orelhas. Val abriu um saco de marshmallows. Ele pegou um e desfrutou de sua pressão macia contra a língua.

— O que você tem para me dizer? — perguntou ela.

— Eu tenho um amigo — disse Bobby. — Ele é um ciborgue.

— Um ciborgue? — Val sorriu. — É um amigo muito útil de se ter.

— No momento ele ainda está sendo construído, mas, assim que estiver pronto, poderemos pegá-lo para matar aqueles meninos para você.

— Ah, bom... Não sei se alguém deve ser morto.

— Então, como vamos impedir que façam isso de novo?

— Bobby — disse ela —, é muita gentileza de sua parte querer cuidar de Rosa desse jeito, mas acredite em mim quando eu digo que existem outras maneiras, muitas outras.

Um cachorro entrou na cozinha, roliço e sustentado por grossos tubos de carne. Tinha o olho rosa e caído, de modo que a pele exposta pegava raios de luz quando ele se mexia. Em sua boca estava o velho relógio de pulso de Val, que ele tinha a mania de roer. A tira de couro mutilada pendia dos dois lados.

— Oi, Bert — disse Rosa. Grunhindo, ele se jogou no chão, porque já sabia, desde há muito tempo, que sua sobrevivência não dependia de sua cooperação. Val arrancou o relógio de seus maxilares e colocou um biscoito perto de sua boca. Ele o pegou de lado com a língua, deixando no linóleo um semicírculo de farelos e baba reluzente.

— A polícia não vai fazer nada — disse Bobby. — Eles vêm na sua casa e depois vão embora.

— E como você sabe disso?

— Eu já vi. — O guincho de pernas de cadeira sendo arrastadas no chão fez Bert fugir. Val se levantou.

— Está com fome? — perguntou ela.

— Estou — respondeu Bobby.

— Então, vou preparar alguma coisa para você comer.

Rosa e Bobby viram desenho animado. Depois de um tempo, tentaram brincar de esconde-esconde, mas abandonaram a ideia porque Rosa só queria ter qualquer papel que Bobby se atribuísse, fosse o de quem se esconde ou o de quem procura, circunstância que fez o jogo falhar. Ele contou as vezes em que ela escrevera seu nome ao lado do dele em um caderno: dezessete. O tamanho das letras oscilava loucamente, jamais chegando ao final da página, sendo, antes, conduzidas por um laço invisível.

Val chamou para que eles descessem e os dois foram recebidos por um prato de salmão de aparência deliciosa, ligeiramente corado, batatas do tamanho de ovos emoldurando uma porção desmoronada de manteiga derretida, e lanças verdes e estranhas que Bobby nunca vira na vida. Ela explicou que se chamavam aspargos e deixariam seu xixi com um cheiro estranho. Rosa riu.

— Val Reed — disse ela —, às vezes você é engraçada.

— Tem certeza de que seus pais não estão procurando por você? — perguntou Val a Bobby, com um cristal de sal que parecia um floco de neve acomodado nos lábios.

— Tenho. — Bobby empurrou uma lasca de salmão no limão para o poço abaixo da língua.

— Sei que isso não é verdade. Você precisa ligar para eles.

— Meu pai não está em casa.

— E a sua mãe?

— Não sabemos onde ela está.

Val formou um "O" com a boca, os lábios ondulando para tornar o círculo maior, depois menor. Sem que ela soubesse, isto aconteceu no ritmo perfeito do coração de Bobby.

— Temos sorvete.

— Meu pai disse que eu não posso tomar sorvete.

— Não — disse Val. — Ele está enganado. Você pode tomar quanto sorvete quiser, sempre que tiver vontade.

Rosa, Val e Bobby tomaram sorvete no sofá. Viram filmes da Disney, até que Rosa adormeceu. Para Bobby, as horas passaram rapidamente e foram felizes.

Quando Val saiu da sala para levar Bert ao jardim, Bobby olhou pela janela. Estava escuro lá fora e seu hálito deixava flores nebulosas no vidro. Triplicado, seu reflexo perseguia a si mesmo pela vidraça. Quando ela voltou, Bobby tinha desligado a televisão. Não havia nenhum ruído além do zumbido de eletrodomésticos meio vivos. A torradeira. A lâmpada. Um olho vermelho em estado raso de sono, esperando, torcendo para ser acordado.

Val parecia feita à mão, pensou Bobby. A ponta espremida do nariz brilhava; tinha formato de cotovelo. E seu queixo era elegante e quadrado.

— Chega de TV por hoje — disse Val. — Nossos olhos vão saltar da cabeça.

— Isso acontece de verdade? — perguntou ele.

— Não, de verdade, não. Pelo menos eu acho que não.

— Eu não sei, porque não vejo muita TV.

— Não vê? Isso é incomum. Pensei que todas as crianças vissem muita TV hoje em dia.

— Eu não.

— E o que você faz? Você lê?

— Meu pai não tem muitos livros.

— Ah. — Val olhou a filha perseguindo um sonho por trás das pálpebras. — Você precisa ir — disse ela —, está tarde.

— Está tudo bem.

— Não tem hora para chegar em casa?

— Não.

— Então, o que você quer fazer?

Bobby pensou no assunto.

— A gente pode conversar.

— Conversar?

— É.

— E sobre o quê?

— Você é a dama — disse ele —, pode escolher.

Val não conseguia se decidir se havia uma pessoa melhor ou pior do que uma criança com quem se confidenciar. Por um lado, os conselhos que ele daria seriam limitados. Por outro, o alívio oferecido seria profundo. Fazia muito tempo que Val não tinha uma conversa significativa, e três semanas desde que trocara palavras importantes com qualquer um além de Rosa. De tempos em tempos, quando falava, Val era apanhada de surpresa por sua voz construindo frases.

Ela se esforçava para se lembrar do próprio número de telefone, de tão desacostumada que estava a dar aos outros. Os amigos que teve na escola se foram, o nascimento de Rosa fora um catalisador para seu lento afastamento. Eles não ficavam à vontade com a deficiência de Rosa e com as exigências de Val, que afetavam o grupo sempre que se reuniam. Ela supunha que eles não podiam ter sido amigos de jeito nenhum. Pelo menos havia alguma satisfação nisso.

Ultimamente ela desejava procurar o médico. Embora as mãos dele fossem frias, o papo era uma trégua bem-vinda ao prolongado vazio. Às vezes ela pensava em fingir sintomas, só para sentir aquele queixo áspero contra seu corpo e falar das mudanças no tempo.

Mas isto, estar sentada ali com o menino, parecia um vislumbre do mundo da vida real, um mundo de que ela jamais chegara a fazer parte. Ela e Rosa tinham uma existência com sua própria realidade. Esta espiada em outra realidade a deixava curiosa. E tagarela. Logo, Val tinha contado a Bobby muito do pouco que tinha a dizer a respeito de si mesma. O calor do companheirismo dele prolongava-se como a marca de um travesseiro na pele depois uma boa noite de sono.

Embora gostasse de ficar com Val, Bobby sentia-se estranho por motivos que não conseguia explicar. Era como se ela estivesse encarando, examinando seu rosto, e tinha dificuldade para olhá-la nos olhos por longos períodos de tempo. Enquanto ele abotoava o casaco, percebeu por que isso parecia tão incomum. Ela não olhava por cima do ombro dele.

— Posso lhe fazer uma pergunta? — pediu Bobby.

— Claro — respondeu Val —, qualquer coisa.

Bobby parou por um segundo, organizou as palavras mentalmente, verificou sua ordem e como soavam, o que elas significariam em sua boca e nos ouvidos dela, cuidando para que os detalhes fossem perfeitamente sintonizados.

— Promete que não vai se ofender?

— Como vou saber antes de você falar?

— É só que estou interessado...

— Então, pergunte.

Bobby engoliu em seco.

— Qual é o problema da Rosa?

Val pensou e por mais de um minuto eles ficaram sentados em completo silêncio, ele desejando que as palavras estivessem presas a sua boca por um barbante para que fossem puxadas de volta à garganta.

— Problema nenhum — respondeu ela, e segurou a mão dele.

Val pegou os sapatos de Bobby no armário embaixo da escada. Arranhados e gastos, o tamanho lembrava a ela o quanto ele era novo, e como ele parecia velho.

— Tive uma ideia — disse ela. — Amanhã você deve vir trabalhar comigo.

Val arrancou uma folha em branco do caderno de Rosa e rapidamente escreveu algumas palavras, as quais Bobby esticou o pescoço para ver. Enquanto ela estendia o braço por cima da filha para entregá-la a Bobby, a folha pairou contra a respiração de Rosa adormecida.

Bobby olhou o papel e viu as palavras "Biblioteca Itinerante", com um endereço. Um lugar que ele nunca vira.

5

O DRAGÃO QUE NÃO SOLTA FOGO PELA BOCA

Bobby imaginou que o bairro todo podia ouvir a briga de seu pai com Cindy. Ele mesmo conseguia ouvi-los da metade da rua. Esta briga estava especialmente ruidosa, o suficiente para que ele conseguisse entrar de mansinho e se retirasse para o quarto sem ser notado.

Pontilhada pelo tiroteio de portas batendo, a briga teve alguns finais falsos, reacendendo com ferocidade após o silêncio. Por fim, chegou a um crescendo, Cindy gritou e Bruce saiu apressadamente da casa. Pela janela do segundo andar, Bobby o observou sair, entrar em seu furgão, e acelerar pela rua. Era sempre assim que as brigas dos dois terminavam, mas Bobby percebeu que estavam ficando mais curtas, e os olhos de Cindy mais roxos.

Meia hora depois, chegaram três amigas de Cindy. As mulheres ficaram ali até tarde, bebendo vinho e fumando, comemorando a noite de sábado de um jeito que sugeria que as noites de sábado eram mais que uma inevitabilidade. A fumaça escapulia escada acima, enchendo os cantos e adejando pelo teto. Esgueirou-se por baixo da porta do quarto de Bobby, até onde ele estava deitado, com a orelha no tapete, como um chefe índio procurando ouvir o ruído distante de cascos de cavalos. Ele tossiu quatro vezes com a boca enterrada na carne macia do braço, para que ninguém ouvisse.

Depois que as amigas de Cindy foram embora, Bobby desceu para pegar amostras para os arquivos. Mais precisamente, eram para uma subseção dos arquivos montada em torno de um diário que ele mantinha, detalhando todos os acontecimentos desde que a mãe fora embora. Sempre que possível, ele registrava o nome de todos que apareciam na casa, ao lado de um esboço simples de seu rosto, de frente e de perfil, e uma breve descrição do que vestiam. A hora de dormir era registrada. Recibos e extratos bancários eram recuperados da lixeira e preservados. Nesta noite, ele encontrou um tesouro de artefatos. Espelhos de bolso com carreiras de um resíduo branco e pegajoso. Um pincel de maquiagem com cílios presos. Uma caixa de chocolate em formato de pênis, um deles meio devorado e deixado ali, derretendo. Ele sabia que a mãe ia querer saber de cada detalhe do que perdera e quanto mais provas materiais tivesse, melhor.

Gee Nusku tinha pintado esses tetos. Ela colocara tapete nos pisos. Para Bobby, esta casa era dela, essas paredes sua caixa torácica e, dentro delas, seu coração. Ele podia mantê--lo batendo até o dia em que seu próprio coração parasse, morto.

Apesar de trabalhar nos arquivos a noite toda, ele não estava cansado quando o pai voltou, embora se escondesse embaixo do cobertor até Bruce perder a consciência de novo no chão frio do banheiro. Bobby ainda não tinha dormido quando o sol procurou seu quarto. Estava excitado demais para isso. Pela primeira vez em semanas, tinha aonde ir e amigas que estariam esperando quando ele chegasse.

No domingo, de manhã bem cedo, gotas de orvalho como globos iluminavam a grama de discoteca. Bobby não ia com frequência ao Deeps. Carros largos ladeavam as ruas. Casas novas surgiam do chão como se unidas pelos canteiros de flores vibrantes que as cercavam. Leões de mármore branco montavam guarda, vigas de madeira dividiam fachadas falsamente envelhecidas e, em algum lugar, que Bobby imaginou ser um jardim magnífico, ele ouvia o escorrer impaciente de uma pequena fonte. Até as nuvens pareciam estar se comportando melhor. Peroladas, roliças e imóveis, esperando para serem capturadas pela aquarela amorosa de uma mão calma. Bobby supôs que ninguém no Deeps tinha pênis de chocolate mordidos e deixados para derreter.

Primeiro ele viu Bert, depois Rosa, em seguida Val andando atrás deles. Rosa lhe deu um abraço apertado de urso e ele procurou não demonstrar o quanto doeu. Val tirou da bolsa um molho de chaves tilintando para abrir o portão.

— Que bom que você veio — disse ela —, não tinha certeza se conseguiria.

— Também acho bom você ter vindo — disse Rosa, e Bobby sorriu. Eles passaram pelo portão um por um.

A biblioteca itinerante era o maior veículo que Bobby tinha visto na vida. Ele contou dezesseis rodas, algumas sobressalentes, colocadas acima dos eixos para dar sorte.

A cabine na frente trazia um sorriso em sua grade de dentes prateados, e havia buzinas idênticas a canos de escapamento curvados para o céu.

— Você é bibliotecária? — perguntou Bobby.

— Ah — disse Val —, bem que eu queria.

Eles foram à traseira do caminhão, onde Val torceu a chave na fechadura e deixou Rosa apertar um botão. Com um golpe alto e metálico, a gigantesca porta de aço se abriu e se transformou em uma escada que desceu até seus pés.

Dentro da biblioteca, os livros estavam empilhados em prateleiras do chão ao teto em três lados. Bobby nunca viu tantos, nem mesmo imaginou que existissem em tal número. A coluna de espaço que corria pelo meio da caçamba era guarnecida de estantes menores, formando um labirinto simples que levava ao fundo. O carpete era tecido de fibras hostis cor de vinho, a não ser por uma área nos fundos onde era grosso e de lã. Para Bobby tudo parecia, em partes iguais, proibido e misterioso. Ele já não queria ir embora.

Rosa sentou-se e esvaziou o conteúdo de sua bolsa. Pegou uma caneta, pôs a tampa na boca e forçou a ponta de sua língua para dentro dela. Depois escreveu "Rosa Reed, Val Reed, Bobby Nusku" sem parar no caderno.

Val encontrou produtos de limpeza no armário atrás do balcão, fluorescentes e empilhados como fogos de artifício esperando para serem acesos. Enquanto enchia um balde com água quente, ela limpou o alto e as bordas de dois blocos menores de estantes, "Ficção científica" e "Biografias". Depois que a água esfriou, acrescentou um jato de alvejante e Bobby observou enquanto ela limpava a escada. Torcido, o esfregão tinha o tamanho perfeito para derrubar as teias de aranha que se acumulavam nos cantos superiores em volta de "História". Depois, Val limpou o banheiro.

— Às vezes — disse ela a ninguém em particular — eu tenho medo de que esta vida seja apenas uma jornada entre banheiros.

Depois de aspirar o carpete, Val convidou Rosa e Bobby para se sentarem do lado de fora, em velhas cadeiras de lona, debaixo de um toldo retrátil na entrada. Eles dividiram os sanduíches que ela preparara naquela manhã. Bacon, alface e tomate em um pão de centeio flexível que reassumia sedutoramente seu formato quando apertado. A fome tinha aberto um buraco na barriga de Bobby e ele comeu rapidamente. Rosa jogou suas crostas para Bert, que as devorava sem se incomodar em mastigar.

— A faxina acabou? — perguntou Bobby.

— Acabou — disse Val. — E enquanto você está limpando, outra pessoa está sujando. Sempre tem outra pessoa, Bobby, e sempre tem alguém com mãos sujas.

— Eu não sujei nada.

— Eu sei — disse ela e sorriu.

— Val — disse Rosa, colocando a cabeça no peito de Val, como se escutasse uma conversa dentro de sua caixa torácica. — Para onde a biblioteca vai?

Bobby gostou de olhar Val e Rosa como mãe e filha. Já era evidente para ele que as duas tinham rotinas estabelecidas, que ele jamais desejaria interromper, e que era assim que elas passavam os dias juntas. Ele entendeu, pelo jeito como se recostava no colo de Val e fechava os olhos, que

Rosa devia fazer esta pergunta toda semana, embora já soubesse a resposta.

— Bom, agora que está arrumada e limpa, alguém virá na manhã de segunda-feira e irá dirigi-la para um lugar diferente, assim as pessoas que moram perto podem vir pegar alguns livros emprestados com seus cartões da biblioteca. Depois vão levá-la a um lugar diferente todo dia até a sexta-feira que vem, quando deixam aqui para a gente vir limpar de novo na manhã de domingo. Só que eles podem acabar com isso logo, porque custa muito dinheiro. — Val passou os dedos pelo cabelo de Rosa, como uma tesoura gentil, vindo a parar no alto de suas costas. — As bibliotecas móveis não são só caminhões como o nosso. Existem no mundo todo e em alguns países usam animais.

— Que animais?

— Bom, no Quênia, na África, onde faz muito calor o tempo todo, eles usam camelos. Chama-se "Serviço de Biblioteca por Camelo". Eles têm doze camelos e os camelos são grandes e fortes, assim podem carregar sacos pesados nas corcovas. Eles todos podem levar uns setecentos livros e os entregam a todas as pessoas que moram em todas as aldeias pequenas por todo o deserto. — Rosa torceu os dedos da mão esquerda na palma da mão direita. — Dá para imaginar todos os camelos babando nos livros com aquela língua grande e horrível? — Val esticou a língua ao máximo e a rodou. Rosa riu. Bert se retirou para baixo de um eixo traseiro, lambendo das patas o que restava do orvalho. — No Zimbábue, que também fica na África e também é muito quente, eles têm uma biblioteca em uma carroça puxada por um burro. Precisa ser um burro grande, porque ele tem de ser muito forte para puxar todos aqueles livros. Sabe por que mais ele precisa ser forte?

— Por quê?

— Pra fazer iii-hoon! — Um avião passou, perdido no redemoinho de nuvens, barulhento o bastante para tragar o riso de Rosa. — Na Noruega, onde é um pouco frio, tem uma biblioteca num barco, para que os livros sejam levados a todos os velhos que moram nas ilhas pequenas. E, na Tailândia, onde faz calor, chove muito e existem selvas, usam elefantes enormes para levar os livros a todas as pessoas que moram longe demais, em casas nas árvores. — Val colocou o braço em seu nariz como uma tromba, franziu os lábios e fez um barulho que parecia uma trombeta. — Qual você prefere? Acho que eu iria preferir o elefante. Ele poderia alcançar todos os livros nas prateleiras mais altas.

— O elefante — disse Rosa, e saiu e pulou na maior poça que conseguiu encontrar. A água explodiu em volta de seus pés, ensopando a calça dos tornozelos aos joelhos.

— Gosto da sua biblioteca — disse Bobby. Por um momento, Val se esquecera de que ele estava ali.

— Obrigada por vir. Se quiser, pode levar alguns livros. — Bobby não estava acostumado a receber presentes e seu primeiro instinto foi de que precisava pagar. O pai nunca deixou que ele tivesse dinheiro.

— Para quê? — perguntou ele.

— Para ler, é claro. Desde que você os devolva na semana que vem.

— Eu posso simplesmente levar?

— Desde que você prometa que não vai perder, nem rasgar em pedaços. — Os livros que havia na casa de Bobby foram guardados há muito tempo no sótão pelo pai, que dizia que eles bagunçavam o lugar. Além de um manual de mecânica de carros e uma bíblia de Gideão retirada de um hotel, eram principalmente livros de imagens que a mãe comprara para ele quando criança de colo. Ela lhe ensinou que eram preciosos. Ele ainda associava o cheiro de suas páginas com a voz dela e o estalo baixo ao abrir uma lombada em capa dura com o calor de seu colo no rosto dele.

— Prometo mais do que todas as outras promessas juntas para sempre. — Ele fez o sinal-da-cruz no coração e lhe mostrou que seus dedos estavam abertos, que ele não trapaceava no acordo.

— Em cada livro há uma dica sobre a vida — explicou Val. — É assim que as histórias são ligadas. Você lhes dá vida quando lê; assim, as coisas que acontecem neles acontecerão com você.

— Não acho que as coisas que acontecem nos livros vão acontecer na minha vida — disse ele.

— É aí que você está enganado — discordou ela. — Você apenas ainda não as reconheceu.

Começou a chover. Val gesticulou para Rosa entrar. Pegando Bert no colo, seu corpo caindo mole nos braços, ela partiu para a biblioteca. Bobby entrou e colocou a cadeira um pouco mais perto da de Val, para que suas pernas se tocassem.

— É bom ter uma amiga nova — disse ele e ela concordou, já suspeitando de que a palavra "bom" não fazia justiça à chegada dele na vida das duas.

* * *

Val deixou Bobby levar quatro livros, apesar de ele não ter o cartão da biblioteca. Ele prometeu que cuidaria dos livros e cuidou, escondendo-os em um lugar em que ninguém jamais encontraria. No fundo do guarda-roupa, atrás das caixas com as coisas da mãe, com seus arquivos.

Um dos livros, *O homem de ferro*, de Ted Hughes, falava de um garoto pequeno e um robô gigante que ficaram amigos. Bobby se perguntou se isso era uma dica sobre sua vida. Ele era o menino e Sunny, o robô. Ele desejou mais do que tudo poder contar isto a Sunny. A essa altura, Sunny poderia passar os olhos pelo livro em cinco segundos e memorizar tudo para sempre.

Bobby ficou tão ocupado lendo os livros que deixou de lado a manutenção dos arquivos. Esqueceu-se de contar as garrafas vazias. Não registrou a que horas do dia a porta batia. As mulheres vinham fazer o cabelo e ele nem mesmo anotava seus nomes, ou que penteado de celebridade queriam imitar.

Ele queria estar em um livro, ter uma aventura. Mas sua história parecia pronta. Nem mesmo tinha sentido ser lida.

Quando ele acordou, o céu era um cor-de-rosa de recém-nascido. Esperar que o pai saísse para trabalhar era de enfurecer — Bruce sempre estava atrasado, enfiando café puro goela abaixo ou juntando apetite suficiente para engolir o café da manhã. Bobby notou a pele manchada em volta dos olhos do pai, o amarelado das bochechas. Como seria hilariante, pensou ele, se na volta de sua mãe ela não reconhecesse o homem com quem ainda era casada.

Assim que o pai saiu, Bobby foi diretamente à casa de Val e Rosa. Val preparou o café da manhã, com muitas coisas que ele jamais havia experimentado. Espinafre. Ovos pochê. Um queijo branco que se esfarelava com calor da ponta de seus dedos.

— O que você gostaria de fazer hoje? — perguntou Val.
— Não sei — disse Bobby. — O que tem para fazer?
— Podemos ir ao parque? — Bobby balançou a cabeça.
— Não gosta do parque?
— Não gosto tanto como gosto daqui.

Toda semana Val permitia que Rosa escolhesse um livro da biblioteca itinerante e, desde a descoberta de uma edição belamente ilustrada de *Alice no País das Maravilhas*, de Lewis Carroll, ela ficava com ele bem agarrado ao peito. Na capa, reproduzido em frágil folheado dourado, estava a imagem do sorriso do Gato que Ri. Cada dente trazia uma letra executada numa caligrafia elegante, correspondendo ao nome da heroína. Bobby levou alguns segundos para perceber que Rosa não estava só mostrando o livro a ele, mas insistindo para que ele pegasse, abrisse e lesse.

— Não posso ler isso para você — disse ele.
— Por quê? — perguntou Rosa.
— Simplesmente não posso.
— Por quê?
— Porque... — Toda desculpa em que ele conseguia pensar parecia se desviar assim que lhe vinha, como uma criança chutando uma bola que quer pegar. Rosa meteu o

livro no colo dele e abriu na primeira página. Bobby procurou ajuda em Val, mas ela tirou os chinelos e se reclinou na cadeira com as mãos na cabeça. Rosa imitou a mãe e as duas riram. Suspirando, Bobby terminou o que restava de sua torrada. Começou a ler em voz alta. Alice, entediada na margem do rio, perseguia o Coelho Branco, que levava o relógio por sua toca, e ficara perdida em uma sala com muitas portas.

— Faz as vozes — pediu Rosa. Val pegou o livro de Bobby.

— O que é isso, Rosa — disse ela —, dá um tempo ao coitado do menino.

Bert, perturbado pela comoção, passou por eles e entrou na sala de estar, com os restos deformados da correia de couro do relógio de Val formando uma língua macabra pendurada de seus lábios.

— Para a toca! — disse Rosa, pegando Bobby pela mão e levando Bert à sala, que da noite para o dia ela e a mãe haviam transformado completamente. Suspenso a pouca distância do chão, havia um teto falso de lençóis e cobertores, escorado por almofadas viradas do sofá e pilhas de travesseiros das camas do segundo andar. Debaixo daquilo, uma catacumba, em que Bobby entrou de gatinhas atrás de Rosa, imaginando um labirinto que se expandia infinitamente. Val os ouviu rindo e se perguntou o que havia de tão engraçado.

— Val — chamou Rosa, forçando a cabeça pelo espaço entre duas almofadas na parede da toca. Val estava sentada na escada, admirando a obra das duas.

— Sim?

— Bobby Nusku não pode vir morar aqui com a gente?
— Bobby ficou imóvel. Val viu a corcova de suas costas se erguer e cair abaixo dos lençóis.

— Ah, acho que o pai dele iria querer saber onde ele está.
— Ele não vai — disse Bobby.
— Como você sabe?
— Uma vez eu passei a noite toda fora porque pensei que tinha matado meu amigo Sunny.
— A noite toda? — Bobby sabia que Val pensava ser exagero dele.
— Foi. Fiquei sentado na porta da casa dele até de manhã, quando sua mãe voltou.
— E ninguém foi procurar por você?
— Ninguém — disse ele. Val olhou a toca e percebeu que queria estar ali dentro com eles. Ela se sentia como Alice, cheia do bolo, "Coma-me", grande demais para passar pela porta.

Bobby apareceu do outro lado da sala, junto da lareira, onde tinha alargado uma entrada para a toca por onde ela poderia facilmente entrar engatinhando.

— Eu acho que não — disse ela.
— Vem — convidou ele. Val se colocou de quatro e atravessou constrangida o carpete na direção dele. A cada centímetro que ela avançava, regredia um ano de idade. — Entra — disse Bobby. E assim ela fez, lembrando-se de como era ser uma garotinha, quando ela e o pai brincavam no sótão e ele a enterrava embaixo de cobertores e travesseiros até que ela ria tanto que mal conseguia respirar. Rosa pegou sua mão e a levou para o meio da toca. Ali, ela descobriu do que eles

estavam rindo. Bert lambia dos dentes o verniz do couro do relógio, um sorriso luminoso do Gato que Ri todo dele.

Nos dias de calor, eles estendiam uma manta na grama felpuda do jardim e faziam um piquenique. Quando chovia, ficavam dentro de casa e se revezavam para ler em voz alta.

Bobby ensinou Val a manter uma bola no ar usando só a cabeça, e ela lhe ensinou sobre psicologia e sociologia. Como as pessoas se trabalham por dentro e por fora. Sobre experiências e o que elas obrigam você a fazer.

— Ainda não tive experiência nenhuma — contou ele. — Não tenho idade para isso.

— Infelizmente — disse Val —, não é assim que as experiências funcionam.

— Como você sabe de tanta coisa? Você era professora antes de ser faxineira? — Ela sorriu e o diapasão do coração dele tiniu.

— Eu queria ser. Ou coisa parecida. Em vez disso, limpo os livros didáticos e trago para casa para ler depois. Acho que sou minha própria professora. Mas na verdade sou apenas uma faxineira.

— Bom, é como você disse, o mundo sempre precisa de faxineiras. Sempre tem alguém fazendo sujeira.

Val prendeu o riso na garganta antes que ele pudesse rachar seus lábios. Rosa girou petiscos na frente do focinho de Bert, mas ele ainda assim não se impressionava com seu giro meio hipnótico.

Quando o tempo ficou bem quente, eles foram à cidade. Sempre que Bobby reconhecia alguém da escola, andava ao lado de Rosa com o queixo erguido. Pela primeira vez na vida, sentia orgulho e confiança, aqueles dois pináculos gêmeos que subiam da alma de quem tem um bom amigo.

Um dia, eles viram Cindy bebendo café e comendo bolo de chocolate com outra mulher, seu cabelo nem um pouco parecido com o da estrela de cinema a quem pretendia se assemelhar. A lembrança vaga de uma tatuagem borrada no braço, uma mixórdia verde-escura permanente. Bobby reduziu o passo para se esconder atrás dos babados inflados do vestido de Val ao passar por ela e, embora ele estivesse convencido de ter conseguido, eles andaram fora de sincronia. E Bobby foi visto.

Dois pensamentos passaram pela cabeça de Cindy. O primeiro era que estranho parecia que Bobby estivesse com a mulher e sua filha deficiente que moravam no final da rua. Ela pensou em ligar para Bruce, mas achou melhor não perturbá-lo em seu trabalho. O segundo pensamento foi que ela deveria terminar o bolo, que estava delicioso.

À medida que se aproximava o final do verão, Val recebeu a notícia que temia na forma de uma carta de um homem que ela jamais conheceu. Dizia, o mais sucintamente possível, que a biblioteca itinerante estava fechando. Acabara-se o financiamento e, apesar de uma campanha pequena, mas barulhenta, para salvá-la, o aperto de cintos a impediu que continuasse a existir. Ela sairia de circulação, privada dos recursos necessários para operar. Em resposta, Val escreveu uma carta de reclamação à câmara de vereadores. Não recebeu resposta nenhuma.

Para sua surpresa, a preocupação imediata não foi a perda do salário. Era importante — sem o dinheiro que ela ganhava com a faxina, rapidamente precisaria encontrar outro jeito de completar a ninharia que recebia do governo para ajudar a cuidar de Rosa. Se não conseguisse um emprego com horário adequado para os cuidados da filha, precisaria pensar em se mudar para uma casa menor, talvez um apartamento de quarto e sala, como o lugar em que elas moravam antes de Val trabalhar na biblioteca itinerante. Mas não era isso que lhe tirava o sono à noite. Ela ficava deitada na cama, contando as lembranças que estimava das últimas seis semanas na biblioteca itinerante. As histórias que eles partilharam. As descobertas que fizeram. Como aclamaram um herói vitorioso e determinaram a merecida paga ao vilão, como se estas fossem histórias da existência deles. Partes deles mesmos cuja ausência nunca notaram, escondidas na tinta da página.

Ainda era incompreensível a ideia do fechamento da biblioteca e o que seria perdido quando, nas primeiras horas do dia, os estorninhos cantavam. Não podia haver outro lugar para ela, Rosa e Bobby ficarem juntos, ela sabia disso, e era disto que sentia falta antes mesmo que terminasse. Sentia falta da união — a criação de algo novo, algo maior do que a soma de suas pessoas. Ela estava certa de que a filha, que com frequência a conhecia melhor do que ela própria, estava acordada no quarto ao lado, lutando contra a mesma perda gigantesca.

Bobby sentiu o fato de forma mais aguda. Não queria que o verão terminasse, mas esta notícia lhe pareceu seu dobre de finados. Ele sonhava em se fechar dentro da biblioteca itinerante e trancar as portas. Conseguiria enxergar no escuro, porque a biblioteca não tinha janelas. Entretanto, havia milhares delas, em cada livro de cada prateleira.

A biblioteca abrira sua imaginação de muitas formas, e ele não imaginava querer estar em qualquer outro lugar — ou com quaisquer outras pessoas. A mera ideia enchia seus ossos com a inexorável dor da saudade. Parecia uma enfermidade, parecia que ficava tão doente que passou por sua cabeça que ele poderia morrer. Se não fosse por Sunny voltando à escola com ele, Bobby tinha certeza de que, sem dúvida nenhuma, morreria.

— Não quero voltar para a escola — disse ele a Val enquanto estavam sentados na escada da biblioteca itinerante, uma noite, bem tarde. — Quero que você me dê aulas com Rosa na biblioteca. Assim você pode ser uma professora e eu não tenho de ir a lugar nenhum. Nós dois conseguimos o que queremos. — As faixas distintas da maquiagem de Val, rosa pelas bochechas, azul pelos olhos, vermelho pela boca, conspiravam em prol da semelhança com a barriga vistosa de uma ave exótica.

— Você precisa voltar — disse ela, com evidente desprazer. — O verão não pode durar para sempre. — Mas Bobby tinha certeza de que em algum lugar, em um livro que ele ainda não lera, poderia.

6
A MÃE

Só por um exame atento à fotografia da mãe de Bobby alguém poderia ver a barriga levemente rotunda, côncava pela sombra em seu vestido florido de verão. O volume, um dia, seria o irmão ou irmã de Bobby.

Na fotografia, ela segura Bobby nos braços. Malas cheias com suas roupas de férias estão ao lado deles no meio-fio.

Quando voltava da casa de Val e Rosa, Bobby em geral se sentia tristonho e solitário em seu quarto. Ele era novo demais quando a fotografia fora tirada para se lembrar dela; 3, talvez 4 anos, assim ele imaginava, mas descobriu que olhar a foto o transportava a uma lembrança que desde então ele formara, onde tudo e nada eram reais. Ali, deitado de costas, segurando a foto acima do rosto e com os pés no radiador para se aquecer, ele ainda podia sentir a leve pressão das mãos dela sob seu traseiro e o cheiro de balas mentoladas em sua língua quando ela o beijava, quer ela as tivesse consumido ou não.

Esta era a primeira manhã do novo período, o início de outro ano letivo. Bobby colocou a fotografia no bolso da frente da mochila escolar com uma mecha do cabelo da mãe presa elegantemente com fita, dois lápis quebrados e um biscoito de chocolate que tinha derretido e se recomposto. Era neste dia que ele veria Sunny como ciborgue pela primeira vez — Jules Clay talvez não fosse capaz de impedir que o filho se machucasse, mas ela sempre fez questão de que ele nunca faltasse a um dia de escola. Bobby contaria a Sunny o que Amir e os dois Kevins tinham feito com sua nova amiga Rosa e teria sua vingança executada. Depois nunca mais precisaria ter medo de atravessar o parque. Embora nervoso, Bobby mal podia esperar. Pegou uma chave inglesa, um alicate e uma chave de fenda portátil na caixa de ferramentas do pai para o caso de Sunny precisar de consertos urgentes. Quando o pai descobrisse, ficaria furioso, mas então Bobby teria um guarda-costas ciborgue plenamente funcional que poderia esmagar seu crânio e fazer uma praia com a poeira de seus ossos.

Bobby esperou até o último minuto possível para sair da casa e chegar à escola justo quando o último dos retardatários passava pelo portão. Havia uma revoada de corpos pelo pátio, lançando-se e mergulhando para um lado e outro. Uniformes eram comparados com muito barulho. A gola da camisa do ano anterior beliscava a pele do pescoço de Bobby; o tecido em volta de suas coxas estrangulava a carne. Rostos conhecidos, recém-lambidos pelo bronzeado, ficavam de olho nas quadras de tênis do outro lado, no aclive, onde os novos alunos se reuniam por instinto. A escola aparecia para eles com um mau pressentimento que só os prédios institucionais podem inspirar. Bobby sentiu uma pontada no estômago quando olhou para o telhado.

Ele olhou atrás das moitas de espinhos perto do departamento de arte, onde o túnel de Sunny, agora, era uma mancha cinza e fraca na alvenaria. Era ali que eles costumavam se encontrar, mas Sunny não estava lá. Em vez dele, Bobby encontrou dois alunos mais velhos presos num beijo longo e molhado, sem se deixar perturbar nem mesmo pela sineta.

O sr. Oats fora modelado de forma peculiar, com o passar dos anos, pelo excessivo prazer por massas e por uísque. Seu cabelo era achatado dos lados e no alto. Uma crosta de pasta dental se acomodara na estreiteza monótona do lábio superior, e, de algum modo, forjava um ângulo reto. Ele segurava a lista de chamada diante de si e se curvou para frente, como se estivesse prestes a fazer uma pregação.

— Penny Abrahams — disse ele. O braço de Penny disparou no ar. Ela passara o verão mudando, novas curvas tinham sido entalhadas em sua silhueta de tambor. O sr. Oats levou um segundo para se recompor antes de prosseguir, mas neste simples lançamento da mão para o alto e na extensão de uma linha natural, essa transformação larval de feminilidade, ela arrancara o fôlego dele.

— Thomas Allen. — Thomas Allen, que não mudou nada durante o verão, fez-se conhecer debilmente.

O sr. Oats leu toda a chamada sem dizer o nome "Sunny Clay".

— Sunny Clay — disse Bobby. — O senhor esqueceu Sunny Clay. — A cadeira na frente da dele, onde Sunny sempre se sentava, estava vazia. Bobby se recusou a olhar para ela.

— Sente-se, Bobby — pediu o sr. Oats. Ele colocou a chamada dentro da gaveta de sua mesa e a fechou com um baque. Thomas Allen gemeu.

— Mas o senhor deixou alguém de fora. Como pode ser uma chamada se o senhor esqueceu Sunny Clay? — Bobby ouviu seu nome sendo cochichado a suas costas, cuidadosamente mexido na boca dos outros. Ficou aturdido e incapaz de pensar com clareza. Ninguém na sala teria imaginado que isto nascia do medo de que seu protetor não estivesse ali.

— Eu disse para se sentar, Bobby. Quando você for professor, será a sua vez de ficar em pé na frente da turma e dizer o que bem entender. Este dia não é hoje.

— Só porque ele virou um ciborgue, não quer dizer que não faça mais parte da turma. — Outras crianças começaram a rir.

— Mas do que você está falando?

— Agora Sunny é um ciborgue e quando ele vier vai esmagar seu esqueleto em pedacinhos! — Todos ofegaram. Bobby tinha certeza de ter sentido o ar se mexer em volta dele. Ele chutou a carteira. A madeira barata se lascou, espalhando agulhas afiadas pelo chão recém-encerado. Penny Abrahams gritou, um grito muito mais cheio do que ela teria conseguido alguns preciosos meses antes. O sr. Oats pegou Bobby pelo braço e o levou para fora da sala. Quando estavam no corredor, com a porta fechada, os risos ficaram altos a ponto de chacoalhar o vidro.

O sr. Oats empurrou Bobby contra a parede. Podia sentir a raiva vibrando em suas mãos tortas e artríticas.

— Sugiro que você se acalme — pediu, mas ele próprio não estava calmo. Aquela onda já se quebrara e a espuma de seu banho pungente acumulava-se nos cantos de sua boca.

— Vai se foder — disse Bobby, certo de que seria impossível estar mais encrencado do que ele já estava. O sr. Oats ouvira toda sorte de grosserias dirigidas a ele em seus quarenta anos de magistério. Ultimamente, mal notava. Ele avançava lentamente como um ataúde, ignorando os insultos, as flores atiradas nele. Ninguém conhecera o professor exemplar que ele fora no começo. Ele mesmo mal se lembrava.

Bobby ficou sentado na frente da sala da diretora pelo resto da manhã, copiando equações de um livro didático de matemática. Quando o sr. Oats chegou, tendo ao seu lado a sra. Pound, eles conversaram em voz baixa, depois convocaram Bobby a entrar na sala dela. Uma planta em sua mesa tinha morrido durante o verão. A fumaça de cigarro tingira as persianas. Tudo tinha um amarelado doentio e terminal.

A sra. Pound mexeu numa pilha de papéis, de vez em quando circulando linhas com uma caneta vermelha e grossa. Apesar de suas feições severas, todo mundo dizia que ela era boazinha e, assim, Bobby não tinha medo, em especial quando ela falou em sua cadência lenta e gentil:

— Como vão as coisas em casa, Bobby?

— Ótimas — respondeu ele.

— Acho que o que quero dizer é que sabemos que as coisas não têm sido fáceis para você. Assim, neste novo período, gostaria de ver como você está se saindo. — O sr. Oats não quis se sentar e estava espremido em um espaço pequeno entre a porta e um arquivo. Conversar com crianças já era bem complicado, mas uma criança somada a uma mulher em uma posição de autoridade ia bem além de seus parcos meios. Ele ansiava pela santidade temperada com tabaco da equipe de dardos do pub, a ordem com que eles se aproximavam tomando cerveja, o estranho conforto que encontravam no cheiro do peido dos outros. Nem sempre ele foi assim tão infeliz. Bobby podia ver isso nos olhos dele, um olhar que ele reconhecia por causa do pai.

Eles nunca tiveram férias. A mãe de Bobby lhe mostrara um cartão-postal do mar e ele não reconheceu nem mesmo que era água, pensou ser uma massa de cristal azul banhada pelo sol.

— O que é isso? — perguntou ele, apontando uma longa faixa branca e sinuosa.

— Calcário — disse ela —, a face de um penhasco.

Ele se sentou na cama e a viu fazer as malas. Ela dobrou as roupas em quadrados arrumados e, com elas, formou pequenas torres, uma por cima da outra. Montou as torres em colunas, até que havia uma grade de roupas. Lã no fundo, seda por cima, algodão, um recheio macio, no meio. Ela desconstruiu seu trabalho e o refez dentro da mala. Depois disso, ela e Bobby pularam sobre a mala para que a fivela se unisse à alça. Ela fez força e puxou até que, por fim, a lingueta de metal deslizou pela fenda, então ela explicou o que eles iriam encontrar quando chegassem lá.

— Penhascos gigantescos — disse ela —, bem na beiradinha do país.

— Como assim, na beiradinha? O fim?

— O fim. Não existe mais nada. É como folhear um livro de história e ficar sem páginas.

— O que acontece se você cair do país? Consegue voltar para ele?

— Ninguém jamais cai do país. É impossível.

— E se a beira do país se mexer até que não esteja mais embaixo dos seus pés?

— Para isso acontecer, você precisa ficar no mesmo lugar por milhões de anos.

— Mas a gente se mexeria, não é?

— Sim, meu amor — disse ela —, a gente se mexeria. — Ela fechou a porta do quarto e fixou em Bobby seu olhar mais sério. — Agora preciso que você me escute.

— Tá.

— Eu quero que me escute de verdade.

— Tudo bem.

— Quando chegarmos lá, vamos fazer uma coisa muito especial.

— O que é?

— Vamos fugir... — a mãe o levantou de cima da mala fechada e o segurou nos braços — juntos, só você e eu.

— Para onde?

— Isso não importa. Iremos embora.

— Como?

— Quando chegarmos à praia...

— Perto dos penhascos?

— Sim, perto dos penhascos, vou pedir a seu pai para sair e comprar sorvete e, quando ele sair, nós vamos embora, assim. — Bobby brincou com a fivela brilhante da mala.

— Ele não vai gostar disso.

— Não, não penso que vá gostar.

Gee Nusku riu, delicadamente, como bolhas estourando na água. Colocou atrás das orelhas o cabelo (comprido, sedoso, sua textura uma obsessão de Bobby desde então) e se levantou, olhando para os pés. Já fazia muito tempo que não usava saltos. O pai de Bobby não gostava. Dizia que ela ficava alta demais, mas com isso ele queria dizer mais alta do que ele. Gee escondeu seu par de sapatos mais alto em uma bolsa de praia, enrolada em uma toalha puída.

— Você só precisa guardar um segredo — disse ela.

— Sobre os seus sapatos?

— Bom, sim, sobre os meus sapatos. Mas também sobre nós fugirmos. Seu pai não pode saber. — Bobby concordou com a cabeça.

— Tudo bem.

— Você promete?

— Prometo mais do que todas as outras promessas juntas para sempre.

— Que menino bonzinho. — Ela tirou Bobby da cama e o colocou no chão. Ele se enroscou mais, os braços cingindo as pernas da mãe, a cabeça apertada no monte entre elas, sua barriga de grávida acima dele, a correlação impecável de mãe e filho.

— Você promete que não vai sem mim? — perguntou ele.

— Como eu sempre lhe ensinei. Nunca magoe ninguém. Nunca minta para ninguém. É claro que eu não mentiria para você.

— Vamos mentir para o papai.

Gee suspirou.

— Não, só não vamos contar nada a ele. É diferente.

— Então, prometa.

— Prometo mais do que todas as outras promessas juntas para sempre. Agora, vá dormir um pouco. De manhã, vamos sair de férias por muito, muito tempo.

Quando chegou em casa, Bruce estava coberto de tinta. Ganhava a vida pintando a casa dos outros. Em sua própria casa havia muitas paredes nuas de reboco frio, e assim o ar sempre era gelado ali dentro, uma sensação de perda que dava arrepios em Bobby. Ele não falava muito e quando o fazia era principalmente sobre as minúcias diárias de sua profissão solitária.

Bruce nunca trabalhava sem um frasco de álcool metilado enfiado no bolso do cinto de ferramentas. Gostava de sua funcionalidade implacável, o tubarão dos etanóis. Ele passara toda a vida adulta pintando e decorando e, ao fazer isso, tinha usado o metilado como uma arma contra quase todos os venenos profissionais. Não só a pintura, mas também poeira. Até contra carunchos, que tinham tomado o solário de uma florista cujos rodapés ele havia pintado. Usava álcool metilado para desinfetar a pele rachada dos calcanhares antes de estourar um calo de aparência feroz. Empregava-o como germicida, esfregando-o em uma persistente ulceração causada pelo frio que se agarrava a seu lábio superior como um bebê coala se agarra a sua mãe. Até o despejou no ferimento reluzente quando decepou o dedo mínimo da mão esquerda ao prendê-lo na dobradiça de metal de uma escada dobrável. Mas os cirurgiões não elogiaram seus esforços quando ele chegou ao hospital carregando o dedo em um copo cheio de álcool metilado. Matara as células da pele, servindo bem como antisséptico para o ferimento, mas destruindo o que antes estava ali. Ainda assim, ficaram impressionados que ele tivesse dirigido o carro sozinho até o pronto-socorro.

O que ele mais gostava no álcool metilado era que seus fabricantes, apesar de sua potência — ou talvez por causa dela —, ainda tinham de colocar alguma coisa nele para impedir que as pessoas o bebessem. Chamava-se benzoato de denatônio e era o composto químico mais amargo que se conhecia no mundo. Impalatável para os humanos, era usado em repelentes animais e como preventivo para quem rói as unhas. Sem denatônio, as pessoas beberiam álcool metilado, mesmo sabendo que poderia deixá-las cegas ou até matá-las. Algumas pessoas morriam mesmo assim. Que coisa, que você ainda possa gostar dele, por mais estrago que cause. Bruce respeitava isso no metilado e, bem no fundo, esperava que o mesmo princípio pudesse ser aplicado a ele.

— Você sabe que isso é uma perda de tempo — disse ele. — Estará frio na praia, e cheia de cocô de cachorro. Terá um monte de turistas para todo lado. Você nem vai conseguir ver as nuvens. — Ele apontou para Bobby. — E ele vai querer tudo em que puser os olhos em todas as lojas. Estaremos arrastando uma criança gritona pela praia ao vento. Não considero isso férias.

— Serão férias disto aqui — disse ela.

Eles só voltaram a se falar na manhã seguinte, enquanto as malas eram colocadas no carro, quando ela tentou abrandá-lo com sua fala amanteigada especial. Ela lhe pediu para tirar uma foto dela com Bobby recostados no capô e segurou o filho nos braços. Levou muito tempo para o flash espocar. Bobby sentia o volume dentro da barriga da mãe. Embora ela estivesse mudando, sempre tinha a forma perfeita para ele.

Bruce concordou em deixar o rádio ligado, mas o ar-condicionado estava com defeito e, assim, as janelas foram abertas e o vento açoitava os ouvidos de todos, o que significava que não dava para escutar a música. Bobby se divertiu arrancando o couro da parte de trás do assento do pai, enrolando em bolinhas e formando pirâmides mínimas que desmoronavam em sua mão sempre que eles passavam por uma lombada. A mãe lhe ensinara que contar era uma boa maneira de manter a voz dentro da cabeça mais alta do que as brigas deles, e assim ele contou as bolinhas, depois os mostradores no painel, em seguida os cadáveres dos insetos esmagados no para-brisa.

Depois de duas horas, eles pararam no estacionamento de um posto de gasolina. Bruce saiu, bateu a porta e se afastou fumando um cigarro. A fumaça criava desenhos bonitos no ar. Ele foi ao bar dentro de um hotel que servia a vendedores e caminhoneiros solitários que decidiam estacionar para passar a noite em vez de enfrentar outro quilômetro do interminável rodar na estrada; uma paisagem gravada em cada minuto que permaneciam acordados. Bruce pediu uma taça de Porto, que o garçom encontrou numa garrafa em uma prateleira empoeirada. Raras vezes ele bebia Porto, mas parecia ter apelo naquele momento, uma promessa engarrafada.

    A mãe de Bobby abriu a porta do carona, soltou o cinto de segurança e o carregou para uma pequena área infantil, onde colocou moedas em um carro motorizado que de repente começou a piscar luzes e fazer barulho. Afivelado ali, Bobby ficou rodando e rodando enquanto ela olhava. Ela mordia a pele ressecada de seus lábios. Não gostava de ficar aborrecida na frente dele, por isso ele sempre ia para seu quarto, quando ela pedia, com a maior rapidez e silêncio possíveis. Quando os dois voltaram para o carro, o pai estava esperando.

    Ele não tinha se acalmado; na realidade, parecia mais furioso, esfregando o coto onde um dia existira seu dedo.

    — Rápido — disse ele, em um rosnado baixo e inflado. Gee colocou o filho no banco traseiro do carro e lhe deu um beijo.

    Lábios macios, uma cereja recém-colhida.

    Bruce virou-se e olhou. Por mais que ela reprimisse o impulso, apressou-se, como se ele estivesse encarregado da velocidade dos movimentos dela. Ela afivelou o cinto de segurança de Bobby, mas ele não encaixou e rapidamente se abriu. Aturdida, ela se sentou no banco do carona e tirou o casaco.

    Quando estavam em movimento de novo, o pai de Bobby começou a tamborilar no volante. Cinco dedos, depois quatro, um ritmo curioso, sempre interrompido abruptamente. No início com suavidade, de forma que mal era possível ouvir a batida no plástico, mas depois mais alto, e ainda mais alto.

A mãe tirou os anéis e as pulseiras, depois entregou todo o tesouro a Bobby.

— Tome — disse ela —, conte isto. — E ele contou. Um, dois, três, quatro, cinco, seis, sete. Um, dois, três, quatro, cinco, seis, sete. Um, dois, três, quatro, cinco, seis, sete. Sempre que chegava ao sete, tinha de recomeçar com a maior rapidez possível, sem parar para respirar, assim não podia ouvir a voz do pai no intervalo que ficava, nem a mãe chorando.

Ele ouviu um estrondo e o metal amarrotando, a batida de sua cabeça no para-brisa, a baque de seu corpo no carro parado em frente. Ele ouviu isto com perfeição.

Depois disso, seus sanduíches estavam espalhados pela estrada. E suas meias, quarenta e duas, algumas emboladas, outras soltas e solitárias. E suas cuecas. Vinte e uma, em diferentes estilos e tamanhos.

Ele se lembrou de ficar feliz que não estivessem sujas. Lembrou-se de se sentir inteiramente bem, não doía nada, tirando uma leve vertigem que rapidamente passou. E ele soube que agora só havia os três ali. Sem bebê. Só eles nos destroços, na estrada.

— Mamãe — disse ele.

O lábio inferior de Bobby tremeu. A sra. Pound enxotou o sr. Oats da sala. Aliviado, ele fechou a porta, fazendo, pelo vidro, uma carranca para Bobby.

— Gostaria que eu ligasse para seu pai? — perguntou ela.

— Por quê? — disse Bobby.

— Pode tirar a tarde de folga, se quiser. Volte amanhã. Comece de novo.

— Pode telefonar para outra pessoa?
— Um parente?
— Uma amiga.
— Precisa de autorização do seu pai, Bobby.

Ele olhou os sapatos dela. Eram pretos e brilhantes, pequenos, pareciam de boneca, mas não tinham encanto, eram como os de um soldado.

— Está tudo bem — disse ele. — Prefiro ficar aqui com a senhora.

A sra. Pound deixou Bobby trabalhar pelo resto do dia num canto na frente de sua sala. Era a torre de espionagem perfeita para o pátio da escola. Bobby queria ter trazido o binóculo do pai, que Bruce usara uma vez, virado do lado errado, para ver a que distância a televisão ficaria através das lentes.

O pátio era um corredor estreito de concreto e tinha paredes altas dos dois lados. Os alunos entupiam a artéria da via que levava ao enorme coração da escola, o salão onde eles se reuniam para assembleias.

Bobby fizera mapas mentais da área. Era um total de trezentos e oitenta e quatro passos pelo pátio. O portão, trancado durante o horário de aulas, tinha duas vezes a altura de Bobby e, assim, podia ser escalado com relativa facilidade. Havia doze portas pelo caminho por onde os professores podiam sair, mas, em geral, eles gostavam de ficar na sala dos professores, pintando a língua com café puro.

Ele esperou que a sra. Pound saísse de sua sala, reuniu seus pertences em um saco plástico e saiu pela porta lateral do prédio. Era hora do almoço e o pátio estava movimentado. Ele ficou de costas para a parede, bem agachado, e começou a arrastar os pés para a valeta. Seu plano era rodear a escola toda sem ser visto e, na outra ponta, correr para os arbustos ao lado da quadra de basquete. Dali, poderia chegar ao portão sem ser detectado. A valeta estava bloqueada por folhas e lama, assim ele deu uma volta maior do que pretendia, mas ninguém notou sua presença quando ele chegou à quadra de basquete, onde parou para respirar e laçar o cadarço dos sapatos.

Bobby chegou ao portão e viu três figuras pulando-o e vindo na sua direção. Embora ainda estivessem a certa distância, de imediato ele reconheceu Amir, Kevin Grandão e Kevin Baixinho. De repente, ele teve consciência de que os movimentos que queria fazer não eram aqueles que realmente fazia. Em vez de se virar e correr, viu-se petrificado em uma posição estranha, agachado. O riso deles parecia mínimo. Bobby se perguntou se ele estava encolhendo e se seu coração logo seria maior que o peito, acontecimento que ele já podia sentir. Fechou os olhos e envolveu o rosto com os braços. Gotas quentes de urina manchavam sua virilha, esfriando assim que escorriam pela coxa. Os três meninos se aproximaram enquanto a urina abria caminho pelo poliéster. Ele se perguntou o que aconteceria se eles estivessem em um livro.

Sunny, o ciborgue, rachou o portão em dois com lasers vermelhos que explodiam de seus olhos. O aço em seus pés esmagava as pedras e deixava as marcas de seu poder no chão. Um barulho explosivo: eletricidade acumulando-se na câmara de seu enorme motor de metal, depois os canhões de titânio se reconfigurando, o zumbido robótico do cano da arma se formando, o zunido, um estalo e fogo. O cheiro de carne, a pele e o cabelo deles ardendo e virando vapor. Lanternas chinesas — corações tostados dentro de costelas queimadas — balançando-se. Um braço de metal agarrou os ombros de Bobby e um farol de alta potência cortou um caminho pela fumaça.

Quando Bobby abriu os olhos, todos eles, ou aqueles que existiram, tinham sumido. Ele tirou uma folha dos arbustos e limpou a virilha, mas não adiantou muito para secar a mancha. Esperou que suas mãos parassem de tremer, depois subiu pelo portão, prendendo a camisa em uma estaca e abrindo um talho no tecido.

Uma costura espetou suas costelas quando ele chegou à esquina da rua de Sunny. Não havia sinal do carro da mãe dele estacionado na frente. Bateu três vezes na porta e se escondeu ao lado da casa. Ninguém apareceu. Ele tentou de novo, desta vez mais forte, para o caso de Sunny já ter a cabeça toda substituída por metal, mas não ter tido ainda a chance de sintonizar os ouvidos na frequência correta. Ninguém veio. Ele usou um buraco secreto na cerca para ter acesso ao quintal. A grama tinha crescido desde que ele estivera ali pela última vez, e Bobby afundou até os tornozelos em seu tapete felpudo.

Ele experimentou a porta dos fundos, mas estava trancada. Nos fundos da casa, a janela da cozinha ainda era apenas uma folha de plástico. Ele tirou a fita adesiva do canto e olhou o interior da casa. Não havia nada na cozinha. Não só não tinha comida, não tinha nada. A mesa. As cadeiras. Até a pia. A gordura emoldurava o espaço onde estivera o fogão.

Bobby passou pelo buraco e entrou na sala de estar. Um quadrado limpo do carpete no formato de uma poltrona. Um trecho sem poeira onde antes estava a televisão. Paredes que se recordavam de leves contornos dos quadros que sustentaram, as fotos de Sunny quando seu sorriso funcionava e Jules, naqueles verões longos e alegres quando ela ainda era capaz de proteger seu filho de se machucar.

De volta ao jardim, ao lado do galpão, Bobby cavou e encontrou a pedra preta e brilhante que não era nada parecida com as outras em volta. Esta era a pedra onde eles dois esfregaram seu sangue no dia em que concordaram em ser irmãos. Sunny tinha dito que era uma ligação para a vida toda. Embaixo dela havia uma latinha que antigamente continha tomates-cereja sem pele. Embora Sunny a tenha lavado duas vezes, ainda tinha um resíduo de polpa preso na borda. Bobby tirou a terra da lata e encontrou um saquinho plástico. Nele, um pedaço de cartão.

"Querido Bobby Nusku. Eles me levaram embora. Encontre-me para que eu possa garantir sua segurança. Sunny."

No fundo havia um endereço. Ele se fora. Bobby se deitou de costas na grama, sua respiração dolorosamente presa.

Sempre que ele ouvia alguém — principalmente professores — falando de esperança, era como se fosse algo que as pessoas só tinham em momentos de desespero. Bobby não achava que fosse verdade. Por exemplo, ele sabia que sua mãe voltaria. Isto era esperança. A esperança é uma constante, uma chama piloto na alma. Jamais vacila, jamais morre. Embora talvez não percebam, as pessoas aquecem as mãos em seu calor todo dia. Ela as tira da cama. Faz com que saiam de casa. Ela lhes dá força para enfrentar a vida. Apesar disso, ele agora se sentia destituído dela.

7

O OGRO

Espanando os enfeites, limpando o peitoril, Val empenhava-se para fazer o dia passar. À sua própria maneira, o mesmo fazia Rosa, ignorando o dever de casa que Val criara para ela e escrevendo seu nome sem parar no caderno, até que a escuridão bloqueou o branco da página. Ninguém percebeu claramente que sentia falta de Bobby Nusku. Ambas estavam tão preocupadas com a vaga e nauseante sensação de anseio que as abatia que não a conseguiam situar e a confundiam com fome. É assim que a saudade de alguém se disfarça, de modo que aqueles a quem aflige não são levados à loucura pelo desejo.

Quando Bobby bateu na porta, Val ficou surpresa ao vê-lo, mas menos surpresa que deliciada. Nenhum dos dois falou no fato de que ele deveria estar na escola. Ela o convidou a entrar e notou o tom esverdeado de bardana em sua calça. Lágrimas encheram os olhos dele enquanto ela o abraçava, subindo e descendo a curva de sua coluna com os dedos.

— Sunny foi levado embora porque é um ciborgue e eles têm medo do que ele possa fazer — disse Bobby.

— Para onde? — perguntou ela. Ele lhe mostrou o endereço. — Ah, meu Deus. Isto fica na costa sul.

— É muito longe?

— Estamos bem no meio da Inglaterra. Isso fica muito longe — disse ela. — Na verdade, fica muito, muito longe.

Val preparou chá e bolinhos, depois deixou Rosa e Bobby vendo televisão enquanto enchia a banheira com água e espuma para banho.

O pai de Bobby não o deixava usar a banheira. Alegava que a água era cara demais para ser aquecida. Era uma pena, porque o banheiro era a parte preferida de Bobby na casa, embora nada funcionasse direito. O exaustor estava quebrado. O vapor se enroscava pela beira do linóleo e nas pontas de cada ripa das venezianas. As paredes eram mosqueadas de umidade, e os canos guinchavam sempre que ele abria as torneiras. O chuveiro, apesar da promessa de um esguicho futurista, era uma decepção constante, urinando sem mais potência do que uma criança de colo. As imperfeições do cômodo estavam em toda parte e eram constantes. Por isso lembravam Bobby de sua mãe e de todas as vezes em que ele se sentara na privada, vendo-a passar o delineador corretamente. Não mudara nada desde que ela foi embora.

De vez em quando, Bruce chegava em casa coberto de tinta e tomava um banho de porta escancarada, e Bobby esperava pacientemente, do lado de fora, que ele terminasse. Depois disso, quando Bruce se levantava, a água estava morna e a banheira tinha uma borda de sujeira. A água se misturava com a tinta e escorria raiada por sua face. Escorria do pescoço, do peito e pelo peso morto de sua pança. Só quando curvava-se para frente ou empinava a virilha é que Bruce conseguia ver seu pênis, sulcado com um ritmo irregular nas pregas, parecendo muito mais o dedo que ele tinha perdido.

Bobby tirava a roupa e entrava na banheira enquanto o pai se enxugava. Como isso não era mais caro, ele permitia. Ele colocava os óculos de mergulho, prendia a respiração, submergia a cabeça e recolhia amostras para seus arquivos. Lascas de unhas dos pés e felpas de meia, as cascas flutuantes e amaciadas de calos antigos. Um dia, pensou Bobby, teria material suficiente para construir um pai novo a partir dos pedaços. Já decidira que não se daria ao trabalho quando esse dia chegasse.

A banheira de Val era muito mais luxuosa do que a da casa de Bobby. A espuma se expandia e transbordava pelas laterais, caindo em ondas no chão. O calor subia sobre seu corpo e o vapor forçava a boca a se abrir. Ele deixou que água o enchesse até fazer parte dela, um *crouton* numa sopa quente. Val sentou-se ao lado da banheira e passou o sabonete na sola dos pés de Bobby em círculos decrescentes que lhe davam cócegas.

— Assim você se sente melhor? — perguntou ela.

— Sim — disse ele, sua barba de espuma separada em nuvens. Ela lavou seu cabelo com xampu de morango, cujo cheiro trouxe Bert a uma parada inquisitiva na porta do banheiro. Val encheu uma jarra de plástico com água e lentamente despejou na cabeça de Bobby. A espuma caía em cascata por suas costas, que ela acompanhava com o nó do polegar. Bobby fez um bolo de aniversário com as bolhas que explodiram quando ele soprou a vela. Ela lhe entregou uma toalha de cor creme macia como marshmallow.

Quando ela terminou e saiu, ele ficou em pé no meio do banheiro, deixando a água pingar no chão. Sua calça suja de urina se amontoava no canto, cercada por flanelas cor-de-rosa, detergentes e amaciantes, roupa de cama de estampa floral e sais de cheiro adocicado. Ele percebeu o que faltava na casa de Val. A água suja. A pele na banheira. O fedor que tornava o cheiro de flores ainda mais doce. Um homem.

Ele a encontrou sentada na beira de sua cama e ficou assombrado com a parcimônia de seus pertences. Uma cama com um sutiã enganchado na cabeceira e uma caixa que continha a soma de suas roupas, rasgada numa borda. O quarto era funcional como um saca-rolha. Ele a abraçou. Por um breve tempo, eles tiveram o mesmo contorno impecável.

O latido de Bert despertou Bobby, mas não Val. Primeiro um rosnado e depois uma mistura gutural de rosnado e latido. Val só se mexeu quando Rosa começou a gritar seu nome ao pé da escada. Algo na batida na porta da frente, a força, a velocidade ou as duas coisas, libertou o coração de Bobby de seu posto no peito e o preparou para galopar da boca.

Val endireitou o roupão. Bobby a seguiu escada abaixo. Assim que a maçaneta da porta parou de sacudir, a batida recomeçou.

— Quem é? — perguntou ela para o batente da porta.

— Abra — disse a voz, e Bobby ficou petrificado.

Val, ainda arrancando os estilhaços de um sonho diurno, fechou a corrente na tranca e abriu a porta alguns centímetros. Raios de sol lançaram-se pelo espaço, iluminando com o mesmo brilho cabal e impiedoso os dois mundos que Bobby mantinha separados.

— Onde está meu filho? — questionou Bruce Nusku.
— Seu filho?
— O meu filho.

O pai de Bobby passou a mão gigante pelo vão da corrente e a arrancou do batente, com parafusos e tudo, empurrando a porta até que todos se postaram diante dele.

— Você — disse ele a Bobby —, trate de me dizer por que a diretora de sua escola está telefonando para me informar que você fugiu! — Bobby foi incapaz de olhar o pai nos olhos, pois isto podia confirmar que ele era real, que não era um solavanco num pesadelo em que ele estava preso, no segundo andar, nos braços de Val, na cama dela. Em vez disso, concentrou-se na área pouco acima da cabeça do pai, onde a luz brincava com sua careca, encontrando ângulos divertidos nas depressões de seu crânio. Ele pensou em bater a porta na cara de Bruce, mas o pai tinha o que restava de seus dedos para dentro. Quando surgia a oportunidade de machucar o pai, ele não conseguia aproveitar.

— Desculpe. Não era minha intenção fazer isso.
— De que adianta pedir desculpas, agora que você fez?
— Nada.
— Exatamente. Não adianta porra nenhuma.
— Sr. Nusku — disse Val —, se possível, contenha seu linguajar. Há crianças aqui além do seu filho. — Bruce espiou por sobre o ombro dela, para Rosa, que estava sentada com as pernas cruzadas no chão e os braços bem fechados em

torno do joelho de Bobby. Ele entrou na casa, bloqueando a luz. Bobby tinha lido em um livro de astronomia para crianças encontrado na biblioteca itinerante que as civilizações antigas acreditavam que o eclipse indicava o fim de alguma coisa importante.

— Minha namorada disse que viu você na cidade com meu filho — disse Bruce a Val.

— Eu o levei para fazer compras — disse Val.

— De roupas de banho? — perguntou ele, assentindo para Bobby, enrolado numa toalha.

— Não, claro que não comprei roupa de banho.

— Mas você está interessada em dar banho no meu filho?

O cheiro de seu hálito a fez se retrair. Interpretando seu nariz torcido, Bobby entendeu. Cerveja choca. Cigarros. O desalento medonho dos dois combinados.

— Ele estava sujo. Eu quis que ficasse limpo.

O pai de Bobby bateu na coxa, chamando o filho como se fosse um cão. Bobby não se mexeu, a não ser pelo músculo que se contorcia abaixo do olho esquerdo.

— Agora você vem para casa comigo.

— Mas eu estou bem aqui — disse Bobby.

— Não, com uma mulher que gosta de ver os filhos dos outros pelados, você não está.

Bruce apertou a mão rude na nuca de Bobby e tentou puxá-lo porta afora, mas Rosa se agarrava com força em suas pernas e, apesar da força de Bruce, ele não conseguiu nada com o peso combinado dos dois. Rosa começou a grunhir, um ruído brônquico que atraiu um rosnado protetor entre os dentes cerrados de Bert.

— Sr. Nusku, por favor — pediu Val.

— Mulher — disse ele —, você não vai me dizer o que fazer com meu filho.

O pai de Bobby o sacudiu até sua toalha cair, depois o atirou no ombro. Seu traseiro despido, ainda quente da banheira, brilhava num tom parecido com a cara avermelhada do pai.

— Você está muito, muito encrencado — disse Bruce, carregando Bobby para casa numa velocidade explosiva. Seu mau gênio foi herdado do pai dele, e do pai deste antes disso. Os pais criam papagaios. Só uma prole excepcional desenvolve sua própria plumagem brilhante, capaz de penetrar no cinza opaco com o qual é coberta ao nascimento.

Quando os dois chegaram, Bruce estava tão exausto quanto Bobby mortificado, mas não o suficiente para impedir que perseguisse o filho escada acima.

Bobby contou até cento e trinta e quatro. Cento e trinta e quatro era o número a que chegou quando se sentiu seguro para reabrir os olhos. Parecia que tinha viajado quilômetros, mas estava exatamente onde o pai o colocara ao começar. Em sua cama, em seu quarto.

Embaixo da cama, havia um cesto cheio das antigas loções de sua mãe. Uma delas era cor de pérola e fria ao toque, pretendia amaciar o rosto, combater os efeitos do envelhecimento e as rugas. Ele leu o pote com a maior atenção possível, mas não encontrou nada sugerindo que pudesse colocar em sua bunda. Já havia feito isso e não sofrera nenhum efeito. Provavelmente porque a pele de seu traseiro já era muito flexível — ele distinguia com muita clareza os furos nas marcas deixadas pelo cinto do pai.

Rapidamente formaram-se bolhas. Doía demais usar calça, assim ele colocou um dos antigos roupões da mãe. Ainda havia nele a mais leve recordação do cheiro dela. Com medo de que desaparecesse ainda mais, caso ela ficasse menor em sua lembrança, ele decidiu tentar recriar o cheiro.

Usando um vidro de perfume vazio como ânfora, Bobby descobriu que uma combinação de loção de água-marinha e condicionador "antifrizz" da mãe formava uma nota básica quase perfeita. O acréscimo de meia bisnaga de sua pasta dental preferida e o que restava de seu perfume o deixou mentolado e aguado demais. Não deu muito certo. A pele da mãe de Bobby tinha um caráter medicinal, um bálsamo curativo que ele podia respirar para ser curado de dentro para fora. Precisava reproduzi-lo com a maior precisão possível; assim, amassou um batom até virar uma pasta fina, depois acrescentou a isto seu próprio soro de loção antisséptica e unguento para úlcera bucal e despejou na ânfora improvisada. Não ficou perfeito, mas, mantendo o nariz e a boca acima da abertura e respirando o mais fundo possível, Bobby ficou mais perto dela do que há muito tempo. Ele também sentiu-se grande e, assim, descobriu que todas as suas ideias eram boas.

Bobby apertou o sino pendular do frasco e passou seu conteúdo com liberalidade por toda a superfície do quarto. A cama. As paredes. As muitas caixas de Cindy. Estava na hora de preparar a festa de boas-vindas. Ele queria estar pronto.

Encontrando uma antiga fita na caixa de costura da mãe, ele a cortou em tiras e pendurou no teto. Algumas eram elásticas demais, e ele roubou um punhado de bobes de cabelo de Cindy para fazer peso e puxá-las para baixo. Retirou o lençol branco de sua cama e o suspendeu pela parede. Depois usou a base e a esponja de Cindy para escrever "Bem-vinda ao lar". As palavras ficaram estranhas no mesmo tom de salmão da cara da namorada do pai.

Quando foi embora, a mãe não levou as joias. A maioria estava guardada debaixo da cama dele em um cilindro de plástico. Ele o sacudiu, deliciando-se com o bater angelical dos metais, que o lembravam dos dedos dela subindo e descendo por suas costas enquanto ela cantava. Ele arrumou os anéis em círculo, prata do lado esquerdo e ouro no direito, posicionado as pulseiras no meio, as menores dentro das maiores, como as ondas concêntricas de um lago recém-agitado.

Sem qualquer equipamento musical, ele assoviou baixinho as músicas favoritas da mãe, inventando melodias para substituir aquelas de que não se lembrava muito bem. Ele assoviava soprando, e não puxando o ar, por isso fez uma pausa por um segundo enquanto acendia a vela, porque só tinha dois fósforos. Por sorte, conseguiu na primeira tentativa e colocou o fósforo extra no bolso para o uso posterior. O cheiro de enxofre queimado lhe deu uma ideia cativante para a vingança com que sonhava quando adormecido no tapete, exausto *não da surra*, disse ele a si mesmo estoicamente, mas *de tanto contar*. Quando acordou, a cera da vela tinha se espalhado pelo tapete na direção dele. Bobby desejou que ela o cobrisse, entrasse nele, engrossasse sua pele. Qualquer armadura a mais que conseguisse seria necessária quando ele tornasse o sonho uma realidade vingativa.

 O pai lhe disse que ele não voltaria à escola naquela semana. Embora tenha alegado que a sra. Pound lhe dera a licença, Bobby sabia que o pai precisava de tempo para que os hematomas desaparecessem. Sob instruções rigorosas de não sair de casa, Bobby teve muitas oportunidades de aperfeiçoar sua ideia, praticando o plano repetida e mentalmente por sete noites inteiras, cuja passagem foi facilitada pelas fantasias com a volta da mãe.

 Sentado em silêncio na escada, proibido de mostrar a cara e com o traseiro ainda dolorido demais para desobedecer, ele ouvia o estalo da tesoura enquanto Cindy contava às clientes que a mulher que morava na mesma rua tinha tirado a roupa dele e lhe dera um banho. Sempre que ela contava, a história mudava de formas novas e incompreensíveis. Na sexta-feira, já se tornara irreconhecível.

— Ela estava no banho com ele, atrás dele — disse ela.
— Como sabe disso?
— Bruce encontrou batom nas costas dele.

Na manhã de sua volta à escola, Bobby, de uniforme e o nó da gravata bem apertado, encontrou uma mulher, que ele já vira muitas vezes, na cadeira de cabeleireiro. Em sua mão estava a fotografia de uma atriz americana famosa. Bobby não reconheceu a linda estrela, mas sabia que a mulher que segurava a foto tinha o perfil de um sapo-boi e nenhum penteado disfarçaria isso.

— Aí está ele — disse Cindy quando Bobby apareceu na porta ao pé da escada. A mulher balançou a cabeça. — Ela tirou a roupa dele e lhe deu um banho. — Um triturar da tesoura, depois um grumo de cabelo caindo no tapete da mãe de Bobby. A mulher empurrou uma massa de saliva pela boca com a língua.

— Ah, não precisa me dizer — informou ela. — Eu já soube. Acho isto nojento. Alguma coisa precisa ser feita.

— Eu tomei banho sozinho — disse Bobby. A mulher virou a cara, como se ele tivesse acabado de secretar algo repulsivo de uma glândula oculta. — Ela é minha amiga e o seu cabelo está no tapete da minha mãe. — Cindy baixou a tesoura no braço do sofá e o conduziu para fora da sala. Ele a ouviu pedir desculpas à mulher em nome dele, o que o teria deixado ressentido se não tivesse garantido tempo suficiente para remexer nas coisas do pai.

Ele teve de enrolar o cinto de ferramentas duas vezes no peito e amarrá-lo com um nó duplo para que não caísse. Tinindo em sua cintura, os metais o faziam se sentir pronto para a guerra. Tirou a tomada do telefone e depois, por segurança, cortou o cabo com o alicate.

O outono chegara, mas o dia estava luminoso e o vento era, no máximo, apenas travesso. Bobby chegou à escola cedo, antes que o portão fosse destrancado. Ninguém notou que ele estava atrás dos arbustos espinhosos enquanto se reuniram no pátio. Crianças novas arrastavam os pés pelas folhas em decomposição. Bobby ensaiou o plano na imaginação. Aconteceria da mesma forma que num livro.

Desde que Val dera a Bobby acesso à biblioteca itinerante, ele passara a ter uma consciência aguda de algumas mudanças em seu raciocínio. De algum modo era maior, mais amplo, como se tivesse sonhos durante o dia, ainda acordado. Ele leu *Matilda*, de Roald Dahl, e se perguntou se também poderia ter poderes especiais. Uma noite, passou três horas tentando mover uma maçã em sua cama só com o olhar. Não funcionou, mas pela primeira vez Bobby, enquanto estourava a casca crocante da maçã na boca e limpava o sumo do queixo, refletiu que qualquer coisa era possível, desde que você pensasse o suficiente nela. Este foi o primeiro presente da biblioteca itinerante a Bobby, embora ele ainda não soubesse usá-lo.

Eram duzentos e dezoito passos entre os espinheiros e o portão, dando-lhe um tempo de cerca de quarenta segundos, empregando uma corrida animada e contando com a coragem. Ele tirou o bronzeador de Cindy da mochila e passou por todo o rosto, o pescoço e as mãos, até que tudo tivesse um tom entre o tijolo de barro e a folhagem morta. Isso lhe daria mais alguns segundos necessários, se tudo saísse como planejado.

A sineta tocou e o pátio começou a se esvaziar. O sr. Oats saiu para recolher os retardatários e trancar o portão, verificando as quadras de tênis e atrás do abrigo de bicicletas. Enquanto parava para lamentar mais um dia de trabalho, ele olhou diretamente para onde Bobby estava parado. Eles sustentaram o olhar um do outro. Bobby passou os dedos pelas pontas soltas do nó no cinto e se preparou para desamarrá-los, mas o sr. Oats afastou-se, deixando-o ali despercebido, outra parte do cenário.

Aliviado, Bobby fez um último xixi na soleira da porta. A urina crepitou no chão sujo e voltou como vapor. Verificando pela última vez o equipamento, ele se deitou em posição de ataque, com o cuidado de evitar a poça que acabara de criar. Para Bobby, agora era evidente que, sem Sunny, ele precisaria se proteger. Que seu plano vingaria o ataque a Rosa o imbuía de uma poesia a qual ele não conseguia resistir.

Amir e os dois Kevins chegaram vinte minutos depois, trepando pelo portão e correndo pelo pátio na forma de um tridente desleixado. Bobby ficou parado até que eles atravessassem a linha pintada de amarelo da quadra de basquete, depois se agachou, cerrando bem a boca para prender o beija-flor de sua respiração. Quando eles estavam no lugar exato, ele correu para os três. Mas o cinto de ferramentas se mostrou embaraçoso demais. Bobby não foi tão rápido quanto esperava.

Despertados pelo bater dos sapatos de Bobby no chão, os três meninos giraram para ele. Que visão. O menino que eles viram mijar na própria calça, coberto de maquiagem pesada, se deslocando com a habilidade de um homem de lata enferrujado. Amir riu, o que permitiu que os outros se juntassem a ele. Bobby sabia que ele era o líder, o cabelo tosquiado grosseiramente junto do crânio, o couro cabeludo pontilhado de cortes com sangue seco. Uma sobrancelha grossa pendia sobre os olhos e assim a luz não os alcançava. Bobby reduziu o passo e parou a um metro de distância.

— Oi de novo — disse Amir. Bobby olhou para o chão e murmurou, como se rezasse. Tirou o suéter. Afrouxado pelo movimento, o cinto de ferramentas escorregou pelos quadris, mas ele o pegou antes que caísse no chão. O maior dos meninos se abaixou com as mãos ancoradas nos joelhos e colocou a cara perto da de Bobby, o bastante para que ele sentisse o cheiro do chiclete. Esfregou o indicador direito no rosto de Bobby e examinou a mancha marrom de maquiagem que ficou na ponta.

Mordendo a língua até tirar sangue, Bobby retirou do bolso da frente do cinto de ferramentas um frasco de álcool metilado. De antemão, já havia afrouxado a tampa à prova de crianças. Esta era a vantagem do planejamento. A tampa girou para fora com um peteleco de seu polegar. Como quem dá uma facada rápida, ele espargiu metade do frasco nos olhos de Amir Kindell.

Todos prenderam a respiração, inclusive Bobby, como se lamentassem o momento que acabara de passar. Em sua união falha, eles sabiam que nada poderia ser desfeito quando soltassem o ar. Amir caiu no chão com as mãos no rosto e gritou tão alto que Bobby tinha certeza de que toda a escola ouviria. Sem pensar duas vezes, Bobby esvaziou o resto do frasco, jogando o líquido em um arco largo para o alto até que caísse no alvo escancarado da boca dos outros dois meninos. Ambos caíram de joelhos a seus pés.

Ele pegou o fósforo no bolso e viu que parecia um soldado apresentando-se para o dever, com seu boné vermelho vivo. Ajoelhando-se, riscou o fósforo no piso de concreto. Os três meninos cambaleavam e se esbarravam, os olhos escorrendo, e Bobby segurou o fósforo aceso acima deles. Amir agarrou a bainha da calça de Bobby. Não conseguia enxergar o que estava na mão dele, mas sentia. O medo, esse espasmo cruel da alma. Isto, que o menino provocara em Rosa na lama, foi o que Bobby viu, e amou, na torção da cara dele.

    Correndo com a maior velocidade possível, a sra. Pound deslocava-se com um jeito de bailarina, como se os sapatinhos de boneca que usava fossem lembranças de um talento passado para a dança. Tomou o fósforo da mão de Bobby, apagou-o e tirou o frasco vazio de sua mão com um tapa. O frasco quicou cinco vezes e rodou antes de parar; uma dança pequena e risível por si só.

Entediado, mas disposto a não deixar transparecer, o mais novo dos dois policiais, parado no canto da sala da sra. Pound, segurava o quepe nas mãos. O mais velho dos dois tinha virado a cadeira para ficar de frente para Bobby. De vez em quando, as pernas dos dois se tocavam e a estática em sua farda corria pela calça dele. Seus próprios filhos tinham se tornado adultos anos atrás. Lidar com crianças agora parecia uma tarefa estranha, com a qual ele ficava inteiramente desconfortável, embora sua mulher argumentasse que pouca coisa mudara.

    — Filho — disse ele. Pelos pretos e grossos pendiam de suas narinas, alavancas que se mexiam quando ele falava. — Você foi aconselhado a falar comigo se tiver algum interesse em consertar o problema em que se meteu.

    O frasco de plástico de álcool metilado estava empoleirado na beira da mesa, curvando a luz do sol dentro dele. A sra. Pound apertava uma bola antiestresse no formato de uma banana.

— Gostaria de pedir desculpas em nome de Bobby — disse ela.

— Não sei se seu pedido de desculpas ajeitará isso — informou ele. — Aqueles meninos estão no hospital. O que Bobby fez foi muito grave.

A sra. Pound contornou a mesa e parou atrás de Bobby, colocando gentilmente as mãos em seus ombros.

— Bobby — disse ela —, talvez você prefira esperar lá fora.

Embora eles baixassem a voz a um sussurro funéreo, graças ao tamanho diminuto da sala e ao painel de vidro na porta ele ainda podia ouvir cada palavra que diziam, amplificada quase como se estivesse dentro de sua cabeça. Só conseguia pensar em uma época no futuro próximo em que estivesse em algum lugar, qualquer lugar, que não fosse ali.

— Bobby é um aluno a quem damos uma atenção especial — explicou ela. — Tem muitos problemas para fazer amigos e o único amigo que tinha saiu da cidade no verão.

— Sra. Pound — disse o policial. — Estamos investigando o equivalente a um ataque com uma substância tóxica. Amir Kindell terá sorte se continuar enxergando. — Bobby pressionou a orelha mais firmemente na parede, a sombra fina lançada por uma planta do canto subindo por seu rosto.

— Eu espero que sim.

— Então percebe a importância de trazermos os pais dele aqui o mais rápido possível, para que possamos resolver essa questão.

— Nós tentamos; não conseguimos falar com eles.

— Então iremos a eles, se a senhora fizer a gentileza de nos dar o endereço. A senhora tem, não?

— Bem, era o que eu estava indo fazer...

De joelhos curvados, abrigando-o primeiro no colo, depois levantando-o para deixar que pousasse em seu peito de modo que ele pudesse aninhar os dedos na parte de baixo, Bobby pegou o vaso de planta, uma coisa imensa de cerâmica. E antes mesmo que tivesse soltado o ar, tinha o vaso na altura do pescoço e, dali, com cada grama de pressão que ainda estava em seus braços, jogou-o no painel de vidro da porta.

Ele ouviu a sra. Pound gritar enquanto corria pelo corredor até a escada, deslizando pelo piso recém-encerado.

Brilhando de suor, as gotas em seu pescoço presas na frieza de uma gola que se molhava rapidamente, Bobby chegou à casa de Val e a encontrou em pé do lado de fora, de frente para a porta, e assim ela não o viu se aproximar. Ele parou atrás dela, tentando entender o que estava vendo. Vestida com as roupas mais surradas e com um avental esfarrapado, Val limpava a tinta spray da madeira escura da porta com uma escova para sapatos de cerdas duras. A água tingida de rosa escorria da porta, formando uma trilha labiríntica que descia à valeta. Onde a tinta vermelha foi aspergida mais densamente ainda havia sugestões das letras, uma legenda agora indistinguível e claramente indesejada. Val a encontrou naquela manhã ao sair para pegar outra carta, a terceira naquela semana, perguntando-se quem teria a ousadia ou o motivo para escrever uma inverdade tão flagrantemente dolorosa e colocá-la em sua porta. Ela não era nada daquilo de que as cartas a acusavam, mas, quanto mais as lia, mais se sentia tão suja quanto a faziam parecer. No maior desespero, ela queria esfregar a si mesma com a escova, esfregar até que não restasse nada além de uma pilha brilhante de ossos. Talvez isso satisfizesse a essa gente. Nem todos os livros da biblioteca itinerante a prepararam para palavras tão indizíveis como estas.

— O que dizia? — perguntou Bobby. Val derrubou o balde com sabão e a água suja bateu em seus sapatos, onde se rompeu em dois arcos espumantes.

— Você não pode vir aqui.

— Eu estou aqui.

— Mas não pode. — Val olhou de um lado a outro da rua. — Rápido — disse ela —, vá para dentro.

Na luz da cozinha, Bobby podia ver rastros da ponta de um dedo suja de tinta cruzando o rosto de Val. O brilho da lâmpada investigava os poços fundos de suas bochechas, alternando-se enquanto ela chorava nas mãos.

— Eles estão falando de nós — disse ela.

— Quem?

— Todo mundo. Dizem as coisas mais horrorosas.

— Mas ninguém nos conhece.

— Sim. E o problema é esse.

— Tudo que a gente limpa, eles sujam. — Grumos de lenço de papel do tamanho de bolas de neve se acumulavam na mesa ao lado dela. Bobby os colocou na lixeira. — Eu os peguei para você — disse ele.

— Pegou quem? — Suas mãos apertaram mais os braços dele.

— Aqueles meninos.

— Que meninos?

— Os meninos que machucaram Rosa.

Val estacou.

— O que você fez?

— Eu os peguei. É só isso. Eles não vão mais machucá--la. — Ele sentia um movimento no peito, como se o coração tivesse se transformado em uma ave e começasse a bater as asas.

— Bobby — disse ela, chorando. — Vá embora.

— O quê?

— Vá. Você precisa ir.

— Por quê?

— Vá! — Val bateu a mão na pia. Xícaras tremeram no escorredor de pratos. Bobby se curvou com o vigor da pancada. Ela passou os braços ao redor do meio do corpo de Bobby e apertou. Ele estremeceu, não só com o rosto, foi um tremor que percorreu todo o corpo e terminou como um formigamento nos pés.

— Ah, meu Deus — disse ela —, machuquei você?

— Não — respondeu ele, com a testa vincada de dor.

— Machuquei. Eu sei que machuquei. — Os anéis em volta dos olhos eram escuros, porém coloridos, como cortes transversais de uma fruta estranha. Ela levantou o suéter dele e soltou sua camisa. Um hematoma, muito mais azul do que deveria, com a clareza de um céu clemente, curvava-se a partir de um terço de suas costas ao alto da cintura. Examinando mais atentamente, ela via a marca da mão esquerda do pai de Bobby. Val desabotoou a calça dele e desceu sua cueca. A mancha persistente do hematoma continuava, rompendo o arco do traseiro. A marca de um polegar e outros três dedos, desbotando.

8

A PONTE

Val não partilhava da abordagem da mãe de Bobby no que se refere à preparação das malas. Ela entregou a Rosa um saco de lixo.

— Rosa — disse ela —, meta o quanto puder de suas roupas neste saco. — Bobby encheu a mochila de Rosa com canetas e papel.

— Obrigada, Bobby Nusku — agradeceu ela. Val instruiu os dois a pegarem toda a comida que encontrassem nos armários, inclusive as coisas que não reconheciam ou que não gostassem particularmente de comer. Bobby empilhou tudo dentro de uma bolsa esportiva vazia, lembrando-se de pegar um abridor de latas, depois encheu os bolsos dos quatro lados com latas de ração para Bert, acrescentando o brinquedo de apito em forma de costeleta pelo qual ele só demonstrara um desdém amuado a vida toda. Val esvaziou uma caixa dos brinquedos velhos de Rosa e a encheu com produtos de toalete. Quando eles terminaram, a casa parecia ter sido saqueada, o que, de certo modo, fora.

— Aonde vamos? — perguntou Rosa. Val se interrompeu, embora apenas brevemente.

— Temos nossa própria biblioteca itinerante e há muitos livros para entregar.

— Que nem o elefante e o burro?

— Exatamente. Que nem o elefante e o burro. — Rosa e Bobby dançaram em roda. — Agora, rápido, precisamos sair logo. — Tontos, eles se encostaram à parede da sala e esperaram que o chão os alcançasse.

— Podemos passar pela minha casa no caminho — disse Bobby. Val fechou o zíper na bolsa com tanta força que ele quase se soltou em sua mão.

— Não, não podemos — discordou ela.

— Mas precisamos. Tenho de pegar meus arquivos.

— Parece que você não está entendendo, Bobby. Se seu pai descobrir que nós vamos sair, não vai deixar que você venha conosco. — Lá fora era o início da noite, mas nuvens escuras já davam a ilusão noturna. Ele pegou uma faca na cozinha, com uma lâmina comprida, fina e afiada.

— Está tudo bem — disse ele. — Eu tenho um plano.

Estacionado em sua vaga de sempre, os adesivos de vinil exibindo seu nome e número de telefone descascando da ferrugem na lateral, o furgão de Bruce era uma excrescência lamentável em uma rua com cara de porco. A borracha dos pneus estava gasta, assim a faca deslizou por ela com facilidade, como acontecia nos filmes que Bobby vira no sótão de Sunny. Eles soltaram um último silvo incoerente.

Bobby levantou a abertura do correio na porta e colocou o ouvido na fenda. Ouviu o pai e Cindy rindo da televisão e os alto-falantes mínimos na caixa chacoalhavam com o golpe dos graves. Bobby colocou a faca na meia e a chave na fechadura com o maior silêncio possível.

Tendo o cuidado a mais de não deixar a porta da frente bater depois de passar, ele atravessou o corredor na ponta dos pés. Na extremidade, havia uma pequena caixa de madeira contendo chaves, medidores e mostradores aos quais ele era proibido de tocar; agora eles eram urgentes e irresistíveis. Ele segurou firme o punho da faca, manteve-a acima do ombro como se estivesse a ponto de atirar uma lança e correu a faca pelo meio da caixa. Brilhou um breve alvoroço de faíscas, que pereceram enquanto a casa era lançada na escuridão com um baque.

Entre a entrada para a sala de estar e o pé da escada eram dezessete passos miúdos, dados em um semicrescente para contornar o sofá. Bobby andou pela sala em modo noturno, sem ser detectado, enquanto Bruce e Cindy discutiam qual deles devia ir à caixa de fusíveis. Perdendo, Bruce deu um salto, esbarrando na cadeira de cabeleireiro e fazendo-a bater no aparelho de televisão com um estrondo. Bobby estava perto o bastante para sentir o borrifo quente e furioso da saliva do pai caindo como um chuvisco em seu rosto. Estava perto o bastante para deixar os dedos pairarem sobre a camisa do pai, onde estaria seu coração, enquanto ele cambaleava por ali, pisando em cacos de vidro, gritando sempre que se mexia. Ele identificou um tremor na voz do pai. Uma cadência tensa e peculiar, aquela que ele já ouvira hoje. Medo. O pai estava com medo. Ficar perdido dentro da própria casa era uma terrível confusão com a qual sua mulher talvez tivesse simpatizado no passado. Bobby tinha esperanças de que a confusão tragasse o pai inteiro e o mudasse para sempre, como fez com ela.

Ele saboreou isso por mais alguns segundos, depois subiu a escada de dois em dois degraus, sem tropeçar, e entrou no quarto. O cheiro tinha sumido. Ainda era o de sua mãe, mas de longe, carregado pelo vento. Andando de lado pela parede mais próxima, ele se aproximou da cabeceira da cama, onde tateou, procurando a caixa grande em que Cindy guardava bolsas que nunca usava. Ele a virou e encheu a caixa com seus arquivos. Os vidros de cabelo, as anotações, tudo. A soma completa de sua obra. Guardou tudo com o cuidado que a mãe lhe ensinou.

No primeiro andar, Bruce ainda tentava chegar à caixa de fusíveis. Bateu o joelho na mesa de centro e caiu de novo quando meteu o dedão do pé na poltrona.

— Não estou enxergando nada! — gritou ele, sem saber que o filho passava bem a seu lado.

Bobby andou treze passos pela sala até o canto mais distante, abaixando-se por metade do caminho para evitar a luminária. Continuou ali por um momento, enquanto o pai se debatia no escuro, antes de chegar de mansinho atrás dele, a poucos centímetros de seu ouvido.

— Buuu!

Cego e apavorado, Bruce mergulhou no chão, gritando ao bater na prateleira, onde antigamente havia um lugar de honra para uma foto da mãe de Bobby. Caiu sobre a tesoura de cabeleireira de Cindy, que se implantou na carne macia de sua coxa com o barulho de um melão sendo fatiado. Bobby passou por cima do corpo prostrado do pai e saiu da casa sem ser visto. Foi seguido pelos gritos na noite.

Val, Rosa e Bobby colocaram a bagagem e as caixas em um carrinho de mão amassado do jardim. Rosa carregou Bert, Val trancou a porta e eles foram para a biblioteca itinerante sem ver uma só pessoa. Com a maior rapidez possível, puseram tudo na traseira do caminhão. Bobby largou o carrinho de mão em uma horta adjacente, roubando algumas batatas e um punhado de cenouras para o caso de eles precisarem.

Ele nunca estivera na cabine da biblioteca itinerante e ficou surpreso ao ver como era grande por dentro. Tinha até uma cama, embutida acima dos bancos, e Bobby, de braços estendidos, não conseguia alcançar as duas pontas ao mesmo tempo. Val girou a chave na ignição e o painel se iluminou com uma onda de luzes pequeninas, dando a impressão de uma cidade de longe. Rachaduras formaram teias nos bancos de couro, nodosos como a pele das mãos de um velho. Projetando-se do meio do piso da cabine, estava o calombo em pescoço de ganso de uma alavanca de câmbio prateada. Val passou os dedos pelo plástico preto reluzente que recobria o volante. Virá-lo era um teste para toda a envergadura de seus braços. Um monstro verde e peludo estava pendurado no retrovisor por um cordão elástico puído. Rosa o deu para Bert roer.

— Tudo bem — disse Val consigo mesma.

— Já dirigiu alguma coisa assim tão grande? — perguntou Bobby.

— Eu não dirigi nada nem com um sexto desse tamanho. — Nada podia prepará-los para o ronco da barriga de dragão do motor sendo ligado quando ela apertou o botão. As vibrações pulsaram pelos bancos. Bert colocou as patas no focinho. Farelos de pão pularam pelo painel. Val passou os dedos pelo freio de mão e expirou.

— Estamos prontos? — perguntou ela, sem ter a menor ideia de para que estariam preparados.

Bobby fechou o cinto de segurança de Rosa e cuidou do próprio. Um estalo e os faróis explodiram as sombras diante deles. Foram para a rua, limpa como uma página em branco, e ele viu pelo espelho lateral a traseira da biblioteca itinerante arrancando o portão de sua dobradiça e, depois, a cerca do poste, arrastando-a pela grama.

— Merda — disse Val. Bobby tapou as orelhas de Rosa um segundo tarde demais. Viu que Val já começava a transpirar. Ela deu a ré no caminhão e ele soltou um bipe alto de alerta. Luzes se acenderam nas janelas das casas vizinhas. Uma mulher saiu, irritada por ter a noite interrompida por essa algazarra inesperada. Encontrando uma posição melhor para tentar manobrar, Val levou a biblioteca adiante e por pouco não esmagou o carro da mulher. A cara da mulher, com uma camada recente de creme verde-lima, ficou petrificada de surpresa.

A cerca de metal foi mastigada pelos pneus e cuspida no final da rua.

E então eles partiram, para o quê, não sabiam, e até agora não se atreviam nem mesmo a imaginar, em sua biblioteca gigante sobre rodas. Parecia que abriam um livro sobre o qual nada sabiam.

* * *

Eles seguiram pela rua principal, que contornava o centro da cidade. Val, ainda se acostumando com o tamanho tremendo do caminhão, de vez em quando raspava num carro estacionado, deixando arranhões prateados e fundos no metal. Rosa ria sempre que ela apertava a buzina por acidente.

— Precisamos de uma aventura — disse Bobby.

— Estamos em uma aventura — disse Val.

— Eles vão procurar pela gente?

— Sim, vão procurar.

— A gente vai se dar mal?

— Só gente má se dá mal.

Rosa gritou, animada.

A biblioteca itinerante seguiu o bando migratório da via expressa, um búfalo mecânico investindo pela planície. A chuva no para-brisa borrava as luzes em um fio infinito de cores.

Rosa adormecera ao lado de Bobby. Ele a cobriu com um cobertor velho que encontrou atrás do banco e o ajeitou para que ela ficasse bem enrolada. Havia pouca coisa no porta-luvas. Uma lanterna, um binóculo, uma chave de fenda e um jornal velho. A cada poucos minutos, ele rasgava uma tira mínima, enrolava e metia pelo buraco na janela, onde o vento o carregava com ele. Tinha esperanças de que a mãe conseguisse seguir a trilha que ele deixava. Deu certo para João e Maria.

Uma luz vermelha faiscou ao lado do mostrador.

— Precisamos de combustível — disse Val. O motor da biblioteca itinerante começou a resfolegar. — E precisamos logo.

Ela parou no posto de gasolina seguinte, onde placas de néon descoraram sua pele em tons mais exóticos de rosa. Bobby cuidou de Rosa e Bert enquanto Val procurava pela abertura do tanque. Os números subiam no contador enquanto ela abastecia, rapidamente assumindo um número maior do que Bobby já vira na vida. Combinado com as luzes e aquela hora da noite, o posto de gasolina, aos olhos de uma criança, tinha o ar de um cassino espalhafatoso. Val retornou à cabine para pegar a carteira na bolsa e Bobby a acompanhou à loja para pagar.

O homem do balcão folheava uma revista sobre pesca e parecia estar à beira de um grande bocejo. Caroços de acne adolescente formavam uma trilha cintilante da face até o pescoço. Val e Bobby encheram uma cesta com barras de chocolate e guloseimas.

— Deixa que eu fale — disse Val a Bobby ao se aproximarem do balcão.

— Lanche da meia-noite? — perguntou o homem, passando os pacotes pela luz vermelha e intermitente do scanner. Em seu crachá estava o nome Bryan. Fora premiado com duas estrelas de prata, mas ali não dizia pelo quê.

— Algo parecido. — Val contou o troco na palma da mão.

— Já passa um pouquinho de sua hora de dormir, não é, homenzinho?

Bobby mexeu com indiferença em um mostruário de amendoim salgado e fez a voz mais grave, com pouco efeito.

— Não — disse ele —, às vezes fico acordado a noite toda.

Val riu, com as mãos na cintura, e assim Bobby entendeu que ela estava fingindo.

— Preciso também pagar pelo combustível — disse ela.
— Bomba número 6. — Bryan olhou o posto pela vitrine, depois para Val, e voltou à biblioteca itinerante.

— Aquele caminhão — disse ele — é seu?

— Sim, é.

— Meio grande, né?

— Para o quê?

— Para, hum...

— Para uma mulher?

— Bom, não sou eu que estou dizendo isso. É você.

Val suspirou. Bryan fingiu operar a caixa registradora, passando o dedo inutilmente pelos botões.

— Na verdade, tecnicamente não é um caminhão. É uma biblioteca itinerante.

— E você dirige à noite?

— É claro. Sou bibliotecária. Eu não daria uma motorista de caminhão muito boa com esses bracinhos femininos, daria?

Bobby viu-se no monitor da parede, uma coluna de *pixels* cinza e preta de setenta centímetros de altura. De alguns ângulos, parecia mais alto do que a realidade e, se ele deixasse o cabelo separado no alto da cabeça, daria a impressão de que ficava careca. Ele concluiu, erroneamente, que as primeiras flechas de alerta do novo adulto eram disparadas de seu arco e em silêncio deu um soco de comemoração no ar. Eram muito bem-vindos.

Val pagou e eles saíram da loja antes que Bryan pudesse lhes dar o recibo. Ela quase esbarrou em uma bomba de gasolina ao sair do posto. Bryan bateu os punhos no vidro, sua pele oleosa manchando a vidraça. Na vitrine, que lhe outorgava um glamour desbotado pelo néon estroboscópico da placa, ele parecia uma dançarina vendo Las Vegas de um táxi.

Postes com lâmpadas da cor de néctar aprisionavam a quietude de cidades inteiras em âmbar. O aperto de alta pressão dos freios hidráulicos cortava o ar e disparava alarmes de carros com sua passagem. De vez quando, um pedestre parava ao ver a biblioteca itinerante navegando pela noite. E parecia que eles navegavam mesmo, quando ganharam velocidade, como se nada além de um iceberg pudesse detê-los. Bobby baixou a janela e deixou o vento explorar o fundo de sua boca. Provocou-lhe dor nos dentes, mas ele não parou. Queria se sentir novo por dentro, como se sentia por fora.

Eles deram em um cruzamento. Faixas brancas recém--pintadas cortavam o preto oleoso do asfalto novo na superfície. O silêncio era suficiente para que Bobby ouvisse a mecânica dos sinais de trânsito zumbindo, o estalo suave entre vermelho e verde, enquanto uma viatura da polícia parava ao lado deles.

— Ah, meu Deus — disse Val —, feche a janela. — Bobby sabia que ela estava irritada porque sua voz ficou naquele meio-termo irregular entre um sussurro e o volume de uma conversa cotidiana. — Eu disse para fechar a janela, Bobby. Feche a janela agora. — Bobby rasgou outra bolinha do jornal e deixou cair pelo espaço. Ela flutuou pelo ar e pousou no capô do carro da polícia.

A policial dentro dele olhou para Bobby e sorriu. Ele sorriu também. Quando o sinal abriu, ambos arrancaram em direções contrárias. Ela não tinha motivos para suspeitar de que ele era algo além de uma criança cujos pais bibliotecários não se importavam que ficasse cansado o bastante para estar de péssimo humor o dia todo amanhã.

Bruce Nusku estava ocupado demais perdendo a embriaguez na emergência do hospital local para perceber que o filho tinha desaparecido. A atadura que Cindy passara por sua coxa agora estava ensopada de sangue, e ele só queria outra bebida.

Se a mulher que morava na frente da biblioteca itinerante tivesse mais espírito comunitário, talvez telefonasse para a polícia. Em vez disto, ela fatiou um pepino e colocou fatias nos olhos, antes de se reclinar no sofá e dormir. Jamais usara a biblioteca itinerante. Para ela, era só um monstrengo estacionado do outro lado da rua.

Bryan sempre via gente esquisita quando trabalhava no turno da noite no posto de gasolina — e vinha complementando seu salário surrupiando cédulas do caixa por seis meses. Ter a polícia farejando por ali era a última coisa em sua pauta. Além disso, pelo que ele sabia, ela era bibliotecária, mesmo que seu horário de trabalho fosse peculiar. Ele não conhecia bibliotecário nenhum.

O rádio da policial de vez em quando estalava e ganhava vida, mas só depois de o sol há muito ter dado o dia por encerrado. Um horticultor amador notou duas coisas em sua horta. Primeiro, faltavam algumas batatas e cenouras. Segundo, pegava muito mais luz matinal do que nas semanas anteriores. Tendo acabado de se recuperar de uma cirurgia para remover cataratas duplas, ele supôs que seus olhos eram os culpados. Só mais tarde espiou pela cerca e descobriu que a biblioteca itinerante tinha sumido. Se a câmara de vereadores conseguira dinheiro suficiente para financiá-la de novo, ele ficava satisfeito, porque com frequência passara manhãs inteiras com sua neta e um ou dois livros. Mas ele não tivera nenhuma informação sobre isto. Preparou uma caneca de chá de hortelã para si, demorou-se nela por um tempo, depois pegou o telefone, perguntando-se se estes eram os primeiros sinais da senilidade.

— Alô — disse ele. — Olha, lamento se estou desperdiçando seu tempo...

Ninguém sentia falta de Val e Rosa o suficiente para alertar alguém de seu desaparecimento. Para sentir falta de uma pessoa é preciso que você note que ela saiu.

Quatro horas de direção deixaram os braços de Val doloridos dos ombros aos pulsos. Era hora de sair da estrada. Ela deu a Bobby a tarefa de procurar um lugar para parar pelo que restava da noite. A adrenalina agora tinha baixado, a dúvida se instalara e ela se resignou, em silêncio, que eles seriam apanhados a qualquer momento.

Eles foram para uma estrada rural estreita, uma fenda espremida por uma colcha de retalhos de lavouras de cevada, onde Bobby viu um pequeno bosque no alto de um morro. Val reduziu o caminhão e parou em uma clareira pequena e bonita. Apanhados pelos faróis, jacintos cintilaram com uma leve geada matinal. A biblioteca itinerante não podia ser vista da estrada, mesmo quando todo o terreno foi iluminado pelo facho de luz implacável de um carro de passagem. Os galhos banhados no vermelho das luzes de freio davam a impressão de sangue escorrendo pela lua. Nada guarda um segredo como as árvores.

 Montaram acampamento na traseira do caminhão, dormindo no tapete perto da estante de livros infantis. Val, Rosa e depois Bobby, virados para o mesmo lado, enroscados em conchinha. Com a porta fechada, podiam estar em qualquer lugar, não só no mundo real, mas além dele. As paredes eram forradas de rotas de escape e saídas para desertos, para o espaço, mares e lugares ainda mais estranhos.

 — Leia pra gente — disse Bobby. Ele escolheu o livro maior e de aparência mais antiga que viu, que parecia combinar com a escala dos acontecimentos que se desenrolavam. Entregou a Val um exemplar pesado em capa dura de *Moby Dick*, de Hermann Melville, com ornamentos desgastados na cor vinho.

 Bobby escutava as palavras. Vinham não da boca de Val, mas de algum lugar no centro de seu corpo. Rosa e Bobby colocaram a orelha no peito de Val, subindo e descendo ao ritmo de seus pulmões. Nenhum dos dois disse nada, até que ela parou de ler, exausta, quando Starbuck exorta Ahab uma última vez a desistir de perseguir a baleia pelo mar. "Moby Dick não te procura. És tu, tu quem loucamente o buscas!"

 — Essa história tem um final feliz? — perguntou Bobby.

 — Não existe um final — disse ela. — Coisas boas surgem de coisas ruins, e coisas ruins surgem de coisas boas, mas sempre continua. É como a vida. Os livros são a vida. Esta é só a parte que você lê. Mas eles começam antes disso.

Terminam depois disso. Tudo continua para sempre. Você só está nele por essas páginas, por um intervalo mínimo de tempo.

As paredes de metal da biblioteca itinerante guardavam o calor matinal. Lá fora, eles lavaram os dentes com água mineral. Val preparou o café da manhã em um pequeno fogareiro a gás que tinha comprado anos antes, parte de um sonho não realizado de levar Rosa para acampar. Bolhas gordas e quentes explodiam na pele de uma salsicha tostada.

— Agora nós vamos morar aqui? — perguntou Bobby.
— Não sei — disse Val.
— Eu gostaria, se a gente morasse.

Bobby pegou o binóculo no porta-luvas da cabine e se deitou de costas no mato alto com Rosa jogada sobre sua barriga. Eles tentavam pegar folhas douradas enquanto caíam e fizeram Bert farejar castanhas-da-índia em meio ao capim. Val amarrou as castanhas com velhos cadarços de bota, que eles rodaram no alto, fingindo ser helicópteros. Brincaram de pique até perderem o fôlego, depois implicaram com um besouro que tinha vagado para seu caminho até ele desaparecer na terra. Na hora do jantar, Bobby declarou:

— Esse deve ser o melhor dia da minha vida.

Quando Val acendeu uma fogueira e eles leram histórias um para o outro, ele teve certeza. Estudou as rugas ao lado dos olhos dela, que se contorciam no tremeluzir da chama, e desejou ser independente para que Val o considerasse um sábio.

— Quantos anos você tem? — perguntou ele.

— Nunca se deve perguntar a idade de uma mulher — disse Val —, mas, como partiu de você, vou abrir uma exceção. Tenho 40 anos.

— Isso é meio velho.

— Sou mesmo uma peça de museu. — O calor das chamas a deixava tonta.

— Como é que você não está apaixonada?

Val assou outro marshmallow. O grude quente e branco pingava pelo graveto. Ela nunca teve essas conversas com a filha. Em vários momentos, este fato partia seu coração.

— Como você sabe que não estou apaixonada?

— Você está apaixonada?

— Sim, estou.

— Por quem?

— Por Rosa. — Rosa passou os braços pelos ombros da mãe, assumindo seu contorno com a facilidade da seda.

— Mas eu quis dizer por outra pessoa. — A madeira delicada na fogueira estalava como ossos de animais minúsculos.

— Acho que nunca aconteceu desse outro jeito.

— Por que não?

— Quem sabe?

— Você deve saber, tem 40 anos.

— A idade nenhuma sabedoria traz.

— Parece que você está falando de trás pra frente.

Val soprou o marshmallow e testou seu calor com a ponta da língua.

— Você era apaixonada pelo pai de Rosa? — perguntou Bobby.

— Éramos apaixonados um pelo outro quando nos casamos.

— Você foi casada?

— Eu tinha aliança e tudo.

— Nossa.

— É. Toda uma vida atrás. Eu lhe disse, a história começa muito antes de você chegar lá. E continua por muito tempo depois de você partir. — Bobby pensou no comentário.

— Você deve ser adulta há muito tempo.

— Pode apostar — disse Val. Ela partiu um galho caído no joelho e jogou nas chamas a ponta que Bert não levou. O fogo fez uma dança do ventre pelas cinzas. — Quando ele soube como Rosa seria, decidiu que amar uma garotinha assim era trabalho demais para um homem como ele. Embora Rosa dê amor incondicionalmente, quando alguém pensa assim, bom... — Parecia que ela podia dizer outra coisa, mas se satisfez em escutar as corujas, como se elas terminassem as frases por ela, e ficou agradecida.

— Acho que você é sábia — disse Bobby.

— Então, talvez eu seja.

— Acho você sábia também, Val — disse Rosa.

— Então, sem dúvida nenhuma eu devo ser!

Rosa penteou Bert até o pelo refletir a luz da lua. Eles leram histórias de fantasma com as lanternas abaixo do queixo, lançando as sombras do nariz pela testa. Quando ouviram barulhos na mata, assustaram uns aos outros falando de lobos e ursos famintos, mas ninguém acreditava que eles estivessem realmente ali. Longe dos três, o mundo não existia mais, nem seus monstros.

9

O HOMEM DAS CAVERNAS

As horas da manhã desapareceram em algum lugar dentro dos livros. Bobby lia *O pequeno príncipe*, de Antoine de Saint-Exupéry, maravilhado que um homem cujo nome ele não conseguia pronunciar pudesse escrever uma história que parecia ter sido escrita só para ele. Como o jovem príncipe, ele também achava estranho o mundo adulto. Também via poucas certezas nele. Depois disso, Val raspou a cabeça de Bobby. A lâmina fez cócegas enquanto ela a puxava por seu couro cabeludo.

— Pare de se mexer — disse ela —, ou eu posso errar e decepar sua orelha. — Mechas castanhas e grossas flutuaram para o chão, em harmonia com a estação do ano.

— Vamos todos raspar a cabeça? — perguntou ele.

— Para nos escondermos? Não sei como isto seria eficaz.

— Mas não há ninguém aqui de quem se esconder.

— Vamos precisar sair para comprar mantimentos. Acho que quanto mais cedo fizermos isto, melhor.

Ela e Rosa colocaram chapéus moles que escondiam a maior parte do rosto. Bert, embora convidado, preferiu ficar dormindo debaixo da biblioteca itinerante, escondido da neblina que pendia alta.

Os três desceram a longa estrada rural, que mergulhava e se torcia na fenda entre os campos. Um carteiro passou devagar. Nuvens cinza de fumaça subiam de uma única chaminé desmoronada. Esta singular caricatura da vida rural inglesa lembrou Rosa dos livros de Enid Blyton que Val lera para ela na biblioteca itinerante. Ela envolveu os ombros de Bobby com os braços em um afeto fraterno, mas Val não pôde deixar de se perguntar se as pessoas ficariam mais convencidas de que eles eram irmãos se brigassem com dentes arreganhados.

A idosa do armazém elogiou Val e Rosa pelos chapéus.

— Não vejo muita gente com este tipo de chapéu no vilarejo — disse ela, como se as duas tivessem acabado de entrar na cidade no lombo de um mamute. Val percebeu a pequena mecha de cabelo preso no colarinho de Bobby e tirou antes que a mulher notasse. Eles compraram leite, suco de laranja e três maçãs. A mulher deu a Rosa e Bobby um pirulito sabor limão para cada um, motivo pelo qual sua loja há muito tempo era parada obrigatória para as crianças do vilarejo.

Quando eles estavam saindo, Bobby viu uma imagem que reconheceu na primeira página do jornal. Não era a matéria principal, que trazia uma foto de um rosto conhecido, o detetive Jimmy Samas (que parecia ainda mais novo do que antes, se isso fosse possível). Em vez disso, estava metida ao pé da página em uma coluna fina do lado direito. Uma foto dele.

* * *

A caixa foi rotulada como "Miscelânea" pelo pai, mas o conteúdo era unido por um tema — pertencia a sua mãe — e assim não era miscelânea nenhuma. Esta era a caixa de coisas preferidas de Bobby no mundo todo e formava a peça central de seus arquivos. A qualquer outro era só um guarda-chuva, um secador de cabelo, uma câmera... Os detritos acumulados da vida. Mas ele sabia que continha partes tão fundamentais à mãe, como braços, pernas, dentes e cílios. O guarda-chuva. Ela o portava mesmo quando fazia sol, para que o pescoço de Bobby nunca ficasse queimado. Isto era a alma dela. O secador de cabelo. Ela o apontava para o filho pela manhã, aquecendo o ar quando estava frio demais para sair da cama. Este era o coração dela. E a câmera. Ainda tinha filme, das fotos que havia tirado, lembranças que ela queria guardar. Esta era a mente dela. Arrumando tudo depois que ela fora embora, ele percebeu que podia reconstruí-la a partir disto. Ele podia fazer a mãe toda de novo.

Restavam quatro fotografias no rolo antes que pudesse ser revelado. Algumas semanas depois de seu primeiro encontro, Sunny e Bobby levaram a câmera aos Ponds. A mãe teria gostado de Sunny, em especial quando visse como ele protegia seu filho, e assim Bobby tirou uma fotografia dele mexendo com um graveto nas algas verde-ervilha dos Ponds. Ele tirou outra foto das flores que cresciam na terra molhada. Ela teria apreciado quando eles escapulissem juntos para um piquenique.

Sunny tirou uma foto de Bobby tentando subir pelo tronco da árvore mais alta que encontrou, mas ele escorregou na hora e caiu de bunda na lama. Ambos se convenceram de que o resultado sairia borrado demais e assim precisavam garantir que a última foto fosse uma imagem que a mãe de Bobby ia querer guardar para sempre quando voltasse. Uma lembrança escrita indelevelmente na obstinada tinta do amor.

Eles foram a pé à Pedra do Touro. Ninguém mais a chamava assim. Era um nome que eles deram. De certo ângulo, do outro lado do lago, duas prateleiras menores de pedra se elevavam como os chifres grossos de um touro. Quando o reflexo da água quicava na superfície, parecia, com algum esforço, que era possível ver a argola do metal que perfura o focinho. Sunny e Bobby foram ao topo. Viram as nuvens distantes tingidas de rosa pelo pôr do sol e um "V" de gansos balançando-se na copa das árvores. Viram a neblina opaca que pendia sobre a cidade, e a névoa feita de mosquitos deslocando-se pela água. Viram todo seu mundo do local onde Bobby uma vez se sentara com a mãe planejando a fuga dos dois. Uma fotografia de sua vista preferida, com Bobby todo crescido à frente dela, daria um acréscimo perfeito a seus arquivos.

— Um pouco para a esquerda — disse Sunny. — Um pouco para a direita. Agora fique agachado para que a gente veja o lago e a cidade atrás de você ao mesmo tempo. — Bobby se ajoelhou na pedra fria, as orelhas iluminadas pelo sol. — Pronto? Um, dois, três.

Houve um estalo e um zumbido do filme sendo rebobinado, mas o clarão do flash continuou nos olhos de Bobby.

Se ele soubesse que um dia esta foto estaria na primeira página de um jornal, podia ter limpado a lama do traseiro dos jeans e lavado as mãos na água do lago.

Menos de um ano depois, Cindy relegara a fotografia a um pequeno porta-retratos no alto da geladeira, onde não podia ser vista. Foi dali que a polícia a tirou — a foto mais recente da existência de Bobby.

Bobby, Val e Rosa deram uma volta pelo vilarejo por algum tempo. Ruínas esfareladas de um muro de castelo escorado contra o vento, onde o fazendeiro cuidava de dois cavalos. Uma égua estava prenhe, o barril cor de carvalho de sua pança balançando-se enquanto ela comia.

Um chalé onde nasceu uma famosa poeta foi convertido em um museu de sua vida. Eles acompanharam um grupo de turistas, principalmente casais mais velhos. Bobby imaginou que ele e Val eram casados, embora não tivesse certeza do que isto significava e a questão o fizesse se sentir um tanto estranho. Só o que ele realmente queria era ser o tipo de homem que poderia consertar tudo que ela pedisse. Por insistência de Rosa, compraram canetas na loja de presentes e decidiram voltar à biblioteca itinerante enquanto o sol da tarde ainda se aproximava de seu auge.

— Aqui — disse Rosa, parando na frente de uma antiga casa de chá. Os cupcakes na vitrine foram arrumados em um suporte no formato de abrigo antiaéreo. Ela empurrou os dedos no vidro como se pudesse estendê-los pela superfície e pegar um. — Eu quero um bolo.

— Acho que não pode comer nenhum — disse Val.
— Eu posso sim. — Rosa cerrou os punhos e esfregou o dorso das mãos na testa. Soltou um resmungo estranho, como se recitasse.
— Vamos — disse Val.
— Não. — Rosa trincou os dentes, socou o próprio peito, depois o rosto, lutando contra algo dentro dela que acordava furiosamente da hibernação. Val havia avisado a Bobby dos ataques de birra de Rosa, mas ele não estava preparado para a ferocidade com que este chegou. Seu rosto adquiriu um vermelho violento. Ela bateu a mão na vitrine e gritou, mas as palavras foram amontoadas e formavam um único rugido longo e indistinguível. Val tentou segurar o pulso de Rosa, mas a filha a enxotou.

Uma mulher saiu da loja, chocada ao encontrar Rosa parada ali, aflita.

— Mas o que está acontecendo? — perguntou ela. Rosa levou o pé para frente, errando por pouco as canelas da mulher, e abriu um buraco na madeira podre da base do batente da porta. Socou o vidro mais uma vez. Ele balançou e Val o ouviu, como o repicar no ar depois do soar de um gongo. Por dentro, a sala de chá estava cheia de turistas. Val notou que eles olhavam pela vitrine.

Outra mulher se juntou à primeira na porta. Disse alguma coisa, mas não conseguiu arrancar de seu corpo mínimo um ruído que competisse com Rosa, agora gritando a plenos pulmões. Rosa passou esbarrando pelas duas mulheres, quase as derrubando no chão, subiu na vitrine e chutou o suporte de bolos. Do lado de fora, Val, Bobby e as duas mulheres olhavam as grossas massas de creme escorrendo pelo vidro. Val, espalhando pedidos de desculpas como confetes a suas costas, foi atrás de Rosa dentro da loja, deixando as duas mulheres olhando Bobby de boca escancarada. Do outro lado da rua, uma brisa bateu em um lençol pendurado.

— Você — disse a primeira mulher —, eu já vi você.

— Não viu — retrucou ele. — Eu não sou daqui.

— Deve ser — disse ela, antes de se virar para a amiga —, não deve? — Bobby pensou na biblioteca itinerante, imaginando-a empinando atrás dele como um cavalo confiável. Das centenas de histórias que ele agora conhecia, a única que saltou a sua mente naquele exato momento foi a que ele lera mais recentemente. Havia outras mais críveis, menos fantásticas, mais adequadas, porém, sob a pressão das cenas que se desenrolavam, elas desapareciam, como se jamais tivessem sido escritas.

— Não — disse ele. — Não sou. Este nem é meu planeta natal. Meu planeta natal é minúsculo. É um asteroide do tamanho de uma casa. Estive explorando a galáxia. Conheci um rei sem súditos; um homem que acreditava ser o mais admirável de seu planeta, embora morasse ali sozinho; um bêbado que bebia para esquecer a vergonha de ser um bêbado; um homem de negócios que disse que era dono das estrelas; um acendedor de lampiões que acendia sempre o mesmo lampião a cada minuto, e um cartógrafo idoso que nunca explorou o mundo que alegava ter mapeado.

Quanto mais Bobby falava, mais se sentia o Pequeno Príncipe, até posava como se uma coroa estivesse empoleirada altivamente em sua cabeça.

— Ah... — disse a mulher, mas Bobby não deixou que ela terminasse.

— Foi ele que disse para eu vir aqui, à sua casa de chá em um vilarejo na Terra. E agora eu conheci você. — Val saiu da loja, arrastando Rosa coberta de bolo.

— Agora, se me derem licença.

As duas mulheres os observaram andar pela rua na direção contrária à que deviam tomar. Quando ficaram fora de vista, eles esperaram em uma viela úmida ao lado de um bar, depois treparam por uma cerca e atravessaram cinco campos recém-arados. Logo suas meias estavam molhadas de lama.

— O que você disse a elas? — perguntou Val.

— Que eu era o Pequeno Príncipe — respondeu Bobby. Ele esperava que Val ficasse zangada, mas ela riu, constrangendo-o, e deu um beijo na carne macia do lóbulo de sua orelha. Quando voltaram à biblioteca itinerante, a birra de Rosa tinha evaporado. E só pela cereja esmagada no tecido de seu casaco ninguém teria como saber que acontecera algo de incomum.

— E é assim mesmo — disse Val. — A história continua.

Bert não estava à vista. Val olhou na biblioteca itinerante. Rosa procurou na cabine. Bobby engatinhou embaixo do caminhão e em volta dos pneus, sem achar nada além de um biscoito semidevorado e o formato do perfil de Bert na relva. Eles ficaram na beira do bosque e chamaram seu nome. Rosa sacudia uma lata cheia de seus lanches preferidos. Só o que lhes voltou foi o zumbido de insetos, ouvidos, mas não vistos, como se as próprias folhas estivessem zunindo.

Vendo Val aborrecida, Bobby tirou os sapatos, calçou botas e foi mais adiante na mata. Batia um graveto nos troncos e agitava galhos ao passar, coisas que ele pensava que um homem teria feito.

— Bert! — Um eco carregou sua voz. Quando ele se afastou tanto que não conseguia mais ver a biblioteca itinerante, voltou pesaroso sem o cachorro.

Val fez uma fogueira enquanto a noite caía. Abraçava Rosa e ninguém falava muita coisa.

Esperando o gemido de sirenes estourar na clareira, que se encheria de luzes azuis a qualquer momento, Val desejou que todos pudessem desaparecer na mata como Bert. Até esta excursão ela não andara muito longe de casa e certamente nunca infringira a lei. Em viagens de verão organizadas por sua escola, quando as amigas recebiam meninos nos beliches, ela fingia uma crise de asma e dormia na enfermaria. Continuou virgem até conhecer o pai de Rosa — alguém especial —, que perdeu o caráter especial com uma velocidade espantosa, as luzes ainda apagadas, os lençóis ainda úmidos.

Val nunca pagou a conta de luz com atraso. Quase nunca xingava. Só recentemente, uma vez que Rosa ficara um pouco menos dependente, ela encontrara tempo para examinar oportunidades que não aproveitara. E foram muitas. Conhecer Bobby tinha marcado uma mudança de maré em seu pensamento. Que motivo melhor para se rebelar do que garantir a este menino um adiamento da vida ordinária que se vislumbrava, mesmo que isto se revelasse fugaz?

Ela teve um senso enorme e sublime de liberdade, aumentada por não ter um emprego, mas que era intermitentemente perturbada pelas mesmas sete palavras que giravam por sua cabeça. Para onde foi o desgraçado do cachorro?

Perto da meia-noite, Bert despreocupadamente saiu das trevas e se sentou ao lado de Rosa, que o abraçou com tanta força que ele largou o que tinha na boca — um par sujo e embolado de meias verdes. Val perguntou a ele onde estivera e que cesto de roupa suja andara saqueando, como se ele pudesse desenhar para ela um mapa da região. Bert bocejou e subiu a escada da biblioteca itinerante, lembrando a todos que já passara da hora de dormir.

Na manhã seguinte, aninhado no refúgio da cabine, Bobby leu *Stig of the dump*, de Clive King, enquanto Val lavava as roupas de todos — e as meias novas — em um balde de água, pendurando as peças molhadas em um galho de árvore.

Bobby manteve seus arquivos limpos e organizados e começou a desenhar para a mãe a cama mais confortável que podia imaginar, feita das páginas arrancadas dos livros de matemática da estante da biblioteca itinerante, com um estrado complexo de galhos entrelaçados.

— Olha — disse Rosa, apontando. Bert mais uma vez ia para a mata. Ele era velho e lento, e assim eles conseguiram facilmente alcançá-lo, saltando raízes e se abaixando sob espinheiros. Bert parecia não se importar que o estivessem seguindo, mas não prestou atenção quando Val tentou fazê-lo parar. Em um regato, eles presumiram que Bert desistiria, mas ele o pulou sem interromper seu andar.

Eles caminharam até que o dossel de árvores fosse denso o bastante para que a luz do dia só pingasse por ali, onde deram com um bueiro. Ao lado, havia uma pilha de trapos molhados e uma barraca desabada, importunada pelo vento, abrindo-se e fechando-se como um pulmão doente.

Bert sentou-se ao lado de um monte grande de folhas, arrancadas e largadas pelo vento.

— Acho que Bert pode estar ficando meio senil — disse Val.

— O que quer dizer isso, Val? — perguntou Rosa.

— Meio bobo. Porque ele está velho. Como sua mãe.

Val puxou o rabo dele para tentar fazê-lo se levantar, mas ele meteu o focinho no mato e empurrou a lama com o nariz.

— Bert, vamos — disse ela —, está na hora de ir para casa.

— É, Bert — disse Rosa, jogando uma vareta na direção dele —, para de ser senil, está na hora de ir para casa.

De repente Val gritou, cambaleou para trás, tropeçou em um monte de cogumelos e caiu de costas. Bobby se aproximou para ajudá-la.

— Não, Bobby, para trás! — ordenou ela. O monte de folhas ao lado de Bert se mexeu, o chão abaixo deles se elevou e por baixo ele viu: a mão humana e suja, com unhas imundas, pretas como o pelo de um gambá.

— Corram! — disse Val, mas Bobby descobriu que estava preso, seu pé enraizado fundo como as árvores. A mão se transformou num braço, saindo da terra, e veio a cara suja de um homem. Seu cabelo louro e comprido era orduroso e sujo. Havia lama nos dentes e a barba era uma corda velha, nojenta e embaraçada.

— Não se assustem — disse ele, sua voz grave levada pelo cascalho. Ele se levantou devagar e os três viram que ele tinha se escondido dentro de um buraco na terra não muito maior do que um caixão. O buraco era forrado por tábuas de madeira para não desabar e tinha uma tampa do mesmo material. Dentro dele, havia um saco com os pertences do homem: uma jarra para pegar água, encerados, corda, facas e um kit de primeiros socorros em uma caixa verde-oliva.

— É só para as noites frias — disse ele —, é mais quente do que a barraca e há menos chance de...

— Ursos? — perguntou Rosa.

— Hã. Sim, ursos.

Val calou Rosa com os dedos nos lábios enquanto se levantava. Bobby se colocou entre o homem e ela, pegando o maior galho que encontrou na lama.

— Quem é você? — inqueriu ele.

— Meu nome é Joe. — Bert, como um traidor, esfregou a cabeça na perna do homem, e Joe se abaixou para lhe fazer um carinho. Certamente, eles se conheciam muito bem.

— O que está fazendo aqui na mata?

— Bom, na verdade, eu moro aqui. Quero dizer, temporariamente. Estou viajando para a Escócia. Mas estou descansando aqui por um tempo. Água fresca e abrigo. Todas essas coisas boas.

— Como vou saber que você não é um homem das cavernas? — perguntou Bobby, ainda com parte da mente no último livro que lera.

— Como vou saber que *você* não é um homem das cavernas? — Ele riu como se Bobby devesse se juntar a ele, esquecendo-se de que a piada partira dele, antes de tudo, embora não pretendesse ser piada nenhuma.

— Porque eu tenho minha própria biblioteca itinerante.

— Bobby! — disse Val. Ela passou as mãos por seu peito. — Acho que devemos deixar o homem em paz para continuar seu acampamento. — Em geral ela não falava com Bobby como se ele fosse uma criança.

— Eu não queria assustar seus filhos — disse Joe.

— Eu sou amigo dela — corrigiu Bobby.

— Bom, dá no mesmo.

— De maneira nenhuma — disse Val —, só saímos para andar um pouco. Não queríamos incomodar você.

— Não incomodaram. — O homem pegou Bert no colo, segurando-o em uma espécie de gravata e mexendo dentro de sua orelha com o nó dos dedos. A língua de Bert ficou pendurada da boca, ondulando com um prazer intenso que os humanos jamais poderiam experimentar. — O cachorro é seu?

— O nome dele é Bert — disse Rosa.

— Oi, garotinha — disse Joe. — Bert é um bom nome para um cachorro. Seu nome é Bert também? — Rosa o recompensou com a gargalhada mais calorosa e afetuosa do mundo. Bobby teve vontade de lhe dar um murro na nuca.

— Meu nome é Rosa. Rosa Reed — respondeu ela, tirando o caderno do bolso e escrevendo o nome do estranho ao lado do dela.

— E Bert é o seu cachorro?

— É. Bert Reed. E esta é Val Reed, e esse é meu melhor amigo, Bobby Nusku. — O homem se esticou em toda sua altura, lentamente, chegando a duas vezes o tamanho que qualquer um deles imaginava que tivesse quando ainda estava sentado no buraco.

— Val, é? — perguntou ele.

— É isso mesmo — disse Val. Uma pausa; nada além de água gotejando.

Joe, de repente consciente de que seu tamanho podia intimidar a mulher e as duas crianças, curvou-se um pouco. Já fazia muito tempo que ele não via outra pessoa, quem dirá olhá-las nos olhos, e ele se esquecera de suas próprias dimensões consideráveis, ou mesmo de sua aparência. Lembrou-se de seu tempo do exército: bem barbeado e o cabelo à escovinha, o equipamento padrão com o qual ele se conhecia melhor. Só quando a barba raspava no peito ou, agora, conhecendo outros, vendo como se retraíam quando ele se mexia, é que se lembrava com um sobressalto de que a realidade era muito diferente.

— Val — disse Joe. — Acho que seu cachorro pode ter comido minhas meias.

— Não, elas estão intactas. Na verdade, melhor do que isso, eu as lavei. — O evidente prazer de Joe mostrava que já fazia algum tempo que ele não usava meias limpas. Para Bobby, esta parecia outra razão para não confiar nele. Bobby não conhecera um homem em que confiasse de pronto ou plenamente em toda a sua vida.

— É muita gentileza sua — disse Joe. — Se eu soubesse que Bert era um cachorro de lavanderia, podia ter lhe dado todo um saco com minhas roupas.

Val riu.

— Bom, mais uma vez, desculpe se incomodamos você. Vamos deixar que tenha alguma paz. — Ela estendeu os braços e Joe lhe passou Bert. Um rosnado baixo e o chute indolente de uma perna traseira errante demonstraram sua insatisfação.

— E as meias?

— Mandarei Bert trazê-la para você.

— Não, ele pode ficar com elas — disse ele. — Seria uma honra.

— Adeus — disse Rosa.

— Adeus.

Eles voltaram pela mata em silêncio para a biblioteca itinerante, onde Bert ficou de mau humor. Nem um osso de chocolate o levou a se juntar aos outros no tapete.

— Ninguém nunca mora na mata — disse Bobby.

— Nós moramos na mata — disse Val.

— Moramos na biblioteca itinerante. É diferente.

— O homem está viajando. Algumas pessoas são viajantes. É o que elas fazem.

— Quem, por exemplo?

— Alice, de *Alice no País das Maravilhas*. Ela é uma viajante. E Gulliver, de *As viagens de Gulliver*. Eu já lhe contei. Cada livro tem uma dica sobre a vida.

Bobby suspirou.

— Precisamos nos mudar — disse ele.

— Acho que no momento não podemos nos mudar. Sabia que terá gente procurando por nós? Nos caçando? Seu pai. A escola. A polícia.

— Podemos ir para a casa de Sunny. Ele é um ciborgue. Pode cuidar da gente.

— Fica longe demais — disse ela.

— Não — discordou Bobby —, não acho. Não fica longe, desde que estejamos todos juntos.

10

O CÃO DE CAÇA DO CAÇADOR

Um tinido pairou no ar como o zumbido distante de insetos. O som estava longe o bastante para, a princípio, Bobby pensar ser um efeito conjurado em seu cérebro pelas palavras do livro que ele lia. Às vezes, quando o personagem que ele adorava sentia medo, podia ouvir seu coração palpitar. Quando faziam uma piada, o riso deles saía de sua boca. Eles mexiam as mãos de Bobby, andavam com suas pernas e viam com seus olhos. Ele vivia a história deles não com eles, mas no lugar deles, sua fortuna nesse momento era dele. Hoje, Bobby era Gulliver, de Jonathan Swift, prisioneiro dos cidadãos de Lilliput. As facas e lanças mínimas cortavam sua barriga. Bobby segurou a ferida, levantou a mão ensanguentada e, juntos, ele e Gulliver imploraram por sua liberdade.

Parecia um sino. Não o sino grande da torre do relógio no vilarejo: um sino pequeno, delicado, frágil, liliputiano. Curioso, ele devolveu o livro à prateleira e fez uma busca pela biblioteca. Não havia mais ninguém ali. Val dormia na cabine. Do lado de fora, Rosa tentava convencer Bert a rolar com a oferta de um biscoito, que ele decidiu que acabaria por conseguir comer, quer se apresentasse para ela ou não.

Mais uma vez Bobby ouviu, um pouco mais alto e por mais tempo. Ele olhou para as copas das árvores e brevemente procurou pela relva alta.

Foi quando percebeu o que estava vindo. Ou melhor, quem. Sua mãe.

Ela usava um pingente em forma de sino. Aninhado no alto do colo, tilintando com seu movimento: ele agora se lembrava disso. Estava ali, na fotografia deles em pé junto ao carro; ele brincando com o sino precioso em sua mão, seu reflexo dourado agradável na pele dela.

Ele correu de volta à biblioteca e vasculhou os arquivos, enfiando o frasco com seu cabelo na frente da calça e colocando nos dedos o máximo de anéis que eles podiam comportar. As pulseiras dela caíam de seus pulsos com muita facilidade, assim ele passou os pés por elas e as puxou tornozelo acima. Encheu os bolsos com os pedaços de tecido cortados de seus vestidos e meteu os recortes de suas fotos no fundo. Por fim, borrifou o perfume da mãe no corpo para que ele o seguisse como uma névoa doce e pegajosa.

Saindo da clareira, Bobby saltou pelo véu de árvores até a margem da mata, perto da estrada. Ali, o barulho do sino era muito mais alto do que antes. Ela estava perto. A estrada fazia uma curva e, devido ao vento, ele não tinha como saber de que lado vinha o som. Ele subiu na árvore mais próxima para ter uma vista melhor. A meio caminho pelo tronco envelhecido, a casca frágil rompendo ao toque, pairou no ar um enxame denso de borrachudos. Bobby prendeu a respiração enquanto eles batiam em suas orelhas e nas narinas. Ele subiu até que os mosquitos pararam, depois trepou em um galho forte e passou os olhos pelo horizonte com o binóculo. Ali, contra o verde dos campos inativos e as ondulantes sementes amarelas de canola, ele viu uma figura de capa vermelha berrante.

De lã, macia; agora ele se lembrava. Ela a está usando na fotografia. Colunas paralelas de botões da cor de bronze e bolsos muito fundos em que ele enterrava as mãos. Era o casaco preferido dela, aquele que a mãe sempre pendurava com cuidado para não amarrotar.

Tal era o inchaço em seu peito que ele teve de se agarrar a outro galho para o caso de o coração bater tão forte a ponto de atirá-lo ao céu. Ele queria gritar o nome dela, mas não tinha ar. Respirou fundo e colocou as lentes em foco até o máximo que pôde. Quando viu a figura com clareza, seu coração se apertou.

Um homem de casaco impermeável vermelho levava seu cachorro, tilintando um sino na coleira.

A onda de empolgação que dançava pelas costas de Bobby rapidamente se transformou em agulhas e alfinetes. O homem e o cachorro andavam na direção dele. Precisava avisar Val, tinha de protegê-la.

Bobby desceu do tronco através do enxame, esquecendo-se de fechar a boca. Mosquitos grossos como passas andaram por sua língua. Na metade da descida, ele perdeu a mão e caiu, desabando sobre o frasco enfiado na cintura, que se quebrou no impacto. Cacos de vidro perfuraram a barriga. O sangue grudou o cabelo de sua mãe na pele e se empoçou na cueca. Não havia tempo para parar, ou deixar que a dor o invadisse. Prendendo a língua entre os dentes,

Bobby voltou à clareira e bateu na porta da cabine. Val olhou pela janela, um olho com crosta de sono. Rosas vermelhas brotavam na camisa de Bobby. Ele fechou mais o casaco para escondê-las. Os ferimentos começavam a arder. Ele nem piscou. Isto, raciocinou ele, era o que faria um homem.

— Vem vindo alguém — disse ele. Em pânico, Val levou Rosa e Bert para a traseira da biblioteca itinerante e disse que fizessem o maior silêncio possível. Rosa enterrou a cabeça embaixo de um travesseiro e deu a Bert o resto do biscoito como recompensa por sua obediência, fazendo-o acreditar que ele tinha razão o tempo todo.

Bobby seguiu Val para a margem da clareira, onde eles se deitaram em um monte de terra atrás de um arbusto de escudinhas, um lugar onde não seriam vistos com facilidade. Chegaram bem a tempo. O homem estava bem perto e eles viram as manchas da cor de vinagre na pele descorada pelo sol em seus braços. O cachorro, um Setter irlandês castanho, vadeava pelas flores e estava sentado num monte acima deles, com as narinas tremendo ao sentir o cheiro do sangue de Bobby.

— Xô — disse Val. — Xô!

— Vamos, Lola — disse o homem com um sotaque que parecia claro e melodioso, a no máximo três metros. Se ele se dignasse a olhar por mais de um segundo, teria notado os dois ali, Val e Bobby, deitados no mato como amantes culpados. A cadela soltou um bufo irônico, de algum modo entrando na brincadeira.

— O que vamos fazer se ele vier por aqui? — perguntou Bobby.

— Nem imagino — disse ela.

— Bom, não se preocupe. Vou proteger você. — Ela segurou a mão dele.

O homem mexeu no brilho azulado do celular que carregava. Estava longe demais do vilarejo para conseguir um sinal. Duvidando que alguém tentasse falar com ele, ainda se sentia compelido a voltar ao lugar onde as barras apareciam no visor do telefone, como se o aparelho fosse uma baleia que precisava romper a superfície do oceano de vez em quando para respirar.

— Vamos — disse ele mais uma vez, fazendo a cadela ganir e depois se retirar.

Bobby e Val esperaram até não poderem mais ouvir o sino. Depois, com a dor levando a melhor, Bobby gemeu e rolou de costas. Quando Val viu o sangue em sua camisa, pôs a mão na boca e fez uma careta, como se tivesse dado uma dentada em uma maçã podre.

— O que houve? — perguntou ela.

— Eu me cortei — respondeu ele — por acidente. — Ela desabotoou a camisa. Vidro e terra brilharam nos ferimentos, seu peito sufocou com as espirais de cabelo e o vermelho escuro. Val se levantou com um salto. A culpa a consumiu num instante. Ela não se sentia mais capaz de proteger Bobby do que o pai dele. Estava escrito em sangue em grandes caracteres na pele dele. Ela não sabia que é pela reação ao sofrimento, por não querer provocá-lo, que as pessoas boas são definidas.

Bobby tentou se levantar, mas se sentiu fraco e falhou. Val o carregou para a biblioteca itinerante. Ele se recostou na escada enquanto ela vasculhava freneticamente as gavetas debaixo da mesa. Rosa, vendo o sangue, começou a chorar.

— Não se preocupe — pediu Bobby, a perda agora suficiente para desbotar a cor de sua visão.

— Não tenho nada — disse Val. — Não tenho nada. — Ela despejou água pela barriga dele. Assim que os ferimentos eram lavados, enchiam-se novamente, uma centena de sorrisos sangrentos. Ela apertou uma toalha na pele, mas a ensopou de vermelho e deu espaço para mais. — Temos de limpar você direito — acrescentou ela. — Precisamos conseguir ajuda para você com Joe.

— Não — protestou Bobby —, eu estou bem. — Ela tirou um dos cabelos da mãe dele de um corte que corria pela metade inferior do umbigo. A terra se pendurava na ponta.

— Vai infeccionar e você terá de ir para o hospital.

— Eu não vou — disse ele.

— E os médicos e as enfermeiras vão saber quem você é. Vão mandar você para casa. — Bobby preferia ter uma vida inteira de feridas abertas do que deixar que Val falasse com Joe sem que ele estivesse lá para protegê-la.

— Eu vou ficar bem. Por favor — pediu ele, mas ela já havia saído antes que ele pudesse repetir.

Esbaforida, os pulmões como molas enferrujadas, Val desabou no chão do lado de fora da biblioteca itinerante. Joe vinha atrás dela, seu kit de primeiros socorros, um brinquedo nos braços enormes, este gigante para quem Swift teria inventado a palavra "brobdingnagiano". Ele se ajoelhou ao lado de Bobby, que deu uma olhada na lama que cobria as mãos de Joe, e viu uma oportunidade para afirmar alguma autoridade.

— Você precisa lavar as mãos primeiro — disse ele, apesar da dor que mordia suas entranhas. Fechou os olhos e imaginou liliputianos, cravando suas lanças mais fundo, apertando as cordas por sua cintura até que cortassem a carne.

Rosa pegou um sabonete e uma garrafa de água, e Joe lavou as mãos. Agora brancas, elas pareciam ainda maiores em contraste com as roupas sujas.

— Relaxe — instruiu Joe. Ele molhou bolas de algodão com loção antisséptica, depois limpou e fez um curativo nos cortes com uma ternura que nem Val nem Bobby esperavam, deixando sua barriga uma colcha de retalhos de esparadrapo, gaze e curativos.

— Bom trabalho — elogiou Val.

— Eu sou treinado — disse ele — pelo exército. Eles ensinam a salvar as pessoas depois de você tentar matá-las.
— Bobby agradeceu a ele, cuidando para que a relutância transparecesse em sua voz.

— Vai me deixar lhe preparar um café como agradecimento? — perguntou Val.

— Claro — respondeu Joe. — Eu gostaria muito.

Val levou Rosa para a biblioteca itinerante enquanto Bert pulava no colo de Joe e adormecia quase de imediato.

— Você tem mesmo uma biblioteca itinerante, hein? — perguntou ele.

— É — disse Bobby. — E sou eu que mando nela.

Joe riu.

— Não duvidei disso nem por um segundo. — Ele pegou um pacote de tabaco e um papel de cigarro no bolso, ambos milagrosamente secos. — Quer ver um truque?

Bobby decepcionou a si mesmo, concordando com muita prontidão, mas, como só havia os dois ali, e ele estava todo cortado, Bobby imaginou que não podia fazer mal.

— Sei enrolar um cigarro em qualquer lugar. Já os enrolei debaixo de um temporal. Enrolei em uma ventania. Enrolei no escuro do deserto à noite, e era um escuro de verdade. Não é como a noite daqui, com toda essa poluição de luz e brilho residual. No deserto, o escuro é um preto denso, em toda parte, como você nunca sentiu. — Bobby nunca ouvira alguém falar assim na vida, com ritmo estudado e poesia.

— Por que você iria querer fazer isso?

— Quando você está no exército, ninguém vai fazer as coisas por você. Aprender a fazer qualquer coisa, em qualquer lugar, a qualquer momento e sem a ajuda de ninguém é uma habilidade muito útil de se ter.

— Eu quis dizer fumar. Isso vai dar câncer nos seus pulmões e eles vão ficar pretos e quebradiços, e depois você vai morrer antes até de ficar velho. Aprendemos isso na escola. Você não foi à escola?

Joe fora criado no sistema de orfanatos, e assim esteve cercado de crianças mais do que a maioria das pessoas, mas ficou alarmado ao perceber que tinha se esquecido do quanto elas podiam ser maravilhosamente francas.

— Não fui muito à escola.

— Bom — disse Bobby —, qual é o truque?

— Aposto que posso enrolar um com as mãos dentro da terra. — Ele arrancou a terra da barba enquanto Bobby pensava na aposta.

— Totalmente dentro da terra? De um jeito que você não pode ver?

— Sim, totalmente dentro da terra, de um jeito que não posso ver.

— Topo.

— O que quer apostar? — Embora Joe estivesse sujo, com lama seca colada no cabelo, Bobby não conseguia pensar em nada que ele mesmo tivesse a oferecer além de livros, mas tinha certeza absoluta de que Joe não saberia ler. Ele preferia pensar que a biblioteca itinerante, e tudo dentro dela, era apenas para Rosa, Val e ele.

Bobby deu de ombros.

— Você já está conseguindo alguma comida. Precisamos de todo o resto. Não tenho nada para apostar com você.

— Que tal um banho em sua biblioteca itinerante?

— Acho que você não deve entrar ali. Os livros estão limpos e o carpete também. Você só vai bagunçar tudo. Algumas pessoas fazem sujeira em tudo, então sempre sobra alguma coisa para limpar.

— É assim? Então, vou ficar aqui fora. É só me trazer mais água e sabão. E talvez um espelho, para fazer a barba. Eu nem mesmo vou pedir uma toalha. — Joe sentiu que Bobby amolecia. — Feito?

— Tudo bem. — Eles trocaram um aperto de mãos, a mão de Joe tragando inteira a de Bobby. Joe lambeu a faixa estreita de goma no papel, depois o segurou nas palmas abertas com uma pitada generosa de tabaco. Fechou as mãos em torno do estoque precioso com os dedos se contorcendo por dentro. Quando teve certeza de que estava hermeticamente fechada, ajoelhou-se e meteu as mãos debaixo da camada seca de terra no chão, onde formara uma pilha alta nos preparativos.

— Você parece um idiota — disse Bobby. Os lábios de Joe se torciam em formas estranhas enquanto ele se concentrava.

— Não ligo.

— Essa aposta precisa ter um limite de tempo.

— Não precisa — disse Joe —, já acabei. — Ele colocou as mãos no peito, a terra caindo em cascata, e as abriu devagar. — Tchã-ram! — E ali estava, um cigarro. Um pouco bagunçado, mas mesmo assim era um cigarro. Ele o colocou na boca, pegou um fósforo na caixa e acendeu em um só movimento fluido. Fez fumaça. É claro, havia muita terra nele, agora se acumulando em suas amígdalas, mas não o suficiente para que ele engasgasse. Ele deu um trago até a guimba, duas grandes baforadas que fizeram seu peito assoviar, depois bateu no ombro de Bobby. Bobby ficou impressionado o bastante para deixar a sensação escorrer lentamente por suas costas.

Justo nessa hora, Val saiu da biblioteca com uma lata de pêssegos em pedaços reluzentes e uma caneca de café forte.

— Joe — disse Rosa —, qual é o seu sobrenome?

— Joe — respondeu ele.

— Então seu nome é Joe Joe?

— É, isso mesmo. Joe Joe. — Rosa de imediato aceitou a resposta e começou a dar forma às letras em seu caderno.

Bobby nem tentou disfarçar a desconfiança.

Esfregado, lavado e seco, Joe assumiu uma cor totalmente diferente. Sua pele tinha um rosado suave de bebê; o cabelo era fofo e claro, como o recheio saindo da cabeça de um urso de pelúcia. Val lhe deu seu roupão enorme para vestir e ele fez uma fogueira cinco vezes mais rápido do que ela conseguira a semana toda. Bobby pegou uma pilha de livros na biblioteca, fingindo que ia ler para Rosa, e construiu um muro divisório entre Joe e todos os outros, menos o traidor do Bert.

— Então, esta é a sua biblioteca?

— Sim, eu sou a bibliotecária — disse Val.

— Eles deixam você morar nela?

— Só estou levando para a próxima casa e pensamos em fazer uma pequena viagem de camping. Muito parecido com você, eu acho. — Parte de Val não gostava de mentir, em especial a um homem tão gentil como Joe. Ele era bem-apessoado e, embora certamente tivesse seus 30 anos, ela ainda sentia a centelha juvenil e malandra que ele afiara nos alojamentos onde amadurecera como adulto. Brotoejas rosadas, espalhadas na forma das mãos de um estrangulador, apareceram pelo pescoço de Val, sumindo sob a gola de sua blusa. Isto sempre acontecia quando ela achava alguém atraente, embora já fizesse algum tempo que não acontecesse. Ela esfregou a pele como se as afugentasse.

— Me parece estranho — disse ele.

— Eles estão fechando — disse Val. — Estão fechando todas. Você deve ter lido sobre isso nos jornais.

— Eu não leio muito o jornal.

— Não — disse ela —, ultimamente nem eu. — Os dois sorriram. — Para resumir, a biblioteca itinerante só acumula poeira. Os livros não são nada quando não são abertos. As histórias não são histórias se ninguém as conta. Os personagens podem ser bons ou maus, mas enquanto você não os conhece, não são uma coisa nem outra, e isto é o pior.

Joe enrolou outro cigarro.

— Você é a bibliotecária — disse ele. — Quem sou eu para questionar?

Rosa fechou o livro com um baque.

— Estamos acampando — disse ela — porque nós fugimos de casa.

— Rosa!

— Todo mundo foge de vez em quando — disse Joe. Por um segundo, Val e Joe trocaram um olhar que dizia a ele que, no que quer que estivesse envolvida, ela não queria ser pega, não ainda. Aquilo foi o suficiente. As crianças pareciam bem felizes para ele. Ele não queria que elas fossem apanhadas também. Era um desejo que ele não apenas partilhava. Também compreendia inteiramente.

As placas largas de seus braços eram cobertas de tatuagens verde-escuras, torcendo-se como bambu mexicano até os ombros. Havia âncoras, magos e serpentes em volta de escudos, espadas, pergaminhos e caveiras de olhos vazios. Palavras sangravam. Bobby se aproximou mais para ver, mas o curativo em sua barriga se soltou.

— E você? — perguntou Val. — Do que está fugindo?

— Quem disse que eu estou fugindo? — A fumaça rolou do lábio superior de Joe e desapareceu em seu nariz.

— Você está morando na mata.
— Ficando na mata.
— Por quê?
— Porque não tenho para onde ir. Sou só uma dessas pessoas, eu acho — disse ele, deixando o fogo aquecer suas pernas.
— Lugar nenhum? — perguntou Bobby.
— Aham. Estive no exército desde que tive idade para isso. Eu saí, então acabou, e acho que agora sou apenas um viajante.
— Por que você entrou para o exército?
Joe pensou por um tempo.
— Acho que para ficar longe de problemas.
— Indo para a guerra?
Joe riu.
— É. Indo para a guerra.
— Bom, você não precisa dormir mal esta noite — disse Val. — Pode ficar na cabine, se quiser.
— Eu não quero ser um incômodo.
— Não é incômodo nenhum. As crianças e eu dormimos no caminhão. Está tudo bem.
— Eu não sou criança — disse Bobby.
Rosa copiou o jeito como ele balançou a cabeça.
— Também não sou criança — imitou ela.
— Bom — disse Val —, tudo bem. Mas vocês entendem o que eu quero dizer.
Val e Joe falaram bobagens, os dois sem querer entrar muito fundo na vida do outro. Chegou o crepúsculo e, cansados dos acontecimentos do dia, eles decidiram ir dormir

cedo. Val mostrou a Joe como baixar as cortinas das janelas e trancar as portas. Quando ele não estava olhando, Bobby tirou a chave da ignição e a escondeu embaixo das rodas da frente. Depois que Val e Rosa estavam dormindo, Bobby ficou acordado até de manhã, tendo apenas a companhia das corujas, sua visão em modo noturno apontada para a porta da cabine, só por precaução.

11

O MENINO

Monstruoso e aparentemente infinito, o apetite de Joe fez o estoque de alimentos da biblioteca itinerante diminuir rapidamente. Depois daquela primeira noite, ele ficou por ali e se tornou um acessório constante, ou, como entendia Bobby, um buraco negro de comida. Em troca, cuidava do motor (ele era responsável pela manutenção dos blindados Warrior no tempo das Forças Armadas) e ajudava em todas as tarefas diárias, as quais, na maioria, Bobby gostava de evitar, desde que Val não notasse. Estava com a barriga dolorida e tinha seus arquivos para manter. Desde que ele quebrara o vidro de cabelos, estavam desorganizados.

Bobby começou a mapear a área em volta da biblioteca itinerante. Eram trinta e sete arremetidas pela clareira. Duas rotas pela mata eram transitáveis à noite: uma pelo córrego, outra pela moita. A estrada perto da clareira recebia, em média, três carros por hora durante o dia (um, no máximo, à noite) e abaixo da biblioteca itinerante havia quatro espaços acima dos arcos das rodas que dariam esconderijos decentes se eles um dia precisassem, embora Joe não coubesse ali. Bobby marcou isto como uma espécie de vitória.

* * *

— Vamos — disse Joe certa manhã, alguns dias depois, recostado nas prateleiras de livros intocados da seção de autoajuda.

— O quê? — Bobby deu um salto, deixando cair o volume surrado da mão. Estava imerso em *Ratos e homens*, de John Steinbeck, que encontrara espremido atrás de dois volumes ameaçadores, e em capa dura, na seção de clássicos. Ele o achou denso, denso demais para sua pouca idade, mas o linguajar antiquado o seduziu onde as frases se espiralavam, e assim ele se viu extasiado com a relação entre George Milton e Lennie Small. Como eles eram diferentes. George era baixo, sem instrução, mas inteligente como qualquer professor que Bobby já conhecera, enquanto Lennie, o desajeitado Lennie, era grande como uma rocha e duas vezes mais burro. Entretanto, apesar de suas diferenças ou graças a elas, a amizade dos dois prosperou. George mantinha Lennie calmo. Lennie protegia George de qualquer mal. Eles ficaram dependentes um do outro de muitas maneiras diferentes e maravilhosas. Isto encheu Bobby de calor, como se eles existissem bem ali, como se conversassem junto de seu ouvido.

— Precisamos de comida — disse Joe. — Vou ensiná-lo a procurar.

— Quer dizer sementes e frutos?

Joe balançou a cabeça.

— Não. Muito melhor do que isso.

— O quê, então?

— Vamos. Será uma aventura.

Vendo isso como uma boa desculpa para afastar Joe de Val e da biblioteca itinerante por algum tempo, Bobby concordou. Val os fez prometer não ir longe demais. Bobby, porém, não queria que Joe a visse sendo maternal com ele daquele jeito. Fez questão de revirar os olhos para que Joe visse, depois calçou suas botas, colocou a capa de chuva e eles saíram juntos, prometendo voltar com mantimentos.

— Onde vocês vão conseguir mantimentos? — perguntou Val, antes de concluir que seria melhor não ouvir a resposta.

Trincheiras cavadas por trator criavam fossos pelos campos. Montes de lama desabavam sob os pés dos dois. Bobby ficou preso e Joe teve de erguê-lo pelas axilas para soltar suas botas dos buracos na lama.

— Essa foi uma ideia idiota — disse Bobby, apontando as nuvens que assomavam com a escuridão de breu.

— Significa que haverá menos gente por perto — explicou Joe. — Significa que deixaremos menos rastros. Confie em mim. Se há uma coisa que o exército me ensinou é desaparecer. A chuva é sempre bem-vinda por párias como você e eu.

— Eu não sou um pária.

— É você quem diz.

Joe pegou um pequeno alicate no bolso interno do paletó e cortou uma cerca de arame farpado. Bobby se esquivava, nervoso, atrás dele, mantendo os punhos cerrados para que Joe não visse seus dedos tremerem. Eles andavam furtivamente pelos fundos de uma fazenda, escondidos entre barris plásticos de água, quando as cortinas da casa se mexeram. A chuva não permitia que o estrume de boi secasse e o ar estava denso do cheiro de esterco. Eles correram por trás dos fardos de feno que bloqueavam a entrada dos fundos do estábulo, depois se abaixaram bem para chegar ao galinheiro, debaixo da janela da cozinha do fazendeiro. Joe estendeu o braço para dentro e pegou seis ovos brancos com a mão enorme. Com cuidado, baixou-os nos bolsos de Bobby.

— Feche os olhos — disse Joe.

Bobby não confiava inteiramente nele, mas, quando viu Joe passar a mão pelo pescoço de uma galinha, ele a fechou com força. Ouviu o que adivinhou ser o estalo de um osso mínimo, depois o tagarelar de um último cacarejo e se preparou, nervoso, para o sangue que espirraria em seu rosto. Ele não veio.

— Agora pode abrir. — Joe ergueu o corpo da galinha, convidando Bobby a tocar seu volume felpudo. — Olha — disse ele —, está tudo bem. — Estava tão quente ao toque que Bobby ficou com inveja quando Joe a colocou dentro do casaco. Fantasiou que ele também podia tirar a vida de uma galinha com este excepcional controle da força bruta e se deleitou com uma maldade que lembrou a ele, felizmente, de Sunny Clay.

Eles desceram uma trilha alagada nos arredores do vilarejo. Nos fundos de uma padaria, havia uma pequena torre de caixas contendo produtos que não foram vendidos. Joe se escondeu atrás de uma cerca e observou o padeiro fazer um intervalo para fumar. Quando ele terminou, Joe estendeu o braço e pegou uma caixa do alto da pilha. Eles voltaram para os campos, a fim de avaliar o roubo.

— Se pegarem a gente roubando, vamos ter um problemão — disse Bobby. Ele deu uma dentada em um donut. O creme vazou pela ponta.

— Nunca leu *Robin Hood*? — perguntou Joe. — Deve ter em sua biblioteca itinerante.

— É, já li.

— Tenho certeza de que os homens alegres roubavam de vez em quando.

— Eles não roubavam croissants de amêndoas.

— Fome é fome. E fome é o que todos vamos ter muito em breve se você e eu não agirmos como homens e tomarmos alguma atitude, sejamos alegres ou não.

Joe tinha comido cinco donuts para cada um, que Bobby consumiu quando as nuvens clarearam e um arco-íris marcou o céu. Suas roupas secaram rapidamente ao sol e logo estavam duras e desagradáveis, a camiseta de Bobby esfolando a carne sensível da barriga. Enquanto eles andavam, Joe depenava a galinha e jogava feixes de penas ao horizonte. Bobby pegou uma rosa cor-de-rosa em um arbusto e colocou no bolso para prensar depois.

— Você agora é florista?

— É para a minha mãe. Vou colocar em meus arquivos.

Joe tinha observado Bob trabalhando nos arquivos. Ele reconhecia o desejo do menino. Com as palmas de pele endurecida e impenetrável aos espinhos, Joe arrancou outro punhado de rosas e as colocou em seu casaco com a galinha.

— Então, você pode muito bem ter um buquê inteiro.

Da campina, eles viram as fileiras de jardins na parte de trás do vilarejo. Uma velha pendurava a roupa lavada enquanto o marido carregava o cesto, submisso.

— Bingo — disse Joe —, disfarces.

— Disfarces?

— Agora somos ladrões. Em fuga.

Bobby pensou em George e Lennie, perambulando pelos arredores de uma plantação da Califórnia como irmãos, um cuidando do outro. Quando o casal foi embora, Bobby ficou vigiando enquanto Joe pegava cada peça do varal, inclusive roupas de baixo, e carregava a pilha pesada e molhada para os campos de cevada. Volumosa e gasta, uma jaqueta combinava bem com ele. Bobby colocou a boina do velho e uma camisa de algodão puída tão grande que suas mãos mal chegavam nos cotovelos da camisa. Joe segurou o vestido de estampa turquesa junto do corpo e o fez zunir como uma parceira de tango.

— O que você acha? — perguntou ele.

— A cor não combina com você.

— Não é para mim, espertinho. Para Val. Um presente.

Até agora não tinha ocorrido a Bobby que Joe tivesse alguma afinidade amorosa por Val. A ideia lhe provocou um calor irritadiço.

— Ela detesta turquesa. Faz lembrar o mar do Caribe.

— E qual é o problema de ser lembrada do mar do Caribe?

— Ela quase se afogou lá — mentiu Bobby.

Joe jogou o vestido no chão e Bobby tomou nota mentalmente de seu exato paradeiro — a vinte e oito passos da árvore, perpendicular à torre de eletricidade — para que pudesse pegá-lo ao cair da noite.

Joe colocou uma calça risca-de-giz cinza, que era do velho, amarrando a cintura com uma corda, depois alisou o cabelo para o lado.

— O que você acha? — perguntou ele a Bobby. — Disfarçado?

— Mais ou menos.

Joe vasculhou os bolsos.

— Talvez eu tenha uma ideia melhor.

Ele segurava um canivete retrátil a centímetros da cara de Bobby, perto o bastante para ele sentir a frieza do metal refletida em sua pele.

— Que tal se você me der uma aparada? — Joe entregou o canivete a Bobby e se agachou ao lado dele. A bomba de uma artéria pulsava no pescoço de Joe; macia, seccionável. Tremendo, Bobby pegou a cabeleira na mão e formou um rabo de cavalo.

— Anda logo, sim? Não quero fazer uma permanente — disse Joe. — É só cortar. Podemos ajeitar tudo no acampamento. — A lâmina atingiu a coluna de cabelos com força suficiente, mas o corte ficou torto, assim Bobby aparou o cabelo com o gume serreado. Por fim, a corda dourada de cabelo se soltou em sua mão e o canivete mais parecia uma espada.

"Bom garoto", disse Joe, mais arrumado, os dois lóbulos das orelhas agora visíveis, tornando-o instantaneamente mais humano. Bobby, por instinto, colocou o cabelo no bolso.

Eles voltaram pelo caminho longo, atravessando lavouras e pegando desvios, onde fábricas, armazéns e um depósito de utensílios domésticos formavam um pequeno parque comercial de aparência deprimente. Pilhas rejeitadas de móveis quebrados e latas de tinta amassadas entulhavam o pátio. Eles voltaram para a biblioteca itinerante, declarando o saque suficiente.

Joe estripou a galinha e jogou o fígado e o coração para Bert. Prepararam-na sobre a fogueira, comeram com uma boa quantidade do que restava do molho para churrasco e, em seguida, comeram os donuts de sobremesa. A noite congelava suas palavras em névoa, assim eles vestiram o máximo de roupas roubadas que puderam e se revezaram para ler histórias uns para os outros. Rosa se balançava no calor das chamas.

Bobby pegou *Ratos e homens* e leu as últimas páginas. Embora ficasse triste por George ter dado o tiro em Lennie, ele sabia que era para o bem maior, para que Lennie não sofresse. Ele se perguntou se poderia matar Joe, caso fosse necessário, e tentou se lembrar em qual dos bolsos Joe colocara o canivete.

— É sua vez, Joe Joe — disse Rosa. A língua de Joe se enroscou em uma curva em "S" por um bolo de fumaça.

— Não sou de contar histórias — disse ele.

— Vamos lá — encorajou Val —, Rosa vai escolher uma para você. — Ele meneou a cabeça. Bobby invejou a autoridade que ele exibia.

— Eu já falei — disse ele —, não é para mim.

— Então, conte pra gente como é na Escócia.

— Hein?

— A Escócia. Quando o conhecemos, você disse que ia para lá. — Joe deu um piparote na guimba do cigarro, jogando-a nas brasas.

— Uma casa.

— Uma casa?

— *A* casa. Para ser franco, é mais uma mansão.

Bobby assoviou. Incapaz de imitá-lo, Rosa disse "fiu-fiu" em um tom que fez Bert correr pelo acampamento.

— Eu vi quando era criança — disse Joe. — Nunca me esqueci. Bem ao lado de uma represa com a água mais azul que você vai ver na vida, eu juro. O troço era um espelho de água.

— Quem mora lá? — perguntou Rosa. Joe acendeu outro cigarro.

— Aí é que está. Duvido que more mais alguém lá. Acho que o lugar todo está vazio. Uma construção rural decrépita, desmoronando. Precisa de muito amor. Todo um tanque de tinta, dez mil pregos e todo o tempo do mundo, mas eu posso consertar tudo. E então teria total privacidade. Ninguém vai entrar tanto na mata atrás de uma casa velha que desmorona daquele jeito.

— O que você quer dizer com ter visto essa casa?

— Eu me mudava muito quando era criança. Casas diferentes, famílias diferentes. Uma vez, fui escalar as montanhas. Estava bem do outro lado, se erguendo na neblina como um castelo ou coisa assim. Sempre prometi a mim mesmo que um dia voltaria lá. — Rosa sorriu. — Quer ouvir a melhor parte? Quem morava lá tinha seu próprio zoológico particular naquelas terras. Eu juro, em um dia calmo, quando o vento não estava gritando pelas colinas, eu costumava ouvir os leões rugindo e os papagaios gritando e os...

— Os ursos rosnando? — perguntou Rosa.

— Exatamente. Grrr. Eu os ouvia do outro lado do muro. Sempre quis descobrir por mim mesmo onde aqueles animais viviam.

Val ruborizou. Já fazia muito tempo que ela não via um adulto falar com Rosa de um jeito que a fazia responder da mesma maneira, ou até realmente conversar com ela como uma companheira humana, mas ali estava ela, rolando aos pés de um homem da floresta, vestindo roupas roubadas. O que importava se Joe estava contando lorota? Eles chegaram até aqui. Ao inferno com a verdade. Iluminado apenas pelo tremeluzir de uma fogueira, tudo parecia certo, mais ou menos.

Um barulho estridente, longe, se aproximava.

— Shhh... — disse Bobby.

Val e Rosa pararam de falar e logo elas também conseguiam ouvir, o familiar tilintar do sino da coleira do cachorro subindo o morro a partir do vilarejo. Desta vez chegava mais perto, andando do outro lado dos carvalhos grossos, e, então, de repente, o cachorro explodiu na clareira e foi direto para a carcaça da galinha.

— Lola! — Seu dono ainda estava a certa distância, mas se aproximava e, pior, procurava. Bert grunhiu. Val passou a mão por seu focinho.

Joe andou agachado até Lola, de mãos estendidas ao lado do corpo, e tentou conduzir a cadela de volta à trilha para as árvores. No último momento, derrotada pelo faro, ela passou por baixo de seu braço, arrebanhou a galinha e se apoderou dela, dando em Joe um banho de ossos lascados e nacos de carne fria.

— Lola — disse o homem, ainda mais perto. Joe chutou a cadela em pânico, errou, perdeu o equilíbrio e caiu pela beira tomada de mato que eles usavam como plataforma para urinar. Com raiva e constrangido, ele levantou-se e colocou a mão no bolso do canivete. A raiva o dominou. Com um único golpe suave, Joe poderia cortar a garganta da cadela, deixar a ameaça sangrar em silêncio no húmus. Estava pronto para matá-la, mas isso entregaria a todos, e Bobby era o único que raciocinava com clareza para perceber isso.

"Lola", repetiu o homem, agora no manto das árvores, perto o bastante para ouvir. A cadela andou até Joe e passou por baixo de suas pernas. Joe estendeu a mão e a agarrou pelo rabo. Bobby se atirou em Joe com toda a força que conseguiu reunir, fazendo-o tropeçar na cadela, quase a esmagando, e caindo de costas no mato. Com toda sua força, Bobby tentou tirar o canivete de sua mão. Nas mãos de Joe, o braço de Bobby era um graveto, frágil e pequeno. Joe o soltou antes que o quebrasse. Bobby ficou em pé sobre ele, segurando o canivete, a lâmina exposta. Lola largou a galinha, que se espatifou no chão. Bobby ergueu a lâmina acima da cabeça. Pensou em George e Lennie. Pensou no bem maior.

Ele passou o canivete pelos cadarços de Joe, tirou as botas de seus pés e rapidamente retirou as meias. Com uma só mão, com a rapidez com que Joe enrolava um cigarro, fez uma bola com as meias e a pendurou na frente dos olhos de Lola. Embevecida, ela lambeu o preto de alcaçuz salgado dos lábios, enquanto, animado, Bobby jogava as meias bem para cima. Elas foram para o alto da linha das árvores e desapareceram de vista, Lola em rápida perseguição.

— Aí está você — disse o homem, tilintando o sino enquanto prendia o puxador na coleira. — Mas onde você achou essas coisas sujas? — A cadela espirrou. — Vem, vamos levar você para casa. — O sino foi diminuindo, até que só o que restava era a respiração de todos como uma só.

Bobby correu para Val e Rosa e elas o abraçaram. Joe jogou os restos esfarrapados dos cadarços na mata. Ao se aproximar para se juntar ao abraço, suas botas se soltaram dos pés.

Bobby finalmente se sentiu um homem ou, pelo menos, a cola que agregava os outros. As duas coisas, concluiu ele, eram iguais.

Eles foram juntos para a biblioteca itinerante.

— Joe — disse Val —, acho que está na hora de contarmos a você quem somos nós...

12

O CAÇADOR

As árvores eram papéis pretos colados no céu. Coelhos com olhos de espelho saltitavam ao luar. Dentro da biblioteca itinerante, Bobby e Joe estavam deitados no tapete, juntos, os arquivos espalhados diante deles. Bobby nunca os mostrara a ninguém. Bem arrumados daquele jeito, faziam-no tremer de orgulho.

— E estes são os pedaços que cortei das roupas dela — disse ele —, para que ela se lembre dos vestidos que tinha e possa comprar outros iguais. Se ela ainda usar o mesmo tamanho.

O que ele conseguiu resgatar do cabelo de sua mãe em meio às agulhas de pinheiro e dos cacos de vidro, manteve prensado dentro de um atlas ao lado das rosas, agora achatadas e enrugadas. Em um envelope, estavam as mechas junto com o sangue cristalizado que Bobby recuperara dos ferimentos na barriga. Joe não reconheceu os próprios cachos louros embolados ali. Segurou a fotografia da mãe de Bobby, passou o polegar no tecido de seu vestido de gestante e teve uma ideia de clareza repentina e impressionante.

— Uma família! — disse ele a Val, que estava lendo *O leão, a feiticeira e o guarda-roupa* para Rosa, reclinada no canto, perto de "Turismo".

— O quê?

— Eles estão procurando por uma mulher e duas crianças em uma biblioteca itinerante roubada.

— E um cachorro — disse Rosa.

— Sim, e um cachorro. Mas não estão procurando por uma família. Então, vamos virar uma. O disfarce de cada um de nós é o outro.

Joe, como qualquer outro soldado, fora treinado em camuflagem quando entrou para o exército. Ele a valorizava não só como uma necessidade em combate, mas como uma disciplina que podia ser enredada na vida cotidiana.

— Acha que podemos simplesmente sair andando daqui? — perguntou Val.

— Acho.

— Então você é louco. Ou burro. — Val passou o dedo pela clavícula, como se fizesse uma taça de vinho cantar.

— Só existe um jeito de descobrir. Nisto, você terá de confiar em mim.

— Confiar em você? — questionou ela, como se achasse a sugestão perturbadora, mas a realidade é que já confiava plenamente nele.

Trabalhando a partir de um livro intitulado *Aprenda a fazer pintura facial* e usando as tintas de Rosa, Val transformou Bobby em um leão e Rosa em uma bruxa. Estas foram as sugestões de Rosa inspiradas em C.S. Lewis e, sentindo a formação de um ataque de birra, todos concordaram.

— Tudo bem — disse Joe —, vamos colocar isso à prova.

Eles foram a pé ao vilarejo, Val, Joe e Rosa de braços dados, Bobby salpicando a rua atrás deles com uma trilha de papel rasgado. Era uma noite fria e as chaminés arrotavam nela o negror. O pub do vilarejo era uma construção baixa e feia, feita de pedra cinza úmida, e a porta de entrada era pequena, como se tivesse sido criada para uma época em que as pessoas eram muito mais baixas. Mas quando eles passaram por ela, o salão se abriu em um espaço grande, dourado e mágico, com velas nas mesas aninhadas em nichos e um cheiro de pelo molhado que fez Rosa pensar em Nárnia. Três homens estavam encostados no balcão, e ela olhou os pés deles, procurando cascos de faunos.

Val, Rosa e Bobby pegaram a mesa mais próxima da lareira. Bobby teve medo de que a pintura em seu rosto derretesse no calor. Correntes de ouro sinuosas escondiam-se nos pelos do peito do barman. Joe pediu duas limonadas e uma garrafa de vinho tinto, pagando com o dinheiro que Val lhe dera antes de eles chegarem.

— Estiveram no parque de diversões? — perguntou o barman. Joe deu de ombros. O barman apontou para Rosa e Bobby. — O parque na cidade vizinha. Aslan e, er, a...

— Ah, sim. A bruxa — disse Joe.

— Ganharam alguma coisa?

— Só uns livros. — Val retirou dois da bolsa e os colocou abertos na mesa.

Rosa e Bobby inventaram palavras para preencher as melodias tocadas na jukebox. Val e Joe desafiaram um ao outro a se lembrarem da verdadeira letra. De certo modo,

Bobby esperava uma ameaça específica que ele associava com o cheiro do vinho. Mas nada mudou. Eles quase se encaixavam.

Esta era a normalidade pela qual Val ansiava. Ela se perguntou se subconscientemente desejara que isto se realizasse. Concordara que eles experimentassem os disfarces. Foi ela que permitiu que todos fossem ao bar, embora soubesse que poderiam ser apanhados. Por que assumira esses riscos? Será que pretendia o tempo todo criar isso, o primeiro encontro mais estranho do mundo?

Joe, no fundo, também desejava alguma normalidade feliz. Enrolou, negligente, um cigarro gordo demais no meio. Já fazia muito tempo que ele não consumia álcool e ficou surpreso com a velocidade com que se embriagou. Relaxado num estupor grogue, ele rejeitou outra taça.

— Como quiser — retrucou Val, esgotando a dela e servindo-se de outra, seus braços eram um elástico macio que deram em Bobby a vontade de amarrá-los em nós em volta dele.

— Tive uma ideia — disse Joe.

— É claro que você teve, esta é nossa segunda garrafa de vinho. Você agora é um filósofo. Vamos pedir outra. Você vai virar Aristóteles.

— Uma garrafa de Aristóteles — disse Rosa.

— Exatamente, Rosa. Toda uma maldita garrafa do delicioso Aristóteles.

Rosa riu, recostando-se, mas como estava numa banqueta de duas pernas, Joe teve de pegá-la antes que ela caísse.

— Não, eu falo sério — disse ele. — Vocês deveriam ir para a Escócia comigo. Para a casa. É grande o bastante para todos nós e ninguém os encontrará lá. — Bobby sugou com ruído o que restava da limonada.

— E viajar isso tudo até a Escócia? — perguntou Val.

— É. Por que não?

— Você acha que vamos conseguir andar centenas de milhares de quilômetros sem sermos vistos?

— Neste momento, estamos sentados em um bar com outras pessoas. Só estou sugerindo que não é mais provável do que isso.

— Neste momento, só não estamos sentados em uma biblioteca itinerante, com as palavras "Biblioteca Itinerante" pintadas em grandes caracteres na lateral, enquanto um monte de gente procura por uma biblioteca itinerante grande e velha.

— Ora — disse Joe, mudando de ideia sobre tomar outra taça de vinho —, este é um bom argumento.

Val não pôde deixar de achar emocionante a ideia de Joe — apesar de inviável —, mas Bobby, rodando um cubo de gelo na boca, não se deixaria convencer com tanta facilidade. A Escócia parecia pavorosamente longe para deixar seu rastro de papel — e era na direção contrária de onde Sunny Clay esperava para protegê-lo.

Unhas grandes estalaram no piso de pedra fria. Joe virou a cabeça e encontrou Lola atrás do homem que devia ser seu dono. Farejando a poeira, ela seguiu um cheiro pelo salão que terminou nos pés de Joe.

— Lola — chamou o homem, esticando o puxador, mas ela fincou pé, mesmo quando Joe a cutucou com o sapato. O homem se aproximou da mesa.

"Eu peço desculpas", disse ele. Seu nariz era torto e vermelho acima de dentes manchados de uísque e o queixo machucado de um bebedor que caíra dormindo na mesa.

— Não precisa — disse Joe. Mais uma vez o homem puxou a cadela, mas Lola se recusava a se mexer.

— Normalmente ela não faz isso — informou ele.

— Está tudo bem, sinceramente. Ela pode ficar aqui, se quiser. — Lola esfregou o flanco no tornozelo de Joe e o homem cambaleou até o balcão, olhando a cadela como se tivesse sido substituída por outra que não era dele.

Eles ficaram até tarde, com medo do vento penetrante do lado de fora. Além deles e do barman, que dormia em uma poltrona perto dos barris, o dono de Lola era a única pessoa que estava no bar. Ele tentou por duas vezes, sem sucesso, calçar uma luva, depois acordou a cadela para impedir que suas pernas se sacudissem no ritmo da batida de um tambor. Eles se viram indo embora ao mesmo tempo, indo para o frio.

— Mais uma vez — disse ele —, desculpe-me pelo que aconteceu antes.

— Hein? — perguntou Joe, sua memória encharcada de vinho.

— Sobre a cadela. Parece que ela é meio obcecada por você ou coisa assim.

— Ah, por favor, sinceramente não é problema nenhum. Ela deve ter sentido um pouco do cheiro do meu cachorro. Sabe como eles pegam.

— É, eu sei como eles pegam — disse o homem. — É novo na cidade?

Val enganchou o braço no de Joe e tentou puxá-lo, mas ele era grande e pesado demais para ser convencido com tanta sutileza.

— Ah, não, só estamos de visita. Pegando um pouco do ar bom e puro do interior.

O velho sorriu, aprovando, e eles partiram morro acima. Val ficou aliviada que o vento forçasse nela a ilusão de sobriedade.

— Sem carro?

— Hein?

— Sem carro?! — O velho gritava por causa da ventania. — É uma caminhada e tanto até a estrada a essa hora da noite. Se você não tiver um carro, quero dizer.

— Está tudo bem — disse Val.

— O vilarejo seguinte fica a trinta quilômetros. Não sei se eu tentaria, e ainda mais no escuro, com essas crianças a reboque e uma tempestade vindo por aí. — Lola ganiu, achatando as orelhas na cabeça e se aproximando de mansinho de Joe, como quem chega perto de um templo. Val empurrou Rosa e Bobby na direção da biblioteca itinerante, ela gargalhando e ele rugindo, nenhum dos dois abandonaram os personagens.

"Posso dar uma carona a vocês todos?"

— Está tudo bem — disse Joe —, é sério.

— Então, muito bem. Se você tem certeza. Mas... — o homem colocou a mão em concha na boca e a sacudiu — se vocês estiverem preocupados, não precisa: eu só tomei um ou dois uísques e conheço essas estradas como a palma de minha mão. — Ele deu um soluço.

— Obrigado. É muita gentileza sua. Mas, sério, está tudo ótimo. Boa noite. — Joe deu um último empurrão em Lola e ela fugiu, o amor não correspondido revolvendo seu coração.

Ele quase tinha alcançado Val quando ouviu o homem gritar:

— Ei, espere um minuto, onde você comprou esse casaco?

— Mas ele decidiu não se virar.

Depois de quinze minutos de caminhada, a biblioteca itinerante espreitava nas sombras esfarrapadas dos galhos jogados pela clareira. Val e Joe estavam agitados demais para fazer em Bert a festa que ele esperava, então Rosa e Bobby o perseguiram entre as estantes.

— É uma questão de tempo até ele vir aqui de novo com aquela cadela, e vocês com certeza serão apanhados — disse Joe, acariciando a aspereza da barba por fazer. — Vocês precisam ir embora. Mesmo que tenham de deixar a biblioteca.

— Não podemos deixar a biblioteca.

— Mas vocês serão apanhados.

— E você?

— Acho que vou voltar para a mata. Eu vou ficar bem.

Uma melancolia abriu caminho à força pelo peito de Val.

— Sozinho?

— Eu vou ficar bem.

Ela engoliu em seco.

— Então, vamos todos. À Escócia, juntos. Como você disse, eles não estão procurando por uma família.

Bobby tinha certeza de que esta era uma má ideia, mas reconheceu a expressão de Joe, a expressão de ter sido abençoado pelo afeto dela. Veio uma pontada de ciúme, que continuou com ele até ela segurar sua cabeça junto de seu corpo, onde, naquela doçura infinita, uma coisa como ciúme não podia existir. Ele pensou em Sunny e no quanto sentia falta dele. Perguntou-se se os ciborgues também tinham saudade das pessoas.

Rosa escreveu seus nomes, dos quatro, sem a mácula da pontuação, um depois do outro. "Rosa Reed, Val Reed, Bobby Nusku, Joe Joe, Bert." Foi quando Bobby teve uma ideia toda dele. Pegou Rosa pela mão e eles correram ao fundo da biblioteca, tropeçando nas almofadas empilhadas no chão. Encontraram, folhearam as páginas que já estavam finas e correram de volta a Val e Joe com ele: o livro infantil que eles adoravam ler juntos, *The big orange splot*, de Daniel Manus Pinkwater.

Rosa abriu o livro no final, em sua página preferida, onde o sr. Plumbean convenceu os vizinhos de que a casa deles podia ter o jeito que eles quisessem, ser pintada como eles desejassem; que uma casa, como uma família, é o que está dentro dela. Eles leram o texto juntos:

— "Nossa rua somos nós e nós somos nossa rua. É em nossa rua que gostamos de estar, e ela tem a cara de todos os nossos sonhos."

— Vamos pintar nossa casa — disse Bobby.

— Com o quê? A tinta facial de Rosa? — perguntou Joe.

— Não. Vamos numa aventura. Vou lhe ensinar a arranjar as coisas.

Joe e Bobby atravessaram os campos. Bobby contou os passos pelo terreno plano, na caminhada de um quilômetro e meio até o estacionamento comercial. Aves noturnas rondavam, caçando camundongos no manto escuro do chão. Ele viu o feixe branco de um texugo esvoaçar por ali, o pelo apanhado nos espinhos, adejando na brisa. Montes de lama e crateras queimavam os músculos das coxas, mas eles andaram sem reclamar.

Do outro lado do desvio, ficavam três armazéns cercados por luzes de segurança vacilantes. Eles esperaram por um espaço no trânsito, depois atravessaram por uma cerca de tela que Joe abriu com facilidade usando seu alicate. Correram aos fundos do depósito de utilidades domésticas, um prédio monolítico feito de um material que nenhum dos dois conseguia nomear com confiança, depois se esconderam atrás de uma pilha de paletes enquanto uma única empilhadeira atravessava o pátio.

— Fique atrás de mim — disse Joe.

A área de descarga do depósito estava aberta, esperando pelas entregas noturnas. Eles andaram de quatro, passando pela sala do vigia, seu ronco embotando os detalhes do rádio que tocava e que o fizera dormir.

Dentro do enorme depósito, eles ouviram o vento bater na fachada de latão ondulado, provocando uivos aterrorizantes pelo teto. Lâmpadas nuas entrecruzavam os corredores, privando os estoquistas das sombras enquanto reabasteciam lentamente o depósito. Não era nem a luz do dia, nem era noite, mas uma suspensão do minuto obscuro em que dia e noite se derramavam um no outro.

Eles deram trinta e nove passos de caranguejo pela parede dos fundos até ficar escuro demais no canto.

— Não estou enxergando nada — disse Joe.

— Então é melhor você ficar atrás de mim.

Em modo noturno, Bobby levou Joe ao outro lado, passando por outra porta e entrando em uma área isolada do pátio, tomada de cristas de vidro quebrado e caixas amassadas. Um compactador de lixo preto e alto estava no meio. Além dele, havia uma pilha de latas de tinta com três vezes a altura de Bobby, latas amassadas que não podiam ser colocadas à venda. Eles carregaram dois carrinhos com todos os tons de branco que conseguiram encontrar: magnólia; Isabelline; marfim; concha, e o preferido de Bobby, leite cósmico, duas palavras que agradavam a ele pelo jeito como se batiam em sua língua enquanto a tampa se soltava e ele jogava a tinta nos pés.

Eles empurraram os carrinhos de volta pelo depósito até a saída, pararam para pegar uma braçada de rolos de pintura, passaram pelo segurança que roncava, pela cerca, e pegaram a estrada até a lama, onde a trilha de tinta espectral das pegadas de Bobby finalmente desapareceu no marrom.

Arrastar uma carga tão pesada pelos campos duplicou a caminhada de vinte minutos da volta, mas eles chegaram com tempo de sobra antes do amanhecer. Val acordou e esquentou a água numa fogueira para lavar a tinta das mãos de Bobby. A fumaça subiu no ar fresco, como acontece depois de uma batalha.

Val debateu-se com a ideia de que ela agora era uma cúmplice no roubo de dezoito litros de tinta. Que versão dela era assim? Uma, bêbada e fascinada; outra, a versão despertada por Joe. Ela se sentou antes de desabar. A excitação sempre a deixava tonta.

Embora exaustos, eles imediatamente começaram a pintar a biblioteca itinerante, misturando de qualquer jeito os tons de branco para terminar com o que restava do verde. Bobby se sentou nos ombros de Joe, seus esforços combinados encurtaram a tarefa. Logo as palavras "Biblioteca Itinerante", antes adornando orgulhosamente a lateral do veículo, tinham desaparecido completamente. Rosa ergueu os braços, vitoriosa.

— "Nossa rua somos nós e nós somos nossa rua" — disse ela. — "É em nossa rua que gostamos de estar, e ela tem a cara de todos os nossos sonhos."

Juntos, em fila, eles admiraram o trabalho manual, os quatro agora perfeitamente unidos.

— O truque para um bom disfarce não é só a camuflagem, mas também esconder seus rastros — disse Joe. Bert o seguiu até a mata, onde ele cuidou para não deixar sinal da existência de seu antigo acampamento, pisoteando os redemoinhos de lama agitada, desmontando o tabique de madeira de seu buraco e enfiando a barraca bem no fundo do duto de saída de água, onde jamais seria encontrada.

Val encheu com terra fresca o buraco da fogueira e jogou as latas de tinta vazias no mato denso. Bobby subiu na árvore e ouviu os aplausos sussurrados das folhas nas copas, o som mais próximo da paz que ele conhecia. Ele não era de rezar, mas lá em cima, onde começava o céu, acima dos galhos, para que seu único desejo não tivesse obstáculos, ele pediu em voz alta que a mãe o encontrasse, onde quer que fosse.

* * *

Depois que ela foi embora, quando a campainha parou de tocar e esmoreceu o interesse dos vizinhos em preparar comida para eles — no curto tempo antes da chegada de Cindy —, Bobby passou longas noites perguntando-se como falar com o pai. Era muito mais simples para os dois não falar nada, uma decisão a que chegaram mutuamente e, como era de esperar, em silêncio.

    O pai de Bobby esquentava sopa, em grande quantidade, tanto que as paredes da cozinha transpiravam um vapor vermelho-tomate. Um dia, ele queimou a bancada plástica da cozinha com o fundo de uma panela de metal quente. Foi assim que começaram os arquivos de Bobby, com uma raspa do laminado queimado, para que ele pudesse mostrar à mãe como o pai era péssimo cozinheiro, em comparação a ela. Eles mergulhavam fatias de pão grossas com manteiga salgada na sopa; na maioria das noites, o pai comia três quartos de um pão. Sua barriga se distendia: um rochedo peludo e acomodado metido entre as almofadas do sofá. Bobby se deitava atravessado nela, subindo e descendo, ouvindo a fonte de ácido gorgolejando ali dentro e gostando de como ele acariciava seu cabelo — com suavidade e com nove dedos. Se Bobby ficasse bem imóvel e calado, o pai passava o braço por seu corpo e ele conseguia sentir o cheiro da papada de seu pescoço, tão molenga quanto manjar.

    Essa ternura fazia Bruce se sentir estranho. Não durou.

    Quando não havia sopa, eles comiam sanduíches. Bruce era péssimo para fazer sanduíches. Despedaçado pela faca, o pão se desfazia, metade da crosta grudando-se como um reparo. A fatia superior, branca e macia, tinha a marca de suas mãos. Quadrados moles de queijo processado e carne enlatada do recheio cheiravam a pele que ficara na piscina. Provocavam dor no estômago de Bobby a noite toda.

Os dois tinham dificuldade para dormir. Bobby afofava sem parar os travesseiros, pendurava um pé do colchão, e chegou até a fazer uma venda com uma meia esportiva velha, mas nada parecia funcionar. Numa noite, ele mordiscou um grão mínimo de um comprimido para dormir que encontrou entre as coisas da mãe, mas ficou com tanto medo de não acordar quando ela chegasse em casa que correu ao banheiro e provocou o vômito. Naquela noite, ele rezou também.

— Desça daí, Bobby — disse Val, olhando as copas das árvores —, está na hora de irmos embora. — A manhã chegava e o gorjeio dos insetos se reduzia, mas a mata continuava viva em silhueta.

A biblioteca itinerante fora preparada e estava pronta. Val tinha a chave na ignição.

— Prontos?

— Prontos! — disse Rosa.

Mas eles estavam muito atrasados. Bert tombou a cabeça de lado, espirrando baba na janela. Ele ouviu o que todos ouviram, o tilintar do sino da coleira de Lola mais uma vez.

O homem tinha acordado no tapete ao lado da lareira, a língua molhada de Lola pegando a forma de sua orelha. A ressaca era vigorosa, profunda, seria difícil derrubar, certamente mais forte que qualquer outra na quinzena anterior. Voltando-se para sua cura emergencial de sempre (reservada para momentos desta gravidade), ele preparou uma tigela açucarada de mingau temperado com os picles mais ácidos que existiam. Depois, como era de costume, bebeu uma caneca de chá de camomila quente, ouviu o noticiário no rádio e tentou entender exatamente o que acontecera na noite anterior. Lembrava-se de ter bebido a tarde toda, começando com uma cerveja caseira em sua garagem e passando ao rum antes do jantar. Recordava-se de ter ido parar no pub, onde, como sempre, foi inteiramente ignorado pelos outros moradores, cuja maioria fora molestada por sua bebedeira no passado.

E foi assim. Uma noite como quase todas as outras.

Não importava a forma que sua ressaca assumisse — às vezes, ela se escondia dele como uma dor de cabeça ranheta, brotando em uma enxaqueca de estourar o cérebro lá pela hora do almoço —, ele sempre ia andar com a cadela. Lola era sua única amiga de verdade, e o mínimo que podia fazer era recompensar sua lealdade imorredoura com um passeio morro acima. Que ainda estivesse escuro lá fora tornou a perspectiva mais atraente do que seria mais tarde, quando a ressaca ficasse mais forte. Ele detestava a inevitável náusea brotando ao sol. Ainda estava embriagado e assim parecia artificialmente esplêndido.

Ele verificou o celular — nenhuma ligação, nem mensagens. Foi enquanto calçava as botas de couro surradas que ele as notou no canto. Meias verdes, emboladas como uma granada de mão, brilhando de baba. Depois se lembrou de uma conversa com um grandão, por cujos pés Lola estivera obcecada. Ele tinha mulher e dois filhos, com a cara pintada de animais que agora ele não conseguia definir. Eles subiram o morro para o vilarejo seguinte. Naquele clima. E naquela hora da noite. Ele lhes ofereceu uma carona. Ainda bem que não aceitaram, foi o que pensou. Da última vez que saiu assim tão bêbado, deixou seu trailer virado em uma vala. Mas o homem, com o pescoço largo como uma faia, usava um casaco que ele reconhecera. Não de vista, pela descrição. Uma jaqueta felpuda, rasgada na lapela, cor de malva desbotada, com dragonas, surrada. O casaco que um velho do vilarejo descrevera em uma conversa que o homem entreouvira na loja, como tendo sido roubado de seu varal.

— Joe, espere... — disse Val, mas ele já havia aberto a porta, saído da cabine e seguido. Rosa, Bobby e Val ficaram sentados em silêncio por dez minutos enquanto o vento aumentava, os galhos se sacudindo como punhos furiosos. Ele não voltou. Em algum lugar na mata, o sino continuou tocando.

"Será que eu devo acender os faróis?", perguntou Val.

— Não — respondeu Bobby, pensando na lâmina no bolso de Joe. — Vou lá fora procurá-lo.

— Não saia — disse ela, mas Bobby estava do lado de fora, as urtigas lambendo suas panturrilhas.

Seguindo o barulho do sino da coleira de Lola, eram cinquenta e três passos até o mato alto na margem da clareira. Sete pulos longos o levaram à margem; um oitavo evitou o regato, que se esgotava ao nada. A lama pegajosa assumia a forma da pegada de suas solas, mas ele pulava sobre elas. O sino ficou mais alto. Bobby o localizou atrás, onde as árvores eram mais densas. Uma corrida de trinta e dois segundos pela trilha de pedras, um salto curto ao pé de um velho carvalho e vinte passadas longas pelo chão da mata, onde as folhas caídas eram protegidas do vento, e assim a terra era esponjosa e não se podia ouvir movimento nenhum. Foi onde Bobby localizou Joe.

O velho estava agachado aos pés de Joe, usando a camisa como venda. As meias emboladas de Joe, que o homem trouxera para que Lola seguisse o rastro de cheiro, estavam enfiadas em sua boca. Lola trotava pela clareira, levada ao delírio pelos gemidos de seu dono.

Joe conhecia bem esta sensação de clareza entorpecida. Consciente do que estava fazendo, mas incapaz de segurar-se, ele a vivera mil vezes desde que era menino, o falcão cruel da fúria que descia e o pegava em garras afiadas, deslizando no ar acima de si mesmo, assistindo impotente a uma figura irreconhecível amarrar os pulsos do velho com corda. Sempre acontecia pelo mesmo motivo. Porque ele tinha medo. Aqui, agora, ele tinha medo de perder Val, Rosa e Bobby, esta família feita às pressas, o mais próximo de uma família que ele conhecera na vida. Só o que se colocava entre eles, naquele momento, era o homem, o pavor expulsando todos os vestígios de ressaca de seu sistema trêmulo. Algo precisava ser feito.

Joe prendeu a lanterna na boca enquanto procurava o canivete nos bolsos, e a luz errante pegou Bobby nas árvores.

— O que você está fazendo? — perguntou Bobby. O homem deu um pulo, mas sua súplica saiu abafada. De repente, Joe teve consciência de tempo, de lugar, do homem chorando a seus pés e o menino olhando, tão assustado quanto ele. Não conseguiu responder. Ele não sabia.

Bobby soltou a coleira de Lola e jogou o sino no mato, depois se ajoelhou perto do ouvido do homem enquanto o desamarrava.

— Desculpe — disse ele. — Vá para casa. — O homem se levantou, cambaleando. Lola o seguiu para a estrada. Eles desceram o morro juntos, o homem mais sóbrio do que em muito tempo, lembrando-se das últimas palavras do menino: "Diga a eles que estamos numa aventura." Deus do céu, eu preciso de uma bebida, pensou. Ele sabia que ninguém acreditaria nele.

Bobby levou Joe de volta à biblioteca itinerante.

— Você vai contar à Val? — perguntou Joe. Bobby não respondeu. Joe baixou a cabeça e fechou os olhos. Não precisava enxergar o caminho. Bobby cuidaria de tudo.

13

O ZOOLÓGICO

Com os faróis altos mergulhando no trânsito contrário, a biblioteca itinerante desceu sinuosa e lentamente as pistas que cortavam o interior do país. Joe dirigia. Mal dissera uma palavra desde o incidente na mata.

— Você é um profissional — disse Val sobre sua direção.

— Meu outro carro é um tanque — comentou ele.

Ela deixou que a mão se acomodasse na coxa dele. O músculo magro e sólido secou sua boca instantaneamente, reduzindo a voz a um guincho.

Joe relaxou e refletiu sobre sua imensa boa sorte, mas um aperto na base de suas costas o fez se perguntar se isto poderia durar.

Rosa descansou a cabeça no ombro de Bobby. Ele leu para ela *A ilha do tesouro*, de Robert Louis Stevenson. Rosa dava um gritinho a cada vez que aparecia o papagaio Flint, que sempre se empoleirava no ombro de Long John Silver, e gritou quando o dono de Flint revelou seu lado impiedoso e violento, matando um tripulante como parte de seu plano para fugir com o tesouro.

— Só tem papagaio quem é mau? — perguntou Rosa. Bobby pensou no assunto. O bico duro. Os olhos de contas. As garras em gancho para rasgar a pele.

— Provavelmente — respondeu ele.

— Então, por que eles não fogem?

— Não sei — disse Bobby. — Eu não sei. — Juntos, eles cantaram: "Quinze homens no peito do morto... io-ho-ho e uma garrafa de rum!"

Ele leu até chegarem à faixa expressa da rodovia, onde os carros aceleravam pequenos em volta deles, peixes nadando no vácuo de um tubarão.

Antes do meio-dia, Joe virou a biblioteca itinerante para um posto de gasolina e estacionou em uma área reservada a veículos longos. Quando desligou o motor, o silêncio foi súbito.

Homens de aparência cansada iam e vinham, mas, apesar dos dias e semanas de cobertura do noticiário pelo rádio, apesar do número de vezes em que eles ouviram aqueles nomes enquanto sintonizavam procurando o boletim do trânsito, e das conversas que tiveram com outros motoristas ("Como pode um caminhão de quarenta e quatro toneladas desaparecer desse jeito?", "Que amadores eles empregam como policiais hoje em dia?" e "Aposto que ela rolou com a coisa. Vão encontrá-los chapados numa árvore em algum lugar pelo campo; aquela pobre cretina sequestradora deve estar morta há muito tempo... Podiam muito bem desistir da busca"), nenhum deles suspeitou de que o veículo mais procurado da Grã-Bretanha era aquele que estava estacionado ao lado do deles. Ou que naquela traseira estava o infame Joseph Sebastian Wiles, com Rosa dormindo a seu lado, como agora ela insistia em fazer.

Ele não se importava. Na realidade, adorava Rosa usando seu braço como travesseiro, e ele nem mesmo se mexia quando ficava dormente.

Manhã, tarde, anoitecer e noite tornaram-se termos vagos, só luz do céu e mais nada. Eles dormiam quando podiam e dirigiam quando não conseguiam dormir, nunca ficavam num só lugar por tempo suficiente para alguém dar mais de uma olhada neles. Cortavam o interior de um lado a outro, desviando-se para evitar as cidades, pegando qualquer estrada menor em que coubesse a biblioteca itinerante e experimentando algumas que definitivamente não permitiam sua passagem. Joe fez Val cortar ao meio, com o canivete, seus cartões do banco, e eles gastavam o que restava do dinheiro com a maior lentidão possível. Dividiam-se em duplas não procuradas: mãe e filho, pai e filha, e compravam mantimentos em minimercados rurais. Os vendedores de beira de estrada lhes vendiam frutas e legumes recém-colhidos. Lojas de fazenda enchiam garrafas plásticas com leite barato. Quando o sol estava bem alto, eles paravam nos campos para comer e descansar, depois catavam carrapichos amarelos e espigados no pelo do dorso de Bert. Jogavam cartas e construíam tocas semiacabadas que sabiam que logo abandonariam. Joe mantinha o caminhão em ordem, Val preparava as refeições, Rosa arrumava os livros e Bobby pegava água limpa nos regatos com um balde de estanho enferrujado. Tudo durante a noite.

A cada dia tinham uma vista diferente. Picos nevados e cobertos de nuvens em montanhas ao norte. Vales a oeste: verdejantes, exuberantes e molhados de neblina. Lagos mais parados do que a morte, e campinas inteiras que se curvavam ao vento.

Bobby lia com voracidade. Consumiu pilhas de clássicos que Val recomendara. Descobriu livros novos para si a partir da sensação que tinha quando os segurava e lia a contracapa, uma coceira que só acabava quando era coçada.

Rosa ouvia. Enquanto Bobby dava vozes aos personagens, ela descobria que moravam cem amigos dentro do maior amigo de todos.

Perto da fronteira com a Escócia, eles estacionaram a biblioteca itinerante atrás de um crematório sem uso, colocaram seus disfarces e foram ao parque de diversões às margens de um parque nacional. Val e Bobby andaram no carrinho bate-bate, onde o primeiro choque desviou a cara dele para o algodão-doce e deixou a testa pegajosa pelo resto da noite. Joe reivindicou um prêmio de dois balões de hélio em uma competição de pega-maçã. Deu os dois a Rosa. Eles foram a pé para casa — e era sua casa — por uma trilha cercada de ovelhas, os balões brigando por uma posição no céu.

Em toda parte aonde iam, deixavam um livro. Às vezes, os enterravam, ou os escondiam embaixo de uma pedra. Às vezes, os deixavam à mostra, para que fossem encontrados com facilidade. Um foi deixado no meio de um forte, no alto de um morro. Rosa deixou outro na passagem cavernosa de uma garganta. Bobby deu um livro ilustrado sobre pássaros a uma menina que chorava num mercado, e um exemplar de *Os irmãos Karamazov*, de Fiodor Dostoievski (ideia de Val — ele não tinha lido), a um garoto de cara amuada cujo pai não o deixava ter uma pistola plástica de raios de uma loja de brinquedos.

— Fala de parricídio — disse Val. — Talvez ele goste muito da ideia daqui a alguns anos.

— Parricídio? — perguntou Bobby. Parecia-lhe uma bebida. — O que é isso?

— Algo com que você jamais precisará se preocupar.

Quando necessário, eles compravam roupas baratas em bazares de caridade. Em um vilarejo turístico, onde o ar trazia o odor de adubo, Bobby escolheu para Rosa uma capa de veludo roxo que um dia podia ter sido uma cortina, e ela escolheu para ele um chapéu com rolhas penduradas, do tipo que um canguru pode usar em um desenho animado.

— Que linda família você tem — disse a mulher do balcão a Val. Sua maquiagem era branca e desigual, como o mar quebrando na areia.

— Estamos numa aventura — disse Bobby, e Rosa repetiu:

— Estamos numa aventura.

— Aposto que estão! — Seus olhos se estreitaram. Ela reconhecia a menina, mas por quê? Isto não se cristalizaria.

— Você faz um bom trabalho. Aposto que não deve ser fácil — disse a mulher a Val. Val sorriu. Tanta gente disse isso a ela no passado, como se sua filha fosse uma máquina que ela tivesse de operar. Que coisa peculiarmente perniciosa de se dizer. Eles saíram antes que a mulher pudesse recuperar a memória, deixando-a ir para o cemitério de pensamentos que nunca são inteiramente formados.

— Esta é a chave para a boa camuflagem — disse Joe enquanto eles baixavam a escada de metal da biblioteca itinerante. — As pessoas só veem o que estão procurando. E se nós parecermos uma família, se nos comportarmos como uma família, seremos uma família; somos uma família.

E era exatamente assim que eles faziam. Val e Joe andavam de mãos dadas. Empolgada, embora estivesse a reboque, Rosa era incapaz de ver os sinais de duas pessoas se apaixonando. Ela nunca vira nem ouvira falar nisso. O amor, para ela, era constante. Não aparecia nem ia embora, não crescia, nem diminuía. Você não caía nele, não saía dele. Era o refúgio sob os braços de sua mãe, o queijo derretendo em uma batata assada quente e Bert protegendo as refeições dela sem roubar nada do prato. Era o que Rosa sentia por Bobby Nusku. Ele não se desenvolvia, era o aqui e agora, sem passado nem futuro. Simplesmente existia.

Val o vivia de uma forma muito diferente. Sentimentos que ela reprimira por anos se elevavam, entravam por seus poros, acomodando-se ali em poças como óleo em uma pedra do sul da Califórnia. Bobby tinha percebido. Val, enquanto trocava a roupa de baixo atrás de uma prateleira com a etiqueta "Biologia", iluminada apenas pela luminária de mesa, estava arrebatadora. Tinha um sorriso no rosto. Ela era um quebra-cabeça resolvido. Ele decidiu não contar a ela o que viu acontecer entre Joe e o homem. Seu impulso predominante, de que ela fosse feliz, ainda era supremo. Ele podia manter Joe sob controle. Poderia protegê-la, se precisasse.

Eles dirigiram por dias, Joe procurando pelo sinal de uma paisagem que reconhecesse, qualquer coisa que não tivesse mudado nas duas décadas que se passaram desde que ele estivera na Escócia rural. Campos desabavam em praias batidas pelos trechos solenes de água. Logo eles pararam de ver gente, ou mesmo as luzes em casas distantes que confundiam com estrelas baixas.

— É aqui perto, eu juro — dizia Joe, em explosões de confiança incitadas por uma curva na estrada, ou um engolir em seco quando eles atravessavam uma ponte corcunda. De vez em quando, ele parava o caminhão, ficava em pé na estrada e corria os olhos pela vista através da caixa de seus dedos. Depois balançava a cabeça e eles continuavam, Joe investigando cada curva, freando e verificando cada pista.
— Eu garanto que não pode ser muito longe.

Era o fim de um longo dia, que começara antes que as primeiras rajadas de laranja varressem o céu. Havia umidade no ar e tudo estava molhado como o miolo de um pepino. Eles estavam perto do mar e bem ao norte, mas sem saber exatamente onde. No centro tempestuoso de um ataque de birra, Rosa jogara o mapa de uma ponte em uma corredeira, e assim não havia meios de saber.

— Ah, não — disse Val, batendo na luz vermelha no formato de um galão de gasolina que piscava atrás do volante. Eles estacionaram. As laterais brancas da biblioteca estavam salpicadas de lama, e a bainha da capa de Rosa já esfarrapava.

— E agora, o que vamos fazer? — perguntou Bobby. Val virou quatro moedas de cobre na mão.

Eles desceram da cabine. Bert olhou indolente um coelho pular para dentro de um tronco oco, depois lambeu a umidade salgada do mar na casca.

— Não vamos fazer nada — disse Joe, apontando entre as árvores para uma represa cinzenta e plana, chiando com o peso da pressão da água. Ele balançou o dedo para mostrar que queria que eles olhassem para além da neblina, onde podiam vislumbrar uma estrutura grande no alto de uma ladeira íngreme, em uma colina. — Nós chegamos.

— Um castelo! — exclamou Rosa, alto o bastante para fazer Bert voltar correndo para a biblioteca.

— Quase — disse Joe, estalando os dedos. Bobby suspirou de alívio. Tinha jogado tanto papel pela janela que não sobraram páginas entre as capas do livro didático de física em seu colo. Sua trilha já era bastante comprida.

Eles esperaram no acostamento enquanto Val dava a ré na biblioteca por uma trilha sinuosa e fina nos pinheiros. Joe entrelaçou folhas e galhos pela grade do caminhão para disfarçá-lo, mas não havia rastros ali, apenas a terra imaculada, onde nada entrava ou saía. Bert cavucou com o focinho e encontrou os ossos de uma ave. Até ele sentia que precisava deixá-los intocados, que havia alguns lugares aos quais as pessoas — ou os cachorros — simplesmente não pertenciam.

Joe carregou Rosa pelo lado íngreme, na subida da represa, e eles atravessaram o caminho de mãos dadas. De um lado ficava o lago, do outro uma queda ao nada. Uma linha fina e desconfortável compreendia o limite entre dois destinos.

No portão da imensa construção rural, sua alvenaria esfarelada, o jardim tomado de mato e o telhado esburacado, eles pararam e olharam. Era exatamente como descrevera Joe. Treparam por um muro externo e encontraram o caminho longo de cascalho que se contorcia até a porta. Um pedaço grandioso de carvalho, a porta teria sido impressionante mesmo que não estivesse montada em uma arcada gótica, que desaparecia dos dois lados na névoa. Bobby nunca vira uma construção maior. Seus cantos complexos escondiam a magia nas sombras. Ele tinha quase certeza de que, por acaso, haviam chegado a Hogwarts.

No meio da porta havia uma grande aldrava de bronze no formato de um morcego. Rosa a bateu na madeira três vezes, depois se escondeu atrás da mãe.

Joe empurrou a porta, entreabrindo-a.

— Olá! — disse ele. Um eco fugiu dele.

O hall de entrada era comprido o bastante para lançar no escuro a parede do fundo. Retratos desbotados de homens mortos há muito tempo cansaram-se de jamais serem olhados. Agora a tinta era quebradiça e lascada. Trepadeiras cresciam pelas rachaduras em volta das janelas, e folhas sopradas para dentro apodreciam no chão sujo. Era difícil saber onde terminava a área externa e começava o interior. Rosa e Bobby gritaram a plenos pulmões, mas as palavras eram devolvidas em ecos sempre mais baixos. Relógios mostravam que o tempo jamais passara.

Rosa abriu um armário e entrou nele.

— A gente pode morar aqui, Val — disse ela.

Eles andaram por cômodos forrados de mobília empoeirada, mantendo-se juntos para não se perderem. Corredores labirínticos enroscavam-se em escadas em caracol, e os cantos mais distantes da construção eram reclamados pela terra. Até o céu penetrava, as nuvens de algum modo flutuando entre as vigas do teto, condensando-se, e depois pingando delas. Bobby deixou as gotas frias caírem na boca.

Eles passaram por uma biblioteca impressionante. Quase todos os livros eram antigos, em dourado e verde de caixas de chocolates, com capas grossas e cheias de poeira, estantes altas demais até mesmo para Joe alcançar o topo. Tinha o cheiro diferente da biblioteca itinerante. As páginas se decompuseram e agora emitiam o aroma de um extrato de baunilha de boa qualidade, causando em Bert o desejo voraz de sorvete.

Eram cômodos demais para atribuir sequer um nome a cada um deles. Bobby passou pela sala de visitas suja, com sua *chaise-longue* curva e a mesa de bilhar de feltro verde, descobrindo que o cômodo seguinte era quase idêntico. Animais empalhados reuniam-se em grupos, um cervo com sua própria floresta de chifres, e raposas do Ártico paralisadas em plena ronda. Ele passou os dedos pelos pentes afiados de seus dentes. As línguas eram de um roxo ceroso, pegajoso ao toque. Acima deles, uma águia estendia as asas em toda a sua envergadura.

No cômodo ao lado, uma cozinha, com uma despensa maior do que qualquer ambiente em qualquer casa que Val já tivesse habitado. Havia latas de comida suficientes para durar um ano ou mais, e um cheiro bolorento que fez o pulmão de Bobby encostar no peito. Joe passou o dedo pela mesa de jantar e soprou uma grossa camada de poeira da ponta.

Uma hora depois eles ainda davam a busca apenas na ala leste. Joe quebrou uma mesa antiga e usou seus suportes largos para lacrar a porta da frente. Com a madeira que restou, acendeu o fogo, enquanto Val bloqueava o vento encanado das janelas usando sacos de areia de um jardim de inverno inacabado.

    Bobby investigou o porão em modo noturno, guiando Rosa pelos corredores mais escuros. Pilhas de lixo arriaram com o assalto da umidade. O mofo comeu caixas de papelão e aranhas corriam por ali. Eles encontraram motores e correntes, baterias e correias, e uma motocicleta antiga desmontada, todas as peças retiradas, espalhadas e abandonadas em um manto de poeira. Para todo lado havia objetos mecânicos, nenhum desejado o suficiente para ainda funcionar.

    Outro ambiente no porão, desta vez menor, mais frio, fora pintado de rosa há muito tempo. Na parede mais larga, havia o estêncil de uma menina segurando dois balões e flutuando no céu, mas sendo puxada para baixo por um cachorrinho que segurava sua meia entre os dentes. No meio da sala havia um berço, teias de aranha em camadas desabando sobre ele com o peso do algodão preso. E então o cavalo de balanço, seu peito oco, agora lar apenas de insetos, e um ninho de passarinhos há muito abandonado.

    Rosa pegou um álbum de fotos em uma cômoda cara, mas destruída. Ao folheá-lo, surgiu uma história de estranhos, um homem cercado de animais exóticos, mas ela não tinha começo, meio ou fim, apenas instantâneos de uma narrativa desconhecida.

    Joe apareceu na porta.

    — Vocês não deviam descer aqui — disse ele.

— E por que não? — perguntou Bobby.

— É deprimente demais. Estas são as lembranças de outra pessoa... A história de outra pessoa. E não a sua. — Ele tirou do bolso uma chave prateada e grande. — Encontrei isto. Vamos ver se descobrimos o que ela destranca.

O jardim era vasto e o mato tinha coberto as marcas do que antigamente era um perfeito gramado de croquê. Uma fonte no meio de um espelho d'água estava seca e coberta de cocô de passarinho. Joe abriu uma trilha pelo pasto silvestre e carregou Rosa nos ombros ao passar pelo capim — uma visão que Val achou agradável. Ela segurava a mão de Bobby, e os dois os seguiam bem de perto. Chegaram a um muro na base do terreno, vivo de trepadeiras e alto o bastante para marcar o perímetro de uma prisão de segurança máxima. Acima dele, o céu de aço de um anoitecer escocês.

— Deve ser por aqui em algum lugar — disse Joe, baixando a mão nas trepadeiras, apalpando a superfície áspera e heterogênea do muro.

— O que estamos procurando? — perguntou Rosa.

Joe sorriu.

— Uma porta.

— Como a do jardim secreto? — Ela e Bobby leram juntos *O jardim secreto,* de Frances Hodgson Burnett, enquanto a biblioteca itinerante rodava pela fronteira da Escócia.

Embora não conseguisse explicar isto a Bobby, ela se imaginava como a jovem Mary Lennox, a heroína do livro, sem o amor do pai, egoísta e rico, que é curada pelo jardim que um dia encontra enquanto está brincando com sua corda de pular. Pela primeira vez, ela estava fora de si e este novo terreno, sua imaginação, era um jardim secreto só dela.

Joe procurou uma resposta em Val.

Ela assentiu.

— Exatamente, como no *Jardim secreto*.

Bobby contou que eles andaram quatrocentos e oitenta e três passos pelo muro até Val fazê-los parar de repente.

— Aqui — disse ela, apontando uma área atrás da folhagem que não era do vermelho de carne crua dos tijolos. Ela separou as trepadeiras, revelando uma entrada de madeira verde. Joe golpeou o entorno da porta com o canivete e a tranca estalou quando ele girou a chave. Assim que foi aberta, Bert correu, mais rápido do que fazia em muitos anos, desaparecendo no terreno de um zoológico particular dilapidado. Val arregalou os olhos.

"Eu não acreditei em você", falou ela a Joe.

— Posso perdoá-la por isso.

Atordoada, Val se sentou em um banco decrépito. De cada lado, havia jaulas de ferro batido, góticas, mais altas do que homens, com placas no alto para os leões, leopardos, chimpanzés; centenas de animais que existiram atrás de milhares de grades. Agora as jaulas estavam vazias. A ferrugem arruivava as grades.

Portas balançavam-se na brisa. Eles sentiram o abandono repentino e o assombro que traz o vazio.

Rosa fez ruídos animais para cada placa que pôde, rugindo para a jaula do tigre e grunhindo para o cercado da foca. Bobby chutou uma pedra pelo caminho principal e imaginou o antigo esplendor do zoológico enchendo as jaulas com os animais sobre os quais lera na biblioteca itinerante. Que visão grandiosa deve ter sido. Passou pela casa dos répteis, onde raras iguanas tomavam banhos de luz em troncos aquecidos, e um crocodilo surgira do pântano artificial só para saborear um cordeiro vivo e quente. Um aquário, onde ele imaginou golfinhos dividindo um tanque com corais tropicais, agora tinha o vidro quebrado e cascas de caranguejo espalhadas pelo chão como cartuchos de bala. Armários vazios nada abrigavam além de serragem, e uma vala fria, onde a água da chuva era coletada, transbordava do escoamento flutuante.

Bobby partiu em busca de Bert. Verificou o lago árido dos pinguins e uma enorme jaula onde havia uma placa que prometia ter sido o parque de diversões de um urso-cinza. Encontrou um chumaço de pelo ali e colocou-o no bolso para seus arquivos. A mãe ficaria impressionada com o genuíno pelo de urso. Ele se lembrou de um casaco de peles falsas que ela possuía e o pai queimara em um balde no jardim.

Bert estava sentado, olhando a coisa espetacular e curiosa que conseguira farejar desde que saíra da biblioteca itinerante, agora encarnada diante de seus olhos. Não queria necessariamente comê-la. Queria mais segurá-la em sua boca. Apesar disso, a coisa o fazia babar e sua língua pendia como a rampa inflável de um aeroplano. Ele jamais sentira um cheiro assim. A comida de cachorro artificialmente flavorizada, em geral, lutava para alcançá-lo, mas mente científica nenhuma conseguiria recriar um cheiro desses para um nariz tão sintonizado como o dele. Ele queria mais do que tudo estar do mesmo lado daquela grade. Para Bert, um cachorro com idade suficiente para saber quão pouco seu esforço valia, este era um desejo de intensidade profunda. Seria preciso toda a força que ele conseguisse invocar.

— Aí está você, Bert — disse Bobby, entrando no viveiro sem uso. Só então ele viu: um papagaio glorioso, azul e amarelo. Tinha um bico curvo e carismático, pernas fortes e pés zigodáctilos em garras afiadas. Quando abriu as asas, Bobby ofegou.

— Visita — disse o papagaio, uma palavra que aprendera com sua mãe antes de ela morrer de psitacose, a febre do papagaio, que, por fim, eliminou os habitantes de cada jaula à vista, exceto aquele.

Joe, Val e Rosa vieram correndo quando ouviram Bobby chamando seus nomes. Ninguém conseguia explicar de onde viera a ave ou por que estava ali, mas todos ficaram hipnotizados com o nítido vigor de suas cores. Joe chacoalhou o cadeado enferrujado, seu metal grosso demais para ser cortado com seu alicate.

— Ora, vejam só...

— A gente pode ficar com ele? — Rosa leu o nome do papagaio na pequena placa de bronze na parede. — Podemos ficar com o Capitão?

— Não sei — respondeu Joe. Bobby notou que ele empalidecera e atribuiu isto a um medo de aves. Ouviu uma menina de sua turma na escola alegar que tinha esta fobia porque um pombo voara perto de seu rosto quando ela era bebê.

Val notou danos nas penas do ventre do Capitão, onde a ave se arranhara com o bico. No fundo da jaula, um buraco fora aberto na parede e o papagaio poderia voar dali, sempre que quisesse. Estava no viveiro por decisão própria.

— Acho que teremos de ficar — disse ele. Rosa e Bobby se abraçaram, deliciados.

— Visita! Visita! Visita! — disse o Capitão, balançando a cabeça de um lado a outro.

Joe terminou de bloquear as portas não usadas da casa. A todo lado que Bobby ia, ouvia o bater do martelo. Ele subiu ao sótão e dali ao telhado, por um buraco. Ainda distinguia o bater fraco de metal em madeira. Tinha presumido que subir no andaime e saltar do galpão na perna de Sunny o tivesse preparado para lidar com a altura, mas estava enganado. Enquanto o céu se arroxeava, ele teve medo de ser atingido por um raio ou ficar perto demais do trovão e morrer de susto.

Ele andou cuidadosamente. Seis passos junto da calha. Uma queda vertiginosa abaixo (dois ônibus ingleses e meio, por baixo, segundo sua estimativa). Lembrou-se das dicas de Sunny para criar coragem. As telhas estavam molhadas, beijadas pelo crepúsculo do planalto, assim ele amarrou a corda, que trazia na cintura, na chaminé. Dali podia ver quilômetros à sua volta: norte, leste e oeste, atravessando o terreno, passando do zoológico, montanhas de um lado e o mar azul e melancólico do outro. Não havia luzes além das estrelas, nem uma voz além da do Capitão ao longe, ainda falando com Bert, que se recusava a sair de seu lado.

Um vento gelado perfurou as orelhas de Bobby, doloridas para se ter de forma tão descuidada em sua cabeça num clima como esse. Mas valeria a pena. Ele uniu os pedaços dos vestidos da mãe, ensacou o cabelo e amarrou tudo com barbante. Depois enfeitou o telhado com a diligência de alguém decorando uma árvore de Natal, uma estranha bandeirinha oscilando, batendo ruidosamente na ardósia. Ele viu a majestade envolvente da natureza diante de si e entendeu, desta vez, que não precisava rezar. Aquela terra era oração suficiente, quilômetros da linda prova de que alguém estava ouvindo.

Joe encontrou um tesouro de pistolas de ar comprimido em um armário isolado e foi caçar gansos nos jardins. Seu treinamento como atirador de elite no Iraque era de uma época que ele se lembrava, principalmente pelo estado espetacular de tédio de quem esperava para matar alguém. *Talvez tenha sido isso que levara o tenente à loucura*, pensou ele, embora no fundo soubesse que foram a morte, o perigo e a perda que invadiam diariamente, que os acordava dos recessos mais profundos do sono. Ele rapidamente pegou duas aves jovens. Era bom atirar em alguma coisa, sentir raiva e fazer deste alívio necessário um companheiro. Não fora por isso que viera para cá? Ele pegou as carcaças e foi para a casa.

O jantar — ganso, fruta enlatada e pudim de arroz em frente a uma lareira aberta — foi o melhor que eles tiveram em semanas. Joe encontrou um gramofone, sua haste de bronze arranhada se projetando de uma desordem de vinil torto, e o conectou a uma bateria que descobrira no porão. Tocou discos, uma música animada que convenceu Bobby de que a alegria estava presa mecanicamente no plástico, e eles dançaram. O vestido de Rosa inflou quando Joe a rodou, seu corpo caindo flácido nos braços dele. Depois ele pegou Val, abraçou-a e balançou-se de um lado a outro enquanto Bobby, Rosa e Bert olhavam de um sofá velho e atarracado. Tudo fora da sala podia ter desmoronado no centro derretido da Terra e não teria importado. Nenhum deles tinha desfrutado desta sensação na vida. A coreografia perfeita da família.

O estômago de Bobby gorgolejou, satisfeito. Ele fechou os olhos. *Se não existia um final feliz, que a história terminasse agora.*

Joe serviu um uísque duplo de uma garrafa suja, olhando as digitais ainda impressas no vidro. Os eflúvios da náusea encheram sua boca, mas, naquele abafamento, ele não conseguia decidir se eram resultado da bebida ou do assombro de se indagar se aqueles eram os dedos da pessoa que mantivera o papagaio tão gloriosamente vivo. Certamente não.

Outra bebida, depois outra, só o bastante para afogar o inquisidor insistente que vivia dentro das paredes grossas de seu crânio.

Bobby retirou-se para seu quarto imenso e isolado na extremidade do corredor. Rosa foi dormir em um quarto encantador acima de onde eles haviam dançado, o piso ainda aquecido pelas brasas da lareira. No canto, havia uma extraordinária casa de bonecas feita à mão. Em cada janela, cenas da vida cotidiana eram interpretadas por figuras de madeira, comendo, sentadas e lendo. Joe tinha certeza de que Rosa adoraria aquele quarto, muito mais do que sua dona anterior.

Por fim, Val adormeceu no sofá. Joe a carregou, como a uma criança exausta com as pernas em volta de sua cintura e a cabeça repousando na cavidade de seu pescoço, até o quarto principal. Adornado em ouro espalhafatoso e com uma cama com dossel de musselina, o quarto era uma visão que combinava com a opulência desbotada do solar. Ele a deitou nos lençóis empoeirados, o colchão rangendo, voltando à vida.

— Aonde você vai? — perguntou Val. Ele tinha a mão na esfera brilhante da maçaneta.

— Para a cama — respondeu ele. Ela rolou de lado, abrindo um espaço justo para o tamanho dele a seu lado. Ele torceu a esfera para a direita até que estivesse trancada.

14

O TRATADOR DO ZOOLÓGICO

— Visita! Visita! — Uma pena amarela flutuando, girando, beijando o rosto de Bobby. Acima dele, as asas do Capitão inteiramente estendidas, batendo, bombeando ar suficiente para levantar os lençóis. Bobby cobriu o rosto com um travesseiro, temendo que as garras afiadas do papagaio arrancassem seu nariz. Mais guinchos, depois silêncio, cobertas se acomodando como neve. Ele espiou com um olho preguiçoso. O Capitão pousou em um braço estendido dentro de um sobretudo preto e surrado, um mapa de manchas na frente. Bobby se sentou rapidamente e ficou petrificado.

— Não se preocupe — disse o homem bruscamente —, não vamos machucar você, não é, Capitão?

O Capitão estalou sua língua, que parecia uma lagarta negra, tombando a cabeça agradavelmente de lado. O homem era alto e velho, com olhos fundos em alcovas no penhasco escarpado do rosto. Uma barba desgrenhada, no passado preta como breu, agora do prateado do leito de um regato sob água fresca, descia fibrosa ao meio de seu peito. Bobby entendeu que na juventude ele fora musculoso, mas agora seu peito arriado subia e descia quando ele falava. Os dentes eram cariados e a pele da cor de bala de caramelo. Certamente, o homem preferira passar a vida ao ar livre. Parecia parte dela, uma raiz ou um tronco. A poeira se acumulava nos sulcos fundos que esquartejavam sua testa. E embora ele andasse suavemente de um lado a outro, havia certa quietude em sua presença, que combinava com um homem tão atraído pela totalidade da solidão. Bobby sentiu-se surpreendentemente calmo.

— Meu nome é Barão — disse o homem. — Qual é o seu?
— Harry. Harry Potter.
— Ótimo. — Barão deixou ver a pistola de ar comprimido que estivera escondendo ao permitir que ela deslizasse ao fundo de seu bolso. Com os braços tortos, ele mancou em volta da cama, olhando, tendo no ombro o Capitão, não muito diferente de um pirata.

Já fazia meses que o Barão não visitava a ala leste da casa, preferindo ter seus aposentos na ala oeste, muito mais fácil de manter aquecida, com tudo de que ele precisava. Cobertores. Uma cama. Uma lareira onde podia assar pão e ferver água. Em momentos de introspecção, que eram mais frequentes à medida que o inverno invadia seus joelhos, Barão considerava a possibilidade de jamais voltar a esta parte da casa. Por mais deprimente que fosse a ideia — ele passara a vida toda ali, dentro daquele vazio herdado —, ele se resignara a ela. *Foda-se*, dizia ele, com a deliberação diabólica que só um escocês pode emprestar às palavras, *que as trepadeiras me reclamem também. O que é a morte, aliás? Não é um fim. A morte é uma vírgula, no máximo dois pontos. Uma pena que o pobre canalha ainda esteja vivo quando a parada total finalmente chegar.*

Mas ele estava aqui agora. Nesta manhã, saíra para alimentar o Capitão com nozes e descobrira a ave agitada.

— Visita! Visita! — dizia ela. O Barão foi até a luz e ficou parado no meio do zoológico, entre as jaulas que antigamente separavam os pumas dos jaguares, vendo onde os primeiros raios do sol batiam no telhado. Não conseguia enxergar bem as coisas dessa distância, os sacos de cabelo pendurados, tecidos e o lixo que compreendiam os arquivos de Bobby, mas ele sabia que, fosse o que fosse, não estava ali antes. Foi o que bastou para convencê-lo de que precisava da pistola de ar comprimido e precisava dela rápido. De fato, visita.

— Barão é um nome engraçado — disse Bobby.

— Ah, deixa isso pra lá. Pode me dizer o que você está fazendo aqui?

— Morando, eu acho.

— Ah, agora você mora, é? — Divertindo-se, mas sem querer demonstrar, Barão abriu a palma da mão e deixou que o Capitão escolhesse uma semente. — E de onde você pode ter vindo, para morar aqui?

Bobby de repente se sentiu muito pequeno. Talvez fosse a grandiosidade da construção onde eles estavam, ou o fato de que o homem era um gigante de proporções "hagridianas".

— Sou um mago que mora no mundo comum de gente não mágica como você. Fui convidado a ser aluno de uma escola especial que me ensinará a refinar minhas habilidades mágicas. E também a jogar quadribol.

— Quadri o quê?

— Quadribol. É um esporte. Você voa em vassouras para pegar o pomo de ouro.
— Pomo de ouro?
— Vim treinar aqui porque tem muito mais espaço. É menos provável bater numa árvore.
— É mesmo?
— É.
— Parece uma aventura e tanto.
— E é.
— Em especial para um garotinho sozinho.

Bobby franziu os lábios e desejou ter um feitiço na manga.

Sem estar acostumado à companhia, em particular a uma companhia tão jovem, Barão deu um tapa no ombro de Bobby, tentando tranquilizá-lo de que ele não ia meter mais ninguém em problemas. Afinal, eles estavam há muitos quilômetros do posto avançado mais próximo da civilização. De maneira nenhuma o menino chegara ali sozinho, a não ser que ele realmente tivesse voado numa vassoura, ou o que fosse que ele dissera. Barão permanecera sem ligação com o mundo por muito tempo, mas tinha certeza absoluta de que o esporte não evoluíra a limites tão estupendos como descrevera o menino.

Bobby não ficou muito tranquilo com o tapa, que doeu, mas reconheceu as boas intenções de Barão no gesto estúpido. Só o que ele temia agora era como Joe reagiria ao intruso, com base no padrão anterior. Imaginava Joe estrangulando-o, dependurando-o até arrancá-lo do chão. Ele sabia que era tarefa dele acalmá-lo, assim como George e Lennie. Por Val, se não por qualquer outro.

Eles andaram pelos corredores até o quarto na extremidade do patamar. Barão — sensatamente, pensou Bobby — concordara em deixar que o menino se encarregasse da tarefa de acordar Joe e Val e lhe deu a chave que abria o quarto deles. Dormiam de conchinha. Bobby viu que, por baixo do lençol, eles estavam nus. O corpo de Joe, encostado ao dela, era muito mais peludo e maior do que o dele, que era cheio de cantos canhestros, uma serra de ossos dos quadris e das costelas.

— Joe — disse ele, apertando o bíceps de Joe.

— Hein? — Joe, ainda meio adormecido, lambeu a secura dos lábios. — O que você quer?

— Quero que você não tenha um surto.

— Não tenha um surto com o quê? — Joe abriu os olhos e ficou rapidamente alerta, uma reação militar implantada no fundo em sua psique. — É a polícia?

— Não — respondeu Bobby. Val gemeu, relutando em abrir mão do sono mais profundo que tinha em anos.

— Então, o que é?

— Tem um homem aqui, barbudo. O papagaio é dele...

— Na realidade — disse Barão, parado ao pé da cama, o Capitão agora equilibrado em seu ombro —, é uma arara.

Joe deu um salto do colchão e se colocou em pé, o pênis pendurado da escuridão musgosa que coroava sua virilha.

— Acalme-se — disse Barão. — Que tal irmos tomar o café da manhã?

Bobby, Joe, Val e Rosa sentaram-se de lados opostos de uma larga mesa de jantar na cozinha da ala oeste, aparentemente a única parte de toda a propriedade que ainda era abastecida com eletricidade.

Havia pilhas altas de jornais junto das paredes, alguns ensopados da goteira incessante do teto quando chovia. Em um canto, uma poltrona enterrada em lençóis fedia à fumaça criada por um fogo aberto, seu formato chamuscado no piso da lareira. Era ali que Barão fazia torradas em uma frigideira, usando o pão que ele preparara esta manhã. O Capitão voou pelas vigas. Val ficou admirada de ele não morrer com a névoa fumarenta no ar.

Barão abriu a tampa de um vidro de geleia.

— Tem de morango. Tem de framboesa. Sirvam-se.

Bobby cobriu sua torrada com uma combinação das duas, disfarçando ao máximo o chamuscado amargo. Val contou uma história a Barão, sobre eles acamparem, ficarem sem combustível, abandonarem o carro, perderem-se, encontrarem a casa e pensarem que estava vazia.

— Aliás — disse ela —, acho que a maior parte dela está.

— Sim, suponho que você tenha razão.

— O senhor está aqui há muito tempo?

— A minha vida toda.

— Tendo a companhia só do Capitão?

— Desde que minha mulher morreu, sim. E depois os animais se foram, é claro, um por um, pela morte ou vendidos. O Capitão é a última ave que resta. A única que não consegui vender quando o dinheiro secou.

— Tem filhos?

— Não.

— Tem televisão? — perguntou Joe. Ele não tinha percebido, mas estava metendo o garfo com tanta força na polpa carnuda do polegar que o sangue brotava na pele.

— Eu? Não. Nunca. Perda de tempo. Ninguém precisa de uma. De qualquer jeito, não pega aqui.

— Um rádio?

— Não, nada de rádio. Só tem estática ou previsões do tempo nessa parte do mundo, não é? E eu não sou pescador.

— E um telefone?

— Não vem cabo nenhum para cá. Nem aéreo, nem antena, nem satélite. Ninguém para telefonar.

— Então, como o senhor mantém contato com as pessoas?

— Ora essa — disse ele —, que sentido teria isso?

O Capitão desceu e pousou na mesa. Bert o viu comer as crostas que Rosa empurrou de lado para ele.

— Onde fica o banheiro? — perguntou Joe, com a mão na barriga.

Barão apontou o outro lado da sala, onde duas portas faiscavam sob a luz intermitente de um lampião bruxuleante. Joe se aproximou da porta da esquerda.

— A outra, a da direita — disse Barão —, a não ser que você queira urinar em um depósito. Se quiser, tem um esfregão e um balde no fundo. Faça uso deles.

Joe parou junto da pia do banheiro, abrindo as torneiras para encher a cuba com a água gelada. Tirou a camisa e se olhou no espelho de corpo inteiro pendurado atrás de uma banheira coberta de sujeira. Virando a cabeça devagar de um lado a outro, ele tinha de concordar que, sim, nesta luz, desse ângulo, ele era um pouco parecido com o pai. Mas só um pouco, perto dos olhos e no leve formato de bumerangue da boca. Certamente não era o bastante para ele ter notado. Como os calos no coração de Barão deviam ser duros, imaginou Joe, para não só negar a existência dele, como também não reconhecer o filho que se colocava diante dele agora.

Mergulhando a cabeça abaixo da linha da água e mantendo-a ali até que o frio perfurasse o cérebro, ele se perguntou que idade teria o velho. Noventa ou mais, talvez, e suportando sozinho o frio como um rochedo em uma praia inalcançável. Pelo menos, sem televisão, ele não teria ouvido falar de Val, Bobby e Rosa ou da biblioteca itinerante desaparecida e assim, por enquanto, eles estavam a salvo. Esta era a prioridade máxima de Joe, o bem-estar deles e ele não suportaria ser separado dos três agora.

Se Barão não esteve inteirado dos noticiários e, por conseguinte, não soube da fuga de Joe da prisão, não haveria motivo para que ele esperasse uma visita do filho. Afinal, já fazia vinte e dois anos desde que ele fora embora. Mas, ao voltar, parecia a Joe que fora só ontem que ele vira o labirinto arder e percebera que sentiria o calor das chamas no rosto, num futuro distante. E ele o sentia, subindo de mansinho por suas bochechas. Ele jogou água na cara mais uma vez.

O mais incrível de tudo era a percepção que ele só experimentava agora, de que não queria encontrar a casa vazia, afinal, nem torcia para que o pai estivesse morto. Queria que estivesse vivo, murcho e velho, porém vivo, para que ele pudesse matá-lo, com aquelas mãos gigantescas que ambos pareciam partilhar.

Bert observava o Capitão se balançando no aparador, em transe por seus estalos curiosos.

— Cachorro! — disse o Capitão. — Cachorro!

Rosa só ouvira dois animais conversando, em O *livro da selva*, de Rudyard Kipling, e não era em nada tão divertido como o que agora virava realidade.

— Incrível as coisas que ela guarda nesse cérebro pequeno e velho dela — disse Barão.

Val terminou sua torrada.

— Se puder nos ajudar a conseguir algum combustível, podemos parar de incomodá-lo — disse ela —, com nossas desculpas, é claro, por invadir sua casa.

— Que absurdo! — Ele esfregou o peito, mais dolorido naquele dia. Já se convencera de que logo veria seu último Ano-Novo. — Vocês ficarão aqui o tempo que precisarem, entendeu? Não tem sentido todos acamparem no frio quando eu tenho todas essas paredes sem ninguém usar. Tenho certeza de que Bert concorda comigo, não é, Bert?

— Mas, sr. Barão... — disse Val.

— Só Barão.

— Barão, não queremos ser um incômodo.

— Por favor, senhorita. Nada mais me incomoda.

Joe saiu do banheiro, as gotas de água fria gelando sua testa. Estava mais relaxado, mas não tanto que não sentisse as têmporas latejando como pupas prestes a eclodir.

— Joe — disse Val —, Barão falou gentilmente que podemos ficar algum tempo.

Joe parou um pouco, semidevorado pelas sombras lançadas da luz de velas sob um bicho empalhado.

— Não precisa...

— Quieto — disse Barão. — Eu insisto. Agora, sei que vocês já deram uma caminhada pela área, mas que tal uma visita oficial com o antigo tratador do zoológico mais setentrional da Terra?

O Capitão montou no ombro de Barão, seus movimentos sintonizados com os dele, como se a arara fosse outro membro. Ele os levou para fora da propriedade. Nuvens cinzentas murmuravam, a luz lúgubre minando os vislumbres de roxo dos cardos. Diante deles, havia um enorme labirinto de sebe, antigamente impressionante, agora tomado de mato e impenetrável. Se tivessem chegado bem perto, teriam visto que os galhos, abaixo das folhas mais novas, ainda estavam escurecidos pelo fogo e a fumaça.

Contornando o labirinto numa curva fechada, havia um lago, deslizando à volta do zoológico e correndo para a distância, amarrotado como papel-alumínio sob o cinza melancólico do céu. Quando o vento diminuiu, eles ouviram o grasnar de patos e, se escutassem com muita atenção, a respiração rasa de Barão.

Rosa se colocou ao lado dele, examinando as colheres de pedreiro que eram as palmas de sua mão. Ela pegou seu indicador direito e o segurou. Barão se retraiu, mas deixou ficar.

— Ali — disse ele, apontando uma ave de rapina no alto que tinha aquietado o Capitão com seu olhar fixo. — Um falcão. Os ninhos ficam na face do penhasco, por ali, perto do mar. Há mais ou menos uma década, quando eu não era tão velho, subia ali e pegava seus ovos. São gostosos, com bastante sal e pimenta.

Eles atravessaram os jardins, caminhos que no passado foram bem cuidados e agora eram amorfos e revoltos, e viraram para uma entrada lateral que Barão usava para ter acesso ao zoológico. Bobby olhou para a cara de Barão — barba, testa e capilares rompidos: como tinha envelhecido tão maravilhosamente como a paisagem em volta deles!

— Meu nome de verdade não é Harry Potter — disse Bobby. — Ele é um menino de uma história. Eu sou só um menino.

— Tudo bem — disse Barão, confuso.

Val e Joe andavam a uma certa distância atrás dos outros, vendo Rosa segurar a ponta dos dedos endurecidos de Barão.

— Um golpe de sorte, hein? — disse Val.

— O quê?

— Barão estar aqui. Quero dizer, o cara claramente é doido como o papagaio, mas parece que estamos a salvo com ele, pelo menos. — Joe grunhiu, o que Val confundiu com sua concordância.

— O maior zoológico particular da Europa — disse Barão, batendo uma vareta entre as grades da jaula do orangotango. — Primatas e grandes felinos, principalmente. Mas vida marinha também, e insetos. Ah, e aves, é claro. — Ele fez cócegas na plumagem brilhante da parte de trás da cabeça do Capitão.

— Mas as pessoas podiam vir para ver, não é? — perguntou Val.

— Ah, não. Particular significa particular. Só para os meus olhos.

— Mas por quê? — indagou Bobby, com os braços arriados junto do corpo.

— Algumas pessoas colecionam selos. Algumas colecionam obras de arte. Eu coleciono animais. Colecionava, devo dizer. — Barão parou abaixo de uma placa de metal suja, limpando-a pelo meio com a manga.

"Um gorila da planície ocidental", continuou ele. "Bate tão alto no peito que parece a pegada de um monstro. E aqui, três macacos, coisinhas rápidas como um raio, pedindo o café da manhã aos gritos, gritando pelo jantar..."

— E aqui? — perguntou Bobby, recostando-se na cerca de um fosso com uma coluna ladrilhada no meio.

— Leões-marinhos. Criaturas maravilhosas os leões-marinhos. Joguem uma bola para eles, algum peixe fresco, felicidade o dia todo. Eles não precisam mais do que isso. Melhor do que crianças, você não diria, Valerie? — Val sorriu educadamente, mas não falou mais nada enquanto eles iam à extremidade do zoológico e voltavam.

— Ele não me contou por que é chamado de Barão — disse Bobby a Joe enquanto consertavam a ala leste para passar a tarde.

Val e Rosa ajudaram o velho, ofegante, a subir o morro.

— Não é um nome verdadeiro, como o meu ou o seu — disse Joe. — É um título. Nobreza hereditária. Como rei. Ou duque. O pai dele era barão, e o pai do pai dele e o outro antes desse. Passaram o título adiante, durante séculos de linhagem masculina, até que, eu acho, chegou a este, e ele decidiu ficar com ele só para si.

— Decidiu?

— Sim, decidiu. — Joe tossiu.

— Ninguém precisa ser igual a seus pais, não é? — perguntou Bobby, aproximando-se das portas.

— Não — disse Joe. — Não, não precisa.

15

A FAMÍLIA

O banquete foi ideia de Val, para demonstrar a gratidão pela hospitalidade de Barão. Ele protestou:

— Ah, por favor.

Ela insistiu.

— Então, se você quer assim... Vou levar aquele uísque que eu tenho e o Capitão dará suas próprias sementes. — Seu riso encheu a sala de estar.

Apesar dos maiores esforços, mesmo educados, Barão não conseguiu tempo nenhum para si pelo resto do dia. As crianças o seguiam constantemente: o menino com a conversa incessante sobre sua mãe e uma história ridícula de um ciborgue que ele alegava ter construído, mas ainda não vira; a menina com o fascínio que os jovens reservam ao que percebem ser antigo. A paciência era uma virtude que faltava a Barão. Esteve sozinho por tanto tempo que essa parte dele estava sem prática e, como um músculo que não era usado, era fraca. Foi preciso determinação para sorrir e assentir, fingindo que a companhia era algo de que ele desfrutava, para variar, mas na realidade ele estava ganhando tempo até poder voltar à paz e à quietude.

Bobby cuidava de seus arquivos para que nada fosse soprado do telhado da noite para o dia. Com exceção de um leve rasgo em um tecido — que ficou agarrado a uma telha —, eles sobreviveram praticamente intactos.

No início da tarde, Joe e Bobby sifonaram combustível de um tanque sobressalente que Barão mantinha atrás do estábulo para o gerador inerte. Eles o empurraram pela represa em um carrinho de mão, desceram à biblioteca itinerante, os respingos sujando as botas de Joe.

Antes do pôr do sol, Joe saiu para caçar gansos de novo. O farfalhar dos juncos na beira do lago se mostrou sedutor, até catártico. Ele se sentou para fumar um cigarro. O silvo do tabaco ardendo lembrou-o da época em que ele vira o labirinto queimar até virar cinzas. O mesmo ar. A mesma luz. A mesma época do ano.

Val e Bobby estavam sentados na escada que descia sinuosa até um riacho que terminava na precipitação com o som de címbalos de uma cascata. Ele baixou a cabeça em seu colo, o calor das coxas de Val no pescoço.

— Você e Joe podiam me adotar — disse Bobby. — E aí poderíamos dizer a todo mundo quem somos e não precisaríamos mais nos esconder.

— Não sei se vão me deixar adotar você, Bobby. Tecnicamente, sou uma sequestradora, para não falar que sou uma ladra de um veículo grande.

— Mas você é a minha família. — Val levou o pulso dele à boca e o beijou. Uma torção em seu útero, uma pequena lâmina cortando rapidamente, a dor de saber que era ali que ele devia ter começado a existir. O filho dela. Este menino. Uma história que teve início no lugar errado.

— Eles vão nos pegar?

— Não, não vão nos pegar. Eles só pegam quem é mau.

Ela não sabia mais se estava mentindo. Rosa apareceu e se dobrou em volta dos dois. Família. Um quebra-cabeça de gente.

Comparativamente falando, foi de fato um banquete. Em particular para Barão, que subsistia de uma dieta de sopas caseiras e conservas muito salgadas há mais de vinte anos. Qualquer comida decente que ele conseguia era para dar aos animais, e eram muitos, até que o dinheiro minguou a quase nada. Ele vendeu a maior parte dos animais, os outros pereceram, e aquele dinheiro tinha durado até agora. Ele só esperava morrer antes do Capitão. Mas pensou na ave sofrendo sua perda nas vigas e sentiu um desespero inextinguível. Ele não vivia uma tristeza por nada que não tivesse patas ou asas desde a morte de sua mulher.

Legumes frescos do terreno — batatas, cenouras, um pouco de alho-poró, misturados com o ganso, e um pouco de caldo de carne envelhecido que Val encontrou na despensa, compuseram um cozido saudável. Barão assou mais de seu pão caseiro, e eles o usaram para raspar até o fundo dos pratos. Bert se recostou debaixo do banco, comendo as tiras que Rosa deixava cair entre as pernas. O Capitão optou por seu local de sempre, de vez em quando se roçando de lado na pele dura da orelha de Barão.

— Então você nunca vê outras pessoas? — perguntou Bobby.

— Às vezes — respondeu Barão, mais disposto a terminar seu segundo prato do que conversar com o menino.

— Quando?

— Duas vezes por ano. Uma vez na primavera e após as cheias, antes da neve, eu posso ir de carro até o vilarejo. A uns trinta quilômetros, se a estrada estiver desimpedida. Compro mantimentos na loja de lá, mas a mulher que atende no balcão sabe que não sou de conversa.

— O que aconteceu com a sua esposa?

— Bobby — disse Val —, esta é uma pergunta muito pessoal.

— Está tudo bem — disse Barão —, é compreensível. Ela morreu. É só isso. As pessoas morrem. Nada termina realmente. Você precisa se acostumar com isso. — Ele olhou fixamente o próprio prato. Bobby já vira aquele olhar, petrificado na cara de seu pai. A capacidade cada vez menor de discernir a vida, depois de a morte ter existido em tal proximidade.

Como ficou evidente a Barão que ela morreria e que a única luta que continuaria seria a de manter vivo o rebento ainda por nascer, ele queria desesperadamente que fosse uma menina. O rosto bonito de sua mulher, que ele amava com profundidade, seria reproduzido então, cresceria e viveria nesta nova forma dela. Mas, em vez disso, veio um menino, e o rosto dela sumiu para sempre. Esta, para ele, era uma ideia digna de lamentação, muito mais do que o corpo da mulher dentro da terra. Depois que ela morreu, nenhum outro ser humano foi digno do olhar dele. O único jeito de ele reproduzir o assombro que inchava sua alma sempre que via o rosto dela foi dissipar sua riqueza em criaturas raras e exóticas, exemplos de uma beleza, como a dela, que só a natureza podia fazer.

Para ele, o menino, que crescia com rapidez, andando pesadamente e sem nada da elegância da mãe, não passou de uma nota de rodapé em uma obra-prima: um obstáculo, certamente indigno do título da família que a lei e a tradição diziam que ele legasse. Sempre que possível, ele deixava o menino sozinho e nem uma vez permitiu que entrasse no zoológico para ver os animais, onde Barão passava a maior parte de seu tempo. Ele esperou por uma desculpa para se livrar do garoto, que ficava cada vez mais furioso e volátil. A desculpa veio com o riscar de um fósforo quando ele tinha apenas 8 anos de idade.

— Quando ela morreu, comecei a colecionar animais. Primeiro foi um leopardo-das-neves. Dá para acreditar nisso? Na extremidade norte da Escócia, um leopardo-das-neves! Criatura maravilhosa. Em risco de extinção, não sobraram muitos. Olhos verde-claros, manchas em forma de roseta pelo corpo. Podem parecer serenos e afáveis, mas existe aquela frieza, aquela violência nos olhos deles. O jeito como o olham, a aparência, é tudo um truque para atrair você para perto e mordê-lo. Isso é algo digno de admiração.

Rosa rosnou. Barão sorriu, serviu-se de outra dose tripla de uísque e virou a garrafa para Joe.

— Bebe?
— Não, obrigado.

— Ah, vamos lá. Não pode ter atravessado tudo isso até as Terras Altas em uma viagem de acampamento sem beber um traguinho quando lhe é oferecido.

Joe cobriu a boca do copo com a mão.

— Eu estou bem. — Barão notou uma covinha se vincar no queixo de Joe, igual à dele.

— Me fale mais dos animais — disse Bobby.

Tristonho, Barão olhou as vigas do teto.

— Depois do leopardo-das-neves, eu tive mais felinos grandes. Leões, tigresas, um ou dois pumas. Depois, macacos. Depois, as aves. Milhões de libras em animais. É preciso pagar por sua manutenção, é claro. Não demorou muito para o dinheiro se esgotar. Eu nunca fui bom com dinheiro. Este lugar velho caiu aos pedaços. Comecei vendendo meus animais, um por um, e parecia que eu entregava uma parte de mim toda vez que fazia isso. Agora não sobrou nada. Dinheiro nenhum. Só eu e o Capitão. Não dá para vender o lugar, nem querendo. Pertence à família desde sempre. Então, eu vou morrer. Ao diabo com o que vem depois, a história continua.

Bobby pensou em Willy Wonka, entregando sua magnífica fábrica de chocolates a Charlie Bucket, o único menino que fora bom para isso. Ele leu a história para Rosa na biblioteca itinerante, ela enroscada ao seu lado, a respiração dos dois numa deliciosa sincronia invertida.

— É uma pena que você nunca tenha tido um filho a quem legar tudo isso — disse Val. Barão passou os dedos pela barba, as unhas agarrando nos nós, soltando farelos que quicavam no tampo da mesa.

— Sim — disse Barão —, suponho que sim. — Joe levantou-se, as veias em volta da cartilagem de seu pescoço se mexendo pareciam balas explosivas por baixo da pele.

— Preciso ir ao banheiro.

— A porta à direita — disse Barão, terminando seu uísque com tal rapidez que os cubos de gelo ainda estavam inteiros. Ele serviu outro, desta vez uma dose maior, e o engoliu, um líquido âmbar e oleoso descendo do copo para a caixa torácica. A cada gole, ele ficava visivelmente mais taciturno. Em seus olhos se abriam buracos negros que ameaçavam tragá-lo. Ressoou pela sala uma tristeza que Bobby sentiu primeiro nos dedos dos pés, depois subindo pelas pernas, em seu âmago, correndo pelos braços e enchendo a cabeça.

Joe voltou, a cara molhada de água fria, a testa com arrepios.

— Acho que agora vou beber esse uísque — disse ele.

— Muito bem, rapaz! — exclamou Barão, servindo outro para si mesmo. Rosa e Val abriram latas de pudim de arroz, que esquentaram em uma panela acima da chama. Acrescentaram açúcar mascavo para dar sabor. O Capitão voava de um lado a outro pelo vapor. Eles comeram rapidamente, antes que o ar esfriasse a comida. Val notou a colher tremendo na mão de Joe, batendo na borda da tigela vazia de metal.

— Você está bem? — perguntou ela.

— Ele está ótimo! — disse Barão, seu sotaque aumentando com o volume da voz. Joe colocou a colher na mesa, apontada para Barão.

— Deve ter alas inteiras deste lugar em que você não põe os pés há anos — disse ele.

— Sim. Duvido que me lembre, hoje em dia, onde ficam todos os cômodos.

— Eu vi o teto desabado em uma parte dela. E tem raízes de árvores crescendo pelo chão do porão. Há um pequeno quarto de bebê lá embaixo ou coisa assim.

— É verdade, nunca foi usado. É uma construção antiga e grandiosa, isto é certo. Mas essas coisas se estragam. O que é a história sem ruínas?

Os nós dos dedos de Joe ficaram brancos através da carne de sua mão, como dentes arreganhados por um cachorro feroz.

— Você poderia consertar. Não é tarde demais.

— Um esforço inútil. Logo estarei morto. Não posso levar esse lugar velho comigo, posso?

— Mas você tem tanto aqui. É uma pena que não divida.

— Já lhe falei, eu dividia com minha esposa.

— Mas, sem ter filhos...

Barão baixou a colher na tigela com um barulho que aos poucos se esvaiu no silêncio.

— Você diria que isto é ganância? — perguntou ele.

— Bom, eu...

— Ganância é uma palavra estranha, não? A ganância de um homem é o direito de outro. É o que impulsiona o mundo, a ganância, o que o faz girar. Mais dinheiro, mais terras, mais valor do que seu vizinho. Não é assim que o planeta sempre girou? — Barão pairava cinco centímetros acima de sua cadeira. — Então, o que é a ganância?

Joe se retraiu. Quando menino, tinha medo do pai. Isto agora lhe voltava, embora ele tentasse esconder, era uma serra trabalhando dentro de seu peito. O tamanho, a idade, a força dele, nada significavam. Era criança mais uma vez, contorcendo-se para caber na sombra do pai.

— Não sei.

Val nunca vira Joe desse jeito.

— Por favor, cavalheiros — pediu ela, confusa com a guinada na conversa. — Talvez os dois já tenham bebido uísque demais, não? — Barão ignorou Val, e um pouco do que assustava Joe se esgueirou por baixo da pele dela.

— Vou lhe dizer — disse ele. — A ganância é um desejo intenso e egoísta por algo que não lhe pertence. — Ele estava em pé acima de Joe, curvando-se para que os rostos se aproximassem e Bobby viu a semelhança. — Mas esta casa é minha. Tudo isso, as terras, o zoológico, a comida que agora comemos, tudo é meu. Então, não pode ser ganância, pode, se você é o dono? Só pode sentir ganância alguém que quer o que não lhe pertence. Como esta casa, por exemplo. — Ele tossiu no punho. — Então, diga-me, Joseph, onde está a ganância agora?

Joe levantou os olhos e espiou os do pai, vincados de fúria.

— Você me reconheceu? — Val e Bobby ficaram petrificados. Barão os ignorou.

— No momento em que o vi.

— Você não disse nada.

— É claro que não. Pensei primeiro em lhe dar a oportunidade de se desculpar.

— Me desculpar?

— Por seu mau gênio. Ou você não se lembra?

Se ele um dia desejou egoísta e intensamente alguma coisa, foi o afeto do pai. Trancado fora no zoológico, ouvindo os chamados dos animais cuja majestade ele só podia imaginar, acendendo aquele fósforo que parecia uma maneira tão boa quanto qualquer outra de consegui-lo, ele ateou fogo na parede externa do labirinto. O vento o apressou, queimando cento e cinquenta metros de sebe até não haver mais para onde se espalhar.

— Não tenho por que pedir desculpas — disse ele. Val fechou os dedos do braço de Joe, mas ele começou a soltá-los.

— Então, você queria que eu pedisse desculpas por mandar você embora? É isso?

— Não...

— Por mandar um garotinho zangado, incontrolável, imprevisível e perigoso aos cuidados de pessoas que o ajudariam, cuidariam dele e o manteriam em segurança?

— Você não me queria. Não queria que eu tivesse este lugar. Você nem mesmo queria que eu tivesse o seu nome.

— Eu já era um velho nessa época, Joseph. O que eu devia fazer? É por isso que você quer um pedido de desculpas?

Joe se levantou, expandindo-se em todo seu tamanho.

— Eu não quero um pedido de desculpas.

— Então, é como eu pensei. Ganância, a pura ganância e nada mais. Você veio para reclamar a casa e as terras, não é? Veio porque quer o que você deseja egoísta e intensamente que seja seu. Meu nome. Barão. — Ele bateu o punho na mesa, espalhando os farelos que se agruparam ali como se esperassem um sermão.

— Por favor — pediu Val com a voz trêmula —, vocês estão assustando as crianças.

— Ah, sente-se, mulher — disse Barão.

Bobby, com os pelos da nuca se eriçando como uma camada de geada, viu a saliva se torcer no arame do bigode de Barão.

— Não fale com ela desse jeito — repreendeu ele.

— Ora essa — disse Barão, voltando a se sentar e bebendo o uísque da garrafa —, Harry, Bobby, seja lá qual for o seu nome. Não acho que uma criança me dirá o que fazer.

Joe correu os olhos pela mesa, a colher, a tigela, a faca. Imaginou-se passando a faca pelo abdome do velho, seus intestinos se derramando para fora. Uma medusa vermelha se contorcendo no chão, Bert engoliria com voracidade a carne. Seus punhos começaram a tremer, e os músculos das pernas ficaram retesados enquanto ele se preparava para se atirar pela sala, diretamente no pescoço do velho.

E então, pelo canto do olho, ele viu Bobby, a cabeça balançando lentamente, um piscar de olhos que se demorou fechado, depois se abriu, revelando aqueles olhos castanho-escuros que acalmavam Joe como ninguém nem nada jamais conseguira.

— Bem, deixe-me dizer a você — disse Barão, com a mão por baixo da capa, embriagado, procurando a pistola de ar comprimido no bolso —, você jamais terá o que é meu. Pertence a uma família da qual você nunca fez parte. — Joe viu como a tristeza tinha ressecado o velho. Quase teve pena dele, mas só por um segundo.

"Você nunca foi meu filho, Joseph. Sua ligação com esta família morreu com a sua mãe."

Bobby recuou intempestivamente da mesa com um grito penetrante, a camisa ensopada de suor, e saiu correndo da sala.

Um, dois, três, quatro, cinco, seis, sete. Um, dois, três, quatro, cinco, seis, sete. Um, dois, três, quatro, cinco, seis, sete. O estrondo e amassado do metal, a batida de sua cabeça na vidraça, a queda de seu corpo no carro parado bem diante deles; ele os ouviu com perfeição.

Bobby se sentou. Passou as palmas das mãos pelos braços, pelas pernas e pelo cabelo. Sem nenhum corte. Nem mesmo um arranhão. Ele esperou, abalado, pelo gosto de ferro nos lábios, o sangue enchendo a boca, mas nunca veio. O ambiente estava tranquilo. Não havia serenidade maior do que a que existe no inferno.

Cacos de vidro se espalhavam pela rodovia, metal amassado, dobrado sobre borracha queimada. Uma calota rolando pela estrada. Bobby ficou eufórico com os eflúvios de gasolina. O carro, onde ele estivera segundos antes, tinha se dobrado ao meio. Aço afiado apunhalava a fumaça.

Bruce Nusku saiu pela porta retorcida do motorista, o nariz aberto por um airbag. Sem saber exatamente onde estava, ele tossiu, uma vez, duas, três vezes, andou até o canteiro central e se sentou. O rastro de sangue ziguezagueava a seus pés.

Bobby sentiu uma forte onda de solidariedade pelo pai, o carmim ensopando suas roupas. Ele queria abraçá-lo. Queria se desculpar pelo que ele e sua mãe ainda não tinham feito, e então ele se desculpou, bem ali, na estrada:

— Desculpe, papai.

— Você pede desculpas? — perguntou Bruce, o sangue ardendo na raiz de sua língua. — Pelo quê?

— Nós íamos fugir na praia. Íamos pedir a você para comprar um sorvete, depois íamos fugir e você nunca mais ia ver a gente. — Bruce esfregou a cabeça e cuspiu um dente.

— Está tudo bem — disse ele —, está tudo bem.

Bobby contornou o carro até a porta do carona.

— Mamãe — chamou ele pelo metal —, eu contei a ele. Eu prometi mais do que todas as outras promessas juntas para sempre, mas eu contei a ele. — Ele puxou a maçaneta.

Ela arriou de lado, presa no assento pelo cinto de segurança. Sua mãe estava morta e também o bebê dentro dela. Mas ela ainda parecia viva e em paz, como ele jamais a vira. Ele lhe deu o beijo nos lábios, suave, uma cereja recém-colhida.

A noite tinha caído, as estrelas borradas pelas nuvens. O terreno estava perdido na escuridão. Mas Bobby conseguia enxergar. Ele correu sem sapatos pelo mato alto, pulando a barreira de urtigas e pedras. Quinze segundos para a fonte no meio dos jardins, a cascata caindo ao longe. Vinte pulos subindo os vinte e quatro degraus para a grandiosa porta da ala leste. Sete passadas pela parede do corredor, parando no meio para contornar o relógio de pêndulo que não batia mais e atravessando a sala de estar, passando pelo declive até os aposentos dos antigos empregados, e pela escada que subia em caracol pelos andares. Seis minutos e quarenta e três segundos para o sótão, saindo pelo buraco no telhado, para seus arquivos pendurados no grosso volume da chaminé por um pedaço de corda molhada.

Lá embaixo, Val, Rosa e Joe o procuravam freneticamente. Exploraram o zoológico, Bert farejando o cheiro de Bobby, mas desviado pelo odor persistente de leão que permeava as grades. Rosa olhou o cercado dos répteis. Val procurou na casa dos insetos. Joe entrou em cada jaula, puxando fardos de feno apodrecido das alcovas onde os ursos e macacos dormiam antigamente. Não havia sinal do menino.

Joe tinha partido para a entrada do labirinto quando Rosa começou a gritar:

— Bobby Nusku! Bobby Nusku! — Ela apontava a figura no telhado, bem emoldurada pela lua.

Bobby fitou o chão, os olhos redondos como os de uma coruja. Enxergava tudo com clareza, como se fosse dia. Ficou em pé, com as mãos nos quadris, as pernas separadas, mais ou menos a vinte e cinco metros.

— Não — disse Val. — Espere por mim. — Ele viu os lábios dela se mexerem e quis beijá-los. Para saber o quanto seu gosto era diferente dos lábios da mãe. Ela correu para dentro da casa, e Joe se posicionou para pegar Bobby, só por precaução.

Val chegou sem fôlego ao telhado.

— Bobby — chamou ela —, desça da beira.

— Ela morreu — disse ele. Ele ergueu o punho. Nele havia a corda amarrada ao saco que ele girava sobre a cabeça como uma hélice, o silvo cortando o ar. Soltou a corda e seus arquivos, cabelos, tecido e tudo, voaram pelo terreno, caindo em algum lugar no fundo do labirinto. A lua iluminou as trilhas que desciam pela face dele.

"Você deve se lembrar de que não existe um final. Coisas boas surgem de coisas ruins, e coisas ruins surgem de coisas boas, mas sempre continua."

Val se colocou atrás dele, e Bobby se virou para ela. O seu menino.

Lá embaixo, Joe suspirou e deixou que o alívio o envolvesse. Rosa segurou sua mão.

— Eu amo você — disse ela.

Como ele acabara diferente de Barão! O que foi despejado no molde do menino não surgiu no gesso do homem. Pela primeira vez, desde que se entendia por gente, Joe sentiu o talho de orgulho na garganta. Barão tinha razão. Eles não eram da mesma família.

Ele não o mataria. Havia destinos bem piores do que isso e, ficar ali sozinho, privado deste amor que ele agora tinha, era apenas um deles.

Um brilho pegou seus olhos, de algum lugar no telhado. Ele não conseguia mais enxergar a forma escura de Bobby, mas algo tinha se mexido, ligeiramente, no vento. Ele correu os olhos mais uma vez por ali e, com a paciência de um atirador de elite, por fim encontrou, perto da calha.

— Lá em cima — disse ele a Rosa —, está vendo aquilo?

Rosa acompanhou a linha de seu braço até a ponta do dedo.

— Sim — respondeu ela, de olhos semicerrados —, estou vendo.

— O que é? É aquele pássaro idiota?

— Sei o que é isso.

— Então, me diga.

— Um fio. — Com igual rapidez, ele compreendeu claramente. O cabo de cobre entrando pelo prédio e saindo do outro lado, na direção da planície, no lado oposto da casa, lá onde Barão não os levara em seu passeio. Lá, onde uma estaca de metal iluminada pela lua, ao longe, mostrava-se como uma torre, e depois outra, torres que carregavam a voz de seu pai pelo cabo, para o sul, onde a civilização esperara duas décadas para saber de Barão, o ex-tratador do zoológico mais setentrional da Grã-Bretanha. Ele tinha um telefone.

16

A AVE

Quando Joe e Rosa voltaram aos aposentos de Barão, ele tinha sumido.

— Temos de ir embora daqui — disse ele —, e temos de fazer isso agora. — Rosa, em seu silêncio, compreendeu. Começou a pegar suas coisas. Quando Val e Bobby se juntaram a eles, os quatro se abraçaram, com as cabeças unidas. Joe se ajoelhou, esforçando-se para ficar da altura de Bobby, curvando o pescoço para caber ali.

"Vocês estão bem?", perguntou ele.

Bobby assentiu, deixando Joe mexer no seu cabelo.

— Você está? — Joe se levantou, agora maior, como se mais dele tivesse surgido do fundo do chão. — Precisamos sair daqui. Pegar tudo que é nosso. Tudo que não for, deixem para trás. Não queremos.

— Ele é o seu pai? — perguntou Val.

— Eu devia ter lhe contado antes. — Val encostou a cabeça no peito de Joe e ouviu o tambor de seu coração.

"Tem mais uma coisa que preciso lhe contar", disse ele.

Bert grunhiu. Correu para a porta da esquerda, ao fundo da sala, e arranhava a faixa fina de luz que passava pela base. Era o depósito e, de dentro dele, saía uma voz:

— Visita!

Embora estivesse trancada, Joe a puxou completamente do batente, com parafusos e tudo. Ali dentro havia um cômodo duas vezes maior do que aquele que Barão disse que chamava de lar.

— Visita! — O Capitão raspara as garras por uma viga de madeira do teto, salpicando seus fragmentos pelo escuro. Quase nada do piso era visível porque pilhas de jornais velhos, as páginas amareladas e úmidas, limitavam um caminho estreito pelo meio. Maços de dinheiro se espalhavam por ali, cédulas e moedas largadas ao acaso. Na outra ponta, havia um enorme televisor, sintonizado em um noticiário, e um rádio, murmurando, ambos cobertos por poeira grossa.

— Entrem! — disse Barão, recostado em uma grande poltrona de couro no meio da sala, o telefone equilibrado na coxa direita. — Espero que o menino tenha se acalmado um pouco. Não faz bem a ninguém ficar agitado desse jeito.

Val acreditou ver uma imagem dela mesma na tela da televisão, na gravação que Barão ficava repassando com o controle remoto. Tocava em sua mente como era retratada lá fora, na vida real, em vez de nesta história que ela criara. Uma sequestradora de crianças. Uma pervertida. Um monstro. E que imagem eles usaram? De dez anos antes, quando Val tirara sua foto para o passaporte e o flash na cabine falhara. Seu rosto estava iluminado pela metade, criando uma sombra exagerada na parede atrás de sua cabeça. A imagem resultante era carregada de perdição. O pai de Rosa a abandonara logo depois e ela se perguntou, então, se a câmera tinha de fato capturado seu rosto com precisão, o de uma mulher seguida pelas trevas.

Depois, o que ela viu não era ela, mas algo que jamais esperava ver. Joe. Ou, como dizia a legenda, "Joseph Sebastian Wiles". Estava imenso no monitor, ora acelerado, ora mais lento, de trás para frente, ora parado. Seu cabelo tinha um corte à escovinha, a barba por fazer estava raspada. Ele também fora fotografado contra uma parede, mas tinha marcadores de altura a seu lado. Um metro e oitenta e três. Ele parecia ainda maior do que isso, agora parado ao lado dela, dizendo sem parar: "Eu pretendia lhe contar antes."

Val passou os braços por Rosa e Bobby, puxando-os para perto, colocando-se entre eles e o homem na fotografia da polícia que aparecia na tela vestindo farda completa.

Entrecortando a foto de seu rosto (nenhum sinal do sorriso que ela estimava, nem dos olhos felizes em forma de beijo) estava uma gravação, que Bobby reconheceu, de um celeiro no interior, feita por um helicóptero da polícia. Seu refletor circulava pelo telhado. Depois disso, veio um fazendeiro perturbado com a atenção da imprensa, esfregando a testa e temendo o que se escondia em suas terras. Em seguida, o detetive Jimmy Samas, que parecia novo demais para esse trabalho.

"Wiles, que fugiu da prisão militar..."

Val arquejou.

— Você não sabia? Ah, meu Deus, você não sabia! — disse Barão, girando na poltrona. — Foi uma história e tanto que você escondeu da sua namorada, Joseph. Mas é claro que ela pensou numa história só dela. Que dupla. Uma recompensa e tanto.

"Um jovem problemático, que entrou e saiu de lares adotivos e instituições para delinquentes juvenis..."

— Acho que ela merece saber deste seu mau geniozinho. Pelo visto, você nunca conseguiu se livrar dele. Uma pena, mas eu contei a eles, não foi? Quando vieram procurar por você, eu contei: a brisa que está no menino sopra no homem um vendaval.

Joe beliscou as têmporas com o polegar e o indicador.

— O que você fez? — perguntou Val, abraçando as crianças com mais força. Bobby estufou o peito e saiu de trás dela, pronto para defendê-la, pronto para atacar.

— Fez patê do cérebro de um homem — respondeu Barão.

— Não é verdade. — Joe viu-se sentando-se no corpo entalhado e brilhante de um jaguar.

— Ah, acho que vai descobrir que é bem verdadeiro. E também não foi qualquer cérebro. Foi nada menos do que o de seu próprio tenente.

— Você matou alguém? — perguntou Val.

— Não — respondeu Joe.

Barão riu.

— Dispensa por desonra. Mandado direto para a prisão militar. É claro que quando o noticiário disse que você tinha fugido eu sabia que me procuraria. Só estou surpreso que tenha demorado tanto. Uma criança tão furiosa, tão zangada, agora um homem cheio de raiva.

Joe suspirou:

— Ele está errado. Não matei ninguém. Eu salvei alguém.

* * *

O tenente Brass, perversamente, foi a coisa mais próxima de uma figura paterna que Joe conhecera na vida. Não que ele lhe desse carinho, era bem o contrário — era um homem severo e desagradável —, mas, era preciso reconhecer, era severo e desagradável sempre. Se faltou algo na vida de Joe no sistema de adoção até ele se alistar no exército, foi coerência. Este foi o motivo para ele ter se alistado. Seria um lugar onde encontraria disciplina, com pessoas que poderiam ajudá-lo a controlar seu mau gênio. E deu certo. Coerência era o que lhe dava o tenente, aos baldes. Mas, naquela última missão no Iraque, dez meses de morte e areia entupindo o crânio, o tenente ficou mais desvairado. Até um dia em um telhado de Bagdá, assado por um sol de verão tirânico, quando ele finalmente enlouqueceu, e seu cérebro pareceu cozido pelas explosões bárbaras da guerra.

— Ele queria me obrigar a atirar num menino, gritando no meu ouvido para puxar o gatilho. Para executá-lo. — Recordando-se agora, Joe sentia a pressão da coronha da arma no ombro, via a mira dividir sua visão e, através dela, a linha preta e fina que enfeitava o lábio superior do menino. — Ele estava desarmado. Então, eu me recusei. Eu não ia atirar. O tenente ficou furioso por eu tê-lo ignorado na frente de todos os outros homens. Ele me atacou.

Barão lançou um escarro marrom no chão.

— Mentira. Você é um animal que deveria estar enjaulado. Sempre foi. Não é meu filho.

— Não dê ouvidos a ele — disse Joe a Val. — Estou lhe dizendo a verdade.

O tenente bateu em Joe até que a carne em volta de seus olhos se fechou. Os outros soldados ficaram em choque, sem poder ajudar. O tenente arrancou o fuzil das mãos de Joe e apontou ele mesmo para o menino.

O tiro soou, mas Joe empurrou o cano para ao lado bem a tempo. Furioso, o tenente apontou a arma para Joe.

— Eu bati nele. Só uma vez. Mas foi o bastante — disse Joe.

O tenente deixou a arma cair e arriou flácido sobre o peito de Joe, como uma marionete cujas cordas foram cortadas. Joe não viu nada no poço azul dos olhos dele.

O menino foi poupado. Mas o tenente, não. Joe se sentiu do mesmo jeito como quando viu o labirinto queimar, olhando um mundo que tinha mudado naqueles poucos segundos, jamais voltaria a ser o que era. Ele soube então que qualquer maldição que o seguisse assim o faria por toda a vida.

— Você o matou? — perguntou Val.

— Não — disse Joe, os olhos molhados, transbordando —, ele está vivo.

— Mais ou menos — disse Barão. — O coitado é um repolho. Um vegetal em uma cadeira tomando sopa de canudinho.

— Eu salvei o menino — disse Joe. — Eu salvei o menino. — Ele começou a chorar. Val se aproximou de Joe, aninhou sua cabeça e passou os dedos pelo pescoço com uma leveza de toque que ele nunca experimentara.

"Eu não queria machucar ninguém."

— Eu sei — disse ela. — Eu sei.

— Ah, mulher, não me diga que vai perdoar-lhe por isso. Você é um homem mau, Joseph, um homem violento — disse Barão. O metal da pistola esfriava sua coxa. — Você é um homem procurado. Eu sabia que tinha razão ao me livrar de você. Nunca perdi um minuto de sono por isso. — Era mentira. A culpa corrompera o sono de Barão em muitas ocasiões e o dominava mesmo agora, vendo o filho chorar nos braços de Val. Ele estava com ciúme e isto o irritava muito mais do que qualquer criança.

"E você, mulher, só uma pessoa como você pode perdoar a um homem como ele."

— Cale a boca — disse Joe.

— Sequestrando um garotinho de seu pai...

— Eu disse para calar a boca! — Mais uma vez, Joe sentia as lágrimas dando lugar à raiva. Embora estivesse frio na sala, o suor cobria seu rosto.

— Deixando que ele carregasse uma jarrinha com o cabelo dela. Sem sequer contar ao coitadinho que a mãe dele estava morta.

— Cale a boca! — Joe se levantou. Que alegria seria arrancar as amígdalas do pai. Que prazer seria sentir o sangue de Barão na pele macia entre seus dedos, ouvir sua respiração se enfraquecer.

— Mate-me — disse Barão.

— Vou matar.

— Deveria mesmo, Joseph, você deveria. Foi para isso que você viajou tanto até aqui. — Joe imaginou o som de seus punhos esmagando os ossos abaixo da carne do pai. Ele o pegou pelo pescoço.

— Pare — disse Bobby.

Joe parou a mão que apertava, e se virou.

— Hein? — disse ele.

— Barão não é seu pai, porque você não é nada parecido com ele.

Joe olhou o menino, com Val ao lado dele. Olhou para Rosa e Bert. Viu que eles se colocavam na ordem certa, como um retrato de família pendurado acima de uma lareira em uma moldura decorada. Com espaço atrás para ele. Isto o colocou de joelhos.

— Vamos — disse Val.

Barão estava nauseado. Outro uísque, mas este ele mal conseguiria engolir. Levantou-se da poltrona, pegou a pistola de ar comprimido no bolso e se arrastou até os quatro, que estavam abraçados.

A crise de birra de Rosa se aproximou em silêncio. A discussão a deixou ansiosa, e ela fez hematomas circulares na pele macia dos quadris com beliscões. Pela primeira vez na vida, tentou conscientemente contê-la e conseguiu, em grande parte, até que apareceu exatamente o momento certo. Vendo Barão se aproximar de Joe por trás, com a pistola apontada e erguida, ela se lançou em sua cintura, fazendo-o cair num monte de jornais e moedas fora de circulação.

Sem fôlego, como a mão nas costelas, Barão não conseguiu encontrar o ar que precisava para dizer o nome do Capitão ao ver a ave descer das vigas, pousar no ombro de Joe e ser carregada da sala.

* * *

A polícia enfim chegou, quarenta minutos depois, sem ter passado por veículo nenhum no caminho, exceto por um grande caminhão branco. Não foi fácil encontrar a mansão de Barão. Levaram outros trinta minutos de busca nos muitos cômodos para localizá-lo, onde ele foi deixado, olhando o teto.

— Tem certeza disso? — O detetive Jimmy Samas questionou quando chegou. Olhando em volta, o triste estado do velho, ele não acreditava que esta seria a pista mais concreta que eles tinham.

Barão se recusou a fingir que gostava de ser interrogado por um arrogante.

— É claro que eu tenho.

— E ele estava com mais alguém?

— Sim. A mulher e as crianças da biblioteca itinerante. Apareceram em todos os noticiários por semanas. Você devia prestar atenção em sua linha de trabalho.

O detetive Samas estava acostumado com a condescendência dos mais velhos. Embora isto começasse a incomodá-lo. Com o incômodo, o paternalismo, ou as duas coisas, ele podia lidar. O que ele não gostava era que mentissem para ele.

— Como pode ser?

— Me diga você. Você é o detetive.

Samas deveria estar em casa com a namorada grávida, vendo televisão, as pernas metidas embaixo de um cobertor de penas de ganso.

— E o senhor não viu a biblioteca itinerante?

— Não.

— Então eles nem estão mais com ela?

— Está dentro da represa, não sei. Nada me surpreenderia naquele cretino louco, dar cabo deles todos só porque não conseguiu bater em mim. Problemas de raiva, entenda. Passe um pente-fino, descubra você mesmo.

O detetive Samas fechou o bloco e olhou a sala. Estava louco para ir embora e ficou agradecido por só ter uma última pergunta:

— Senhor...

— Barão, só Barão.

— É claro. Barão. O senhor tem algum parentesco com Joseph Sebastian Wiles?

Barão esfregou os molares de trás com a língua e encontrou um farelo de pão molhado e velho.

— Não — disse ele, engolindo.

17

O ROBÔ, SEGUNDA PARTE

Joe dirigiu sem parar para o sul por vinte e quatro horas. A polícia não estaria procurando por um caminhão branco e, se estivesse, eles precisariam distingui-lo dos milhares de outros que entupiam as artérias da Grã-Bretanha. Isso lhe deu muito tempo para pensar em Barão, por quem, e pela primeira vez na vida, repentinamente ele não sentia nada. Não era como se o velho tivesse morrido. Era como se jamais existisse. Ele era o vazio. Quanto mais Joe examinava a questão, menos via. Amor, ódio e nada a respeito daquilo podiam durar.

Sua única comunicação com Val, Rosa e Bobby vinha através do rádio amador ligado ao receptor na traseira da biblioteca, onde eles se escondiam e liam.

Bert olhava para o Capitão, que fez um ninho de livros nas prateleiras sobre a seção de zoologia. Se Val não o conhecesse, teria jurado que o cachorro tinha perdido o apetite por causa da arara.

— Isso é ridículo — disse Joe, sua voz estalando pelo rádio —, cachorros não se apaixonam.

— Pode ser assim, mas é verdade — disse ela, baixando o sanduíche semiconsumido. A inevitabilidade agonizante da captura deles se agigantava. Eles seriam separados assim como tinham entrado na vida um do outro. Val desejava que a história deles terminasse neste exato momento, com todos juntos na biblioteca itinerante, como um só.

Depois de terminar um livro, Bobby o passou pela abertura fina no alto da janela do banheiro, deixando-o para trás na estrada, um rastro de histórias atravessando a fronteira de volta à Inglaterra. Val deixou que ele ficasse de luto pela mãe, embora doesse nela vê-lo entrar neste processo sem fim. A tristeza é um ponto fixo do qual só conseguimos nos distanciar. Nunca desaparece; não há espaço no mundo para que nos afastemos tanto. Mas, a cada minuto, a cada quilômetro, eles a deixavam para trás, até que fosse um pontinho no horizonte. Sempre que batiam em buracos, as paredes de metal da biblioteca itinerante se sacudiam e os livros pulavam das prateleiras como filhotes de passarinho aprendendo a voar.

Foi Rosa a primeira capaz de arrancar Bobby de sua solidão. Ela se sentou ao lado dele com uma resma de papel debaixo do braço e uma caixa cheia de lápis de cor na mão.

— Quer brincar? — perguntou ela.

— Não — disse ele. Ele lia o primeiro parágrafo da página aberta em seu colo: *Chitty-Chitty Bang-Bang: o calhambeque mágico*, de Ian Fleming. Preso num engarrafamento, a criação de Caractarus Pott fez brotar enormes asas mecânicas e voou para longe dos problemas. Bobby queria que a biblioteca itinerante pudesse fazer o mesmo. Ninguém os pegaria no meio do céu.

— Bobby Nusku, você quer brincar? — repetiu ela.

Ele se virou e descobriu que ela escrevera seus nomes novamente, "Bobby Nusku, Rosa Reed, Val Reed, Joe Joe, Bert", mas sua letra tinha melhorado acentuadamente. Letras que pendiam abaixo da linha agora enroscavam-se com um floreio elegante. Foram feitas em uma trilha de suntuosa tinta preta. Em certos pontos, as palavras se uniam, ou ficavam uma na cola da outra, como se quisessem sobreviver.

— Do que você quer brincar?

Ela não sabia. Rosa não tinha planejado o que aconteceria depois; nunca fazia assim, e essa era uma das muitas coisas que ele passara a adorar nela. Ela o lembrava de que a aventura ainda não tinha terminado.

— Sei aonde podemos ir — disse Bobby. Val, que estivera ouvindo Joe cantar distraidamente pelo rádio, desligou o transístor e se virou para Bobby. Seu corpo tinha mudado desde que eles se conheceram, mas ela só percebia isso agora: um alargamento, com novos ângulos agudos em seu contorno.

— O que você disse?

— Sei aonde podemos ir, onde ficaremos a salvo. — Pelas rachaduras, ela viu as primeiras sugestões gloriosas do homem que o menino em breve seria.

— Você sabe?

— Sei. — Bobby sorriu. Colocou a mão no bolso de trás e entregou a Val um pedaço de papel rasgado. As opções deles eram tão poucas que esta parecia tão boa como qualquer outra.

* * *

Eles chegaram perto da costa sul da Inglaterra no meio da tarde, onde gaivotas sem graça brigavam por migalhas nos telhados. Uma nova superloja fora inaugurada nos arredores da cidade, obrigando ao fechamento as lojas independentes na rua principal, e, assim, os moradores não ficavam surpresos ao ver caminhões enormes fazendo entregas em suas ruas que, no passado, eram tranquilas. Joe estacionou a biblioteca itinerante atrás de uma fila de depósitos sem uso perto da rua principal. O receptor bipou.

— Chegamos — disse ele, cansado, caindo de sono no corino aquecido.

A escada de metal da biblioteca itinerante se desdobrou e saiu Bobby, o sol ferindo seus olhos.

— Espere por mim aqui — pediu ele a Val. — Não vou demorar muito. — Ele andou por uma trilha tomada de mato até a rua e rapidamente se viu em público e sozinho pela primeira vez em meses. Atravessou a rua até uma casa de aparência lamentável que escorava uma fila de casas geminadas e insípidas. Telhas ausentes faziam do telhado uma boca desdentada, a chaminé frouxa era um charuto mastigado. Ele se aproximou da porta e deu três batidas curtas e nervosas.

Quando Sunny Clay atendeu, não houve movimento em seu rosto. Lembrou Bobby das feições entalhadas em um totem. Mas ele sabia o quanto Sunny ficara feliz, porque sua voz subiu uma oitava, e pela força com que eles se abraçaram.

— Puta merda! — exclamou ele, fechando a porta às costas e baixando a voz num sussurro para que a mãe não ouvisse: — Puta merda, Bobby Nusku. O que está fazendo aqui?

— Você me disse para procurá-lo.

Sunny olhou para um lado da rua, depois para o outro.

— É, mas na época você não era o garoto mais famoso do mundo.

— Eu sou?

— Um deles.

— Estou muito feliz em ver você, Sunny.

— Eu também.

— Até que ponto? — perguntou Bobby.

— Não vamos entrar nessa agora. — Sunny puxou Bobby para dentro pelo cotovelo. Eles subiram correndo a escada até o quarto de Sunny, um caixote com paredes de tijolos aparentes. Pôsteres estavam tortos na parede. Bonecos de ação quebrados travavam lutas.

Bobby pegou um pacote da parte traseira do jeans e entregou a Sunny. Ele rasgou o papel. Dentro, havia um exemplar de O *homem de ferro*, de Ted Hughes.

— É um presente.

— Pelo quê?

— Por se tornar um ciborgue. Sei que não foi fácil, mas você conseguiu. Você conseguiu.

Para Sunny, foi um verão solitário seguido de um outono triste. Ele estava sem amigos em uma cidade nova, e era difícil fazer amizade com os colegas de escola sem a capacidade de sorrir. Ele se sentia uma larva incapaz de eclodir do casulo. O pior de tudo, os resultados de sua transformação foram, na melhor das hipóteses, inadequados. Tinha uma dor de cabeça constante e surda, seu braço era fraco, a perna doía. Nos últimos meses, Sunny fora obrigado a enfrentar a realidade. Não era um ciborgue. Era um menino cheio de metal.

O mais patente sinal de seu fracasso vinha na saudade que ele sentia de Bobby. Doía a cada dia, uma dor que o perfurava como uma furadeira. Os ciborgues não sentiam falta das pessoas. Nunca foram programados para a saudade. Mas agora aqui estava Bobby, esperando um ciborgue, e Sunny não era só seu melhor amigo, era seu guarda-costas. Ele prometera e iria comprir com sua palavra.

— É claro que consegui — disse ele.
— E como é isso?
— É bom.
— Mais forte?
— Aham.
— Você ainda tem que comer comida?
— Às vezes. Mas só para reabastecimento de emergência.

Bobby flexionou os dedos até estalar as articulações. Não tinha como saber que Sunny estava mentindo. Não havia sinal disso em seu rosto.

— Ótimo — disse ele. — Tenho um trabalho para você.

Sunny sentou-se no chão ao lado da cama, torceu a chave para dar corda em um boneco robô e o viu andar pelo carpete do chão.

— Você tem? Qual?
— Tenho uns amigos novos e precisamos de proteção.
— Contra quem?
— A polícia.
— Disseram que você foi sequestrado.
— Não fui sequestrado. Eu saí numa aventura.
— Tem um monte de gente procurando por você.

Bobby se sentou ao lado de Sunny e passou o braço por seu ombro. Bobby agora era o maior dos dois e, de repente, sentiu o quanto havia crescido. Era estranho ser capaz de ver o passado.

— Eu sei.

O zumbido do aspirador de pó da mãe de Sunny vibrava pelo piso de tábua corrida.

— E o que aconteceu?

Bobby fechou os olhos e contou a Sunny o que tinha acontecido de uma forma que ambos pudessem compreender. No fim das contas, as histórias aconteciam com pessoas como ele.

18

UMA HISTÓRIA INFANTIL, PARTE UM

Existia um Menino que tentava lançar um feitiço mágico para ressuscitar a mãe. Por isso, nos bolsos, ele tinha trinta mechas do cabelo dela, vinte borrifos de seu perfume e vinte e cinco pedaços de tecido que tirou de seus vestidos.

Seu maior problema não era fazer a magia. O Menino morava em uma casinha em uma ilha que só podia alcançar atravessando uma ponte instável de madeira. Embaixo da ponte, morava o Ogro com a namorada. Eles não gostavam do Menino e eram maus com ele todo dia. O Ogro era tão mau que matou a mãe do Menino. Se o Ogro descobrisse a magia que o Menino planejava, ficaria com muita raiva. Ele já matara a mãe do Menino uma vez. Não queria ter de matá-la de novo.

Para se proteger do Ogro, o Menino começou a construir um robô. Seria o robô mais forte do mundo. Começou fazendo as pernas, porque sem pernas um robô não pode ficar em pé, nem andar. Quando estavam concluídas, ele fez os braços, porque sem braços um robô não pode pegar coisas, nem carregá-las. A última parte do robô que ele precisava construir era a cabeça, porque sem uma cabeça um robô não pode fazer absolutamente nada.

Construir uma cabeça de robô é uma tarefa espinhosa. Envolve muitos fios, comutadores e botões. Como a construção de uma cabeça de robô é bastante complicada, o Menino a fez um pouquinho errada. Quando ele juntou todas as peças, os olhos do robô não faiscavam como ele queria. Foi enquanto imaginava como corrigir este problema que outra coisa terrível aconteceu.

Seu robô foi roubado.

Agora não haveria ninguém para protegê-lo do Ogro. Quando você fica triste e sozinho, uma casa que você só pode alcançar atravessando a ponte de um Ogro não é um lugar muito bom para se morar.

O Menino vagou pelas ruas, até que não havia mais aonde ir. Sentou-se ao lado de um arbusto verde e enorme e comeu algumas cerejas deliciosas que brotavam de seus galhos.

Foi quando ele ouviu um barulho que nunca tinha ouvido na vida, o clip-clop de cascos de cavalo. O cavalo parou perto do arbusto e assim ele também podia comer parte das deliciosas cerejas. O Menino viu que ele era montado por uma Princesa. Ela não trazia uma coroa, nem tinha o cabelo comprido e tão forte que se poderia subir por ele. Esta Princesa era diferente.

Quando a Princesa foi alvo dos rosnados de um horrível cachorro de três cabeças, o Menino olhou nos olhos dela e viu que ela também tinha medo. Ela, afinal, não era assim tão diferente.

Ele levou a Princesa de volta ao castelo, onde conheceu a mãe dela, a Rainha. A Rainha era a mulher mais bonita que o Menino já vira. Era carinhosa e gentil, sobretudo amava a Princesa mais do que qualquer outro ser já amou alguém.

A Rainha era dona de dois animais. O primeiro era um cachorro preguiçoso que só comia chocolate. O segundo era um dragão enorme e simpático, que ela deixava o Menino montar.

Logo o Menino, a Rainha e a Princesa sentavam-se no dorso do dragão todo dia, desfrutando do sol e contando histórias uns aos outros.

Eles escaparam para uma pequena floresta no alto de um morro e decidiram descansar ali, onde não seriam encontrados. O Menino ficou fora de si de tanta felicidade. Agora tinha de ficar o tempo todo com a Rainha, a Princesa, o cachorro e o dragão, sem ter de se preocupar com o Ogro e o cachorro de três cabeças.

Um dia, eles conheceram um Homem das Cavernas. O Homem das Cavernas foi bonzinho com o Menino. A Rainha decidiu retribuir a gentileza do Homem das Cavernas deixando que ele dormisse enroscado ao lado do calor da barriga do dragão.

Quando o Caçador veio procurar pelo Homem das Cavernas, ele entrou em pânico. Eles se disfarçaram e partiram com o dragão noite adentro.

Foi uma viagem longa, muito longa, para as montanhas, mas eles chegaram lá sem serem localizados nem uma só vez, chegaram ao zoológico que o Homem das Cavernas lembrava de sua infância. Ele não fora criado como Homem das Cavernas. Transformou-se em um. As pessoas viram homens das cavernas quando têm um pai como o Tratador do Zoológico.

O Tratador do Zoológico era um velho mau. Tinha todos os animais exóticos do mundo trancados em seu zoológico, mas nunca deixava que ninguém os visse. Em vez disso, ficava com o zoológico só para ele. Morava em um palácio enorme ao lado do zoológico, que tinha um milhão de cômodos, mas não deixava que ninguém entrasse ali também. O pior no Tratador do Zoológico era que ele fingia não reconhecer o próprio filho, o Homem das Cavernas, mesmo quando ele parava bem na frente dele.

O Homem das Cavernas queria amarrar o Tratador do Zoológico, mas não o fez, porque percebeu algo muito importante que o Menino tentava ensinar a ele o tempo todo.

A família está onde é encontrada.

A família não tem de ser um pai, uma mãe, um filho ou uma filha. A família só existe onde existe bastante amor. Para eles estava ali, naquele grupo improvável de pessoas... O Menino, a Rainha, a Princesa e o Homem das Cavernas.

Eles partiram juntos no dorso do dragão enquanto o Tratador do Zoológico via todos os seus animais fugirem — até sua amada ave. Ele era o homem mais solitário do mundo.

Eles foram embora com a maior rapidez possível. Precisavam encontrar um robô.

19

O ROBÔ, TERCEIRA PARTE

Sunny passou os dedos pela lateral da biblioteca itinerante. Parecia muito maior do que no noticiário da televisão e era de um branco sujo, não o verde de que falavam.

Semanas antes, o detetive Jimmy Samas visitara Sunny em sua casa nova. A sra. Pound tinha identificado Sunny como o único amigo da escola de Bobby. A mãe dele fez o detetive de aparência jovem comer três pedaços de bolo amanteigado que ela havia assado naquela manhã. Bastava um, mas ele era educado demais para declinar. Quando terminou o terceiro, ele ficou sonolento. Enquanto ela explicava por que tinham se mudado para o sul — mais perto dos pais enfermos dela —, Samas fechou os olhos por um segundo longo demais e quase dormiu. Quando os abriu novamente, ela havia terminado de falar.

— Hein? — perguntou ele.

— Ah, eu só estava dizendo que a mudança pode ser boa para Sunny aqui também. Já se machucou demais, não foi, querido?

O detetive olhou o menino. Ninguém o prevenira da condição de Sunny e, assim, ele estava diante de uma criança que supunha ser extremamente séria. Pouca coisa é mais inquietante do que uma criança séria. Para deixar o clima mais leve, ele fez duas piadas, nenhuma delas particularmente engraçada. Sunny ainda teria sorrindo, se pudesse, pelo menos para deixar o detetive à vontade, de quem ele gostara de cara.

— Teve notícias de Bobby Nusku? — perguntou o policial.

— Não, senhor.

— Ele algum dia falou com você sobre uma mulher chamada Valerie Reed?

— Não, senhor.

— Ou algum menino na escola com quem ele pudesse ter algum problema?

— Não, senhor.

Aturdido com o caso, e com uma discussão anterior com a namorada grávida sobre o tempo demasiado que ele passava fora de casa, o detetive bateu a prancheta no joelho. Foi um presente do homem cujo cargo ele assumiu. O detetive Samas não gostava de usá-la. Achava que o deixava parecido com um político e, assim, em algum nível subconsciente, irritante e indigno de confiança. Em sua linha de trabalho, ter as pessoas supondo esses traços de caráter não era benéfico para conseguir resultados. Ele a usava mesmo assim, para não ofender um homem que nem mesmo estava ali.

— Tem alguma ideia de por que Bobby Nusku pode ter fugido de casa?

Sunny pensou por um tempo, o suficiente para que o detetive Samas previsse outra resposta negativa.

— O senhor foi à casa dele? — perguntou Sunny.

O detetive Samas desviou os olhos da lista de perguntas para o menino, que decidira se sentar no tapete a seus pés.

— Como disse?

— O senhor foi à casa de Bobby Nusku?

— Sim — disse Jimmy Samas, se lembrando da frieza no quarto de Bobby, a mancha de queimado acima da lareira e o buraco no reboco. Lembrando-se do pai, o vapor temperado de bebida no hálito, um televisor quebrado. O tamanho das mãos dele. O coto furioso de um dedo ausente. Falando com o pai, ele identificou um tom naquela voz que não esperava ouvir. Só mais tarde conseguiu identificá-lo. Alívio. Alívio que o menino estivesse desaparecido.

— Então, o senhor já sabe a resposta.

— Eu sei?

— Sabe.

— E qual é?

— Ele não fugiu de casa. Não se pode fugir do que você não tem.

O detetive rejeitou outro pedaço de bolo. Agradeceu à mãe de Sunny e fechou sua pasta, decidindo jamais voltar a usar a prancheta.

— Mais uma pergunta — disse ele.

— Sim?

— Será que Bobby viria para cá?

Sunny balançou a cabeça, confortavelmente consciente de que nenhuma mentira transpareceria na máscara morta de seu rosto.

— Não — respondeu ele —, ele nem mesmo tem meu endereço novo.

Bobby insistiu que Sunny apertasse o botão na traseira da biblioteca itinerante. Ele ficou bem impressionado enquanto a escada mecânica se desdobrava para recebê-lo. Val apareceu na porta. Ela também era diferente de como aparecia na televisão. Suave, bonita, boa. Passou os braços por ele antes que ele pudesse falar.
— Ouvi falar muito de você — disse ela.
— Eu também — disse Sunny. Ela estivera em todos os noticiários.
Uma branca atraente e criminosa (uma sequestradora, para completar). Até ofuscou a história do condenado militar foragido, que Sunny ficou pasmo ao ver sair da cabine, bocejando.
— Esse é o Joe — apresentou Bobby.
Sunny pensou na história que Bobby lhe contara e apertou a mão do homem. Pensou na recompensa oferecida e que ela jamais seria suficiente.
Depois ele abraçou Rosa, e uma nova sensação o dominou. Ele não a esperava, nem mesmo sabia de sua existência. No início, não conseguiu definir bem o que era. Ela perguntou qual era o nome dele e o escreveu no caderno. Vendo-a dar forma às letras, olhando o rosto dele como se tentasse um retrato, ele aos poucos juntou as peças. Rosa não tinha percebido sua paralisia. Não localizara a meia-lua caída de sua boca, nem o saco pesado do lábio inferior. Ela abraçou o outro, o interior, com uma pureza tão tangível que Sunny

jurou que podia senti-la pressionando seu peito. Era adorável e caloroso, um banho no fim de um dia difícil. Uma lágrima que ninguém viu caiu de seu olho na bochecha. Ele não a sentiu.

Enfim, ele foi apresentado a Bert e ao Capitão. A pele no ventre do Capitão se curava bem.

— Visita! — disse a arara, dançando com uma batida pop sobre a madeira dura como seu bico.

O vizinho de Sunny, o sr. Munro, observava da janela do banheiro no segundo andar de sua casa, que dava de fundos para o pátio de garagens. Ultimamente, era ali que ele passava a maior parte do tempo.

Um céu de anoitecer cor-de-rosa bateu o azul nítido do dia. Sunny esperou até que a mãe tivesse ido à casa dos avós dele para tirar toda a comida dos armários e da geladeira. Ele virou tudo em um antigo saco de dormir, que arrastou pela rua e pelo caminho até onde a biblioteca itinerante se escondia, atrás das garagens. Se racionassem, Val calculava que seria comida suficiente para durar uma semana.

Sunny e Bobby atravessaram o cascalho manchado de gasolina até as garagens. Ninguém vinha mais aqui; até os jovens extraviados do bairro podiam pensar em lugares dez vezes melhores. Quem fora dono das garagens numa época em que a área tinha promessas agora as usava apenas para armazenar lixo, abandonara-as, ou, adivinhava Sunny, tinha morrido. O terreno inteiro, com a metade de um campo de futebol e filas de depósitos dos dois lados impedindo que ficasse plenamente à vista da rua, era sujo e tomado de mato. A alvenaria esfarelava e era possível sentir o cheiro de ferrugem quando chovia.

Sunny usou um pé de cabra que tinha escondido nos arbustos para arrombar um dos depósitos com a porta amassada onde, atrás da casca enferrujada de uma antiga máquina de lavar e do esqueleto de molas de um colchão, ele construíra uma toca secreta. Era compreendida de uma banqueta quebrada, um mapa-múndi rasgado preso na parede com tachas e um rádio de corda que só captava uma emissora de língua gujarati, que, ele determinara, era dedicada à culinária.

— Bem-vindo ao quartel — disse ele.

Bobby notou a única cadeira de frente para o mapa, como se fosse a vista da varanda de uma casa de gente velha. A cena ficava ainda mais triste ao saber que era onde o melhor amigo passava a maior parte do tempo, sozinho.

— É excelente.

— Está meio bagunçado, mas vai servir. Eu estava me perguntando se notícias suas viriam à tona. Ia traçar num mapa onde você esteve com alfinetes coloridos e barbante.

Bobby se sentou em um balde virado, rachado na lateral, que vergou com seu peso. Eles ser recordaram da escola. Sunny fez sua imitação do sr. Oats (ainda mais engraçada agora que seu rosto trazia certo distanciamento). Apesar dos meses separados, não havia espaço entre eles, nenhum dente perdido, nenhum buraco sensível que pedisse à língua que o explorasse.

— Na história que você me contou — disse Sunny —, o Menino encontra o Robô?

— Sim — respondeu Bobby —, ele encontra.

Sunny esfregou a testa. Torcia para ouvir uma resposta diferente.

— Não sou um robô, Bobby. Não sou um ciborgue. Não sou nada. Sou só um menino com metal nos braços e nas pernas, e uma cara que não funciona. Não faço parte da história. Esse tipo de coisa não acontece com gente como eu.

— Você está errado — disse Bobby. — Sei que está errado.

Nas três horas seguintes, eles trabalharam na arrumação do "quartel". Bobby tirou das paredes as teias de aranha entupidas de poeira. Eles tiraram a sucata do chão. Um secador caído, uma geladeira, a máquina de lavar, eletrodomésticos de grande porte, no passado considerados essenciais por alguém, mas agora esquecidos. Sunny consertou o rasgo no mapa com fita adesiva. Bobby endireitou a perna bamba da banqueta. Joe veio ajudar, usando madeira de móveis antigos para construir uma estante. Val a encheu de livros da biblioteca itinerante e, logo, Sunny tinha uma bela coleção só dele. Rosa disse de qual deles Sunny poderia gostar mais.

Bobby entrou em modo noturno. Subiu as portas de outros depósitos abandonados e verificou o lixo deixado ali. Em pouco tempo, Sunny tinha uma cadeira de escritório de couro gasto, uma mesa de carvalho com o tampo de mármore arranhado e um tapete persa que só estava com uma quinta parte roída pelas traças. Cheirava a mofo, mas ficaria limpo se ele pendurasse para tomar ar. No canto, havia um bar vazio no formato de um globo. Ao lado dele, posicionado para dar a impressão de que examinava o subcontinente indiano, um manequim de costureira em tamanho natural.

Sunny tinha até um sofá, puído em certos lugares, mas bem confortável, perfeito para dormir.

Quando eles terminaram e Sunny roubou o cadeado do telheiro do jardim da mãe para trancá-lo, o depósito estava transformado. A sala de estar de Barão, que era vinte e cinco metros maior, com colunas opulentas sustentando o teto elevado entre os deuses, jamais teria abrigado metade da alma desta.

Joe enrolou um cigarro perfeito do saco de tabaco que Sunny roubara da bolsa da mãe, e eles recuaram para admirar seu trabalho. Como selo final de aprovação, Bert descreveu quatro círculos completos e se deitou no tapete. O Capitão se empoleirou em suas costas, massageando seu corpo com as garras.

A noite caiu, silenciando os passarinhos nas árvores. Val preparou um chocolate tão quente que queimou a língua de todos, e os biscoitos que eles comeram tinham gosto de açúcar queimado. A biblioteca itinerante cintilava laranja debaixo de um único poste bruxuleante da rua. Tão fraca era sua luz que nenhum deles, sentados na escada soprando o vapor da caneca, viu o sr. Munro espiar por cima do muro que separava o conjunto de depósitos da rua. A artrite crivava seus quadris, e ele precisou de muito mais tempo do que gostaria para chegar em casa. Alcançando a porta de entrada em um ritmo glacial, procurou pela chave no bolso e percebeu que tinha se trancado para fora. Sua única esperança de chegar ao telefone e ligar para a polícia seria trepar pela frágil cerca dos fundos. Com o dinheiro da recompensa, ele conseguiria pagar por uma nova.

* * *

Depois de alguns meses de tanta solidão, Sunny se deleitava na companhia dos seus novos amigos e do antigo. Vendo o carinho de Bobby por Joe, Val e Rosa, e vendo que eles correspondiam tão integralmente, Sunny entendeu que estas não eram as pessoas dos noticiários. Eram o Homem das Cavernas, a Rainha e a Princesa.

Eles ficaram do lado de fora da biblioteca itinerante. Joe, ainda exausto da viagem, abraçou Val com força, beijou-a e anunciou que iria desmaiar se não dormisse logo.

— Boa noite, amor — disse ela.

— Boa noite, amor — respondeu ele.

A ideia de Joe ser metido de volta na prisão se enfiou na mente de Val enquanto ela o ouvia roncar. Distraindo-se deliberadamente de sua tristeza, ela observou os dois meninos brincando de luta no cascalho e Rosa agindo como árbitro.

— Não se machuquem — disse ela.

— Não vamos — disse Sunny —, somos meninos bonzinhos.

— Ah, claro que são. — Ela piscou para Rosa. — Como Tom Sawyer e Huckleberry Finn.

Bobby parou. Correu para a biblioteca itinerante, surgindo novamente com um sorriso na cara e um livro na mão. Sua capa dura estava bem gasta, a lombada com rachaduras, frágil. Talvez mil pares de olhos o tivessem lido.

— Tome — disse ele, colocando o livro nas mãos de Val. Era um antigo exemplar de *As aventuras de Tom Sawyer*, de Mark Twain.

— Quer que eu leia para você de novo? — perguntou ela.

Bobby ficou sem fala. Como poderia Val não ver a resposta nas páginas, bem ali em seu colo? Eles deviam ter lido esse livro juntos pelo menos três vezes. Ele folheou as páginas por ela, por fim encontrando a certa.

O dourado quente de papel envelhecido era refletido na pele de Val.

— Olha — disse ele. Val olhou. Tom e Huck tinham fugido para brincar de pirata em uma ilha do Mississippi. Bobby imaginou o vasto canal de água passando, viu a si mesmo brigando de mentirinha na espuma que batia nas pedras da margem.

— Hein? — indagou ela. — Você quer que a gente vire pirata? Em uma biblioteca itinerante pelos sete mares?

Rosa riu.

— Não — respondeu Bobby. — Por que eles são livres para fazer o que querem?

— Por quê? — perguntou Val.

— Porque o povo da cidade acha que eles se afogaram no rio.

Ela imaginou a biblioteca itinerante junto do mar, em um penhasco. Suas portas estavam abertas, balançando suavemente na brisa. Na praia, quatro pares de sapatos estavam meio enterrados pela areia. A polícia esperaria que a água entregasse seu segredo, mas a maré não cumpriria sua promessa. Eles se perguntariam como Joseph Sebastian Wiles conhecera Valerie, Rosa e Bobby. Eles se perguntariam o que os levara a entrar no mar com os bolsos cheios de pedras. Em outro lugar muito diferente, eles estariam juntos, com um cachorro e uma arara que sabia que passavam muito bem.

Val viu que este era um plano absurdo. Mas a vida não era assim? Eles poderiam muito bem pular no Mississippi pra valer. Sua correnteza arrastaria você de um lado a outro. Às vezes, você viria à tona; às vezes, se chocaria nas pedras, por mais que tentasse nadar. O que os últimos meses lhe haviam ensinado era que o importante não era saber nadar, mas a quem você se agarrava pelo caminho. Era com quem você estava no fim. Ela precisava se agarrar.

Amanhã, depois que eles descansassem, ela conversaria com Joe, e eles bolariam um plano. Mas, por enquanto, ela estava satisfeita em ter Rosa e Bobby a seu lado, onde os dois sempre deveriam estar.

Um clarão azul elétrico mudou brevemente a natureza preta do céu. Bobby supôs que fosse um raio distante e esperou para ouvir o estalo do trovão. Ele não veio. O que quer que tenha sido, enervou Bert, que desatou a correr pela área entre os depósitos, latindo para as nuvens. Perturbado por este súbito rodeio, o Capitão desmontou do cachorro e voou para a traseira da biblioteca itinerante, deslumbrando Sunny com sua plumagem. Eles esperaram, mas a noite voltou à forma amortecida.

— O que foi isso? — perguntou Bobby. Sunny deu de ombros. Eles foram juntos ao muro dos fundos. Dali, tinham uma vista decente da rua que se estendia por quinze quilômetros, com ruas muito menores que eram como os afluentes de um rio chegando ao mar. Mas, exceto pela ocasional janela iluminada pelo brilho da televisão da madrugada, não havia sinal de vida. Bobby passou os olhos pelas vielas mais escuras, só para ter certeza. Tudo estava como deveria em uma rua de subúrbio quando a lua está a pino.

Sunny levou Bobby por uma viela estreita e tomada de urtiga ao lado dos depósitos. Quatro passos de lado, com as costas no muro chapiscado. Dezoito passos longos contornando os espinheiros. Uma corrida de cinco segundos até a entrada. Ali, agachados ao lado de um poste, eles tinham visão da esquina, onde os carros saíam da rua para se aproximarem do terreno dos depósitos. Mais cedo, Joe tivera muito trabalho construindo um bloqueio rudimentar com tijolos e toras, e o fruto de seu esforço impressionou os dois. Embora não fosse especialmente sólido, nenhum veículo comum conseguiria passar por ali. Mais uma vez, a vista estava desimpedida.

— Espere — pediu Bobby. — Lá em cima. — Ele apontou a casa vizinha à de Sunny, a janela do banheiro no segundo andar.

— É a casa do sr. Munro — disse Sunny. — Ele é só um velho solitário, fica sentado ali o dia todo, vendo quem passa.

— Mas já passa da meia-noite.

— E daí?

— Ele ainda está lá.

Sunny, surpreso, descobriu que Bobby tinha razão. Ali, no escuro, distinguia o formato conhecido da careca do sr. Munro, que, de vez em quando, pegava o brilho das estrelas.

— Como é que você enxergou isso? — perguntou Sunny, mas Bobby estava ocupado acompanhando o olhar do sr.

Munro para a rua. Embora precisasse trepar perto de outro monte de urtiga para fazer isso, e tivesse uma assadura vermelha subindo pelo braço, ele por fim conseguiu ver exatamente o que o sr. Munro olhava. Uma viatura policial estacionada, aguardando. Uma segunda chegando. Depois uma terceira. Logo havia sete viaturas enfileiradas na ponta da rua. Neste momento, Bobby e Sunny correram até Val e Rosa, que se preparavam para dormir e ficaram alarmadas com a velocidade da aproximação deles.

— Eles estão aqui — anunciou Bobby.

Val se levantou de um salto.

— Precisamos ir — disse ela.

— Não devemos acordar Joe?

— Não — disse ela, fechando a traseira da biblioteca itinerante por fora, e depois apressando Rosa e Bert para dentro da cabine —, não há tempo.

O motor roncou, entrando em ação, parecendo ter compreendido a urgência com que ela girara a chave na ignição. Ela se virou e encontrou Bobby junto de Sunny ao lado do caminhão.

— Vem com a gente — disse Bobby.

— Não — disse Sunny —, não posso.

— E por que não?

— Porque eu agora sou o robô.

Eles se abraçaram, a umidade grudando suas bochechas. Desta vez, Sunny as sentira no rosto, tinha certeza disso, as lágrimas de Bobby, onde ele não sentia nada há muito tempo. A biblioteca itinerante começou a se mexer, suas grandes asas mecânicas tomando forma.

* * *

Ao ouvirem a partida do motor da biblioteca itinerante, vários policiais correram até o bloqueio de Joe, jogando para o lado as árvores, os tijolos e a madeira. Com muitas mãos, rapidamente o trabalho foi concluído e o caminho estava livre o bastante para que passassem as viaturas. Eles entraram à toda e em comboio. Entrando no pátio entre os depósitos, descobriram o que procuravam. A biblioteca itinerante, agora pintada de branco, os faróis altos enchendo o espaço com uma luz ofuscante.

Val pisou no acelerador, e as vibrações percorreram os vidros dos carros da polícia, chacoalhando volantes e pinicando as mãos que os seguravam. Os pneus traseiros do enorme caminhão levantavam grandes nuvens de poeira. Choveu cascalho no capô das viaturas com uma força ensurdecedora. Eles estavam presos, ou assim parecia, até que a biblioteca itinerante arremeteu para o muro à frente. A alvenaria começou a rachar, depois tombar com a pressão do caminhão. Ele passou por cima das ruínas, esmagando tijolos que explodiram em nuvens de pó vermelho, continuou pelo declive e entrou na rua desimpedida. Atrás dele, a destruição e toda uma unidade policial fracassada.

Ali, no chão, onde a poeira começava a se acomodar — um manto grosso de terra e areia num cinza estéril de ossos —, estava o corpo de um menino.

20

A PERSEGUIÇÃO

Uma jovem policial saltou da viatura mais próxima e correu para o lado do menino. Jamais vira um cadáver, mas fora alertada de que, quando visse, poderia parecer quase sereno, mais como se estivesse dormindo. A serenidade o descrevia com perfeição. Embora não tivesse mais de 12 ou 13 anos (era difícil avaliar debaixo de toda aquela poeira), o menino parecia ter sido apanhado na mão de um sonho agradável.

— Este é Bobby Nusku? — perguntou o rádio preso ao bolso peitoral.

— Acho que sim, senhor, é difícil de dizer — respondeu a policial.

— Bom, está morto?

— Sim, acho que está.

Ela passou os braços por baixo do corpo do menino. Aninhando a cabeça em uma das mãos e colocando a outra sob seus joelhos, ela começou a levantá-lo.

— Não — disse Sunny, abrindo os olhos, poços úmidos no deserto de seu rosto seco e sujo. — Vai precisar me atropelar. — A jovem policial gritou e largou o garoto.

Correu de volta ao carro, ainda gritando, e bateu a porta depois de entrar.

Outro policial mais experiente descobriu que também não conseguia levantar Sunny. Quando tentou, o menino enrijeceu os braços e os balançou no ar, pegando em cheio o olho esquerdo do homem, onde se formou imediatamente um hematoma.

— Eu sou um robô! Me atropela! — gritou ele. — Me atropela! — O policial tentou de novo. A placa de metal no braço de Sunny o pegou fortemente na ponte do nariz. O sangue manchou a gola da camisa branca imaculada. — Eu sou um robô! Eu sou um robô! — Tragada pelo tumulto, houve outra ordem através dos rádios, desta vez num uníssono estalado.

— Tire-o daí! — E eles tiraram, depois de quase cinco minutos tentando, dois paletós da polícia rasgados na lapela e um corte feio no queixo do guarda. Foi preciso um policial segurando cada membro, e outro a cabeça, para Sunny ser carregado à porta do depósito, onde foi detido. Quando seu protesto terminou, a biblioteca itinerante tinha uma boa dianteira em relação às viaturas que aceleravam em sua perseguição.

Sunny pensou, mal conseguindo conter a alegria, que Bobby Nusku tinha razão. As histórias aconteciam para pessoas como ele.

— Devemos ir para o litoral — disse Val. — Só precisamos chegar ao litoral.

— À praia? — perguntou Rosa.

— Exatamente, ao lado do mar.

Parecia que a biblioteca itinerante era mais fácil de dirigir do que antes. Era uma extensão dela, suas rodas eram seus pés, as janelas, seus olhos. Os livros na traseira eram coisas que ela fizera, lugares em que estivera, pessoas que conhecera. O mesmo podia ser dito de todos eles. A biblioteca os imbuíra com seu dom. Palavras. Traços microscópicos de experiência humana que para sempre seriam carregados em seu sangue. Cada decisão seria tomada com a visão experiente de mil personagens cujas vidas estavam contidas dentro de suas paredes. Cada problema que eles inventassem seria resolvido em incontáveis capítulos seguintes. Amor, perda, vida, morte; esses ventos poderosos que nos testam seriam suportados nas páginas e não seriam enfrentados sozinhos de novo.

— Tivemos uma aventura, não é? — perguntou Bobby. Apesar da velocidade com que eles chegavam às esquinas e de como o enorme corpo do caminhão batia nos galhos das árvores, Val conseguiu olhar o menino a seu lado na cabine. Bobby Nusku, que mudara sua vida.

— Ainda não acabou — disse ela.

Agora a tinta branca quase fora inteiramente raspada da carroceria da biblioteca itinerante, revelando sua camada inferior verde manchada e, assim, de longe, acelerando pela colcha de retalhos da área rural, parecia uma miragem se deslocando no vento.

Rosa abriu a janela e deixou que o vento acelerado batesse em seu cabelo, criando um ninho de cobras. Bobby a segurou pela cintura para que ela pudesse se curvar ainda mais para fora, penteando as folhas com a ponta dos dedos quando a biblioteca itinerante se aproximava o bastante para tocar as árvores.

Val pisou fundo no acelerador, lutando para derrotar o sol que nascia no horizonte. Seria mais fácil desaparecer à noite. Era para o desaparecimento que servia a noite. A biblioteca itinerante vibrava com mais intensidade do que nunca. Soltaram-se peças da parte de baixo, que retiniam ao bater na estrada e desfaziam-se no passado, como se o veículo estivesse vivo e sangrando, preparando-se para o fim.

À medida que as ruas se estreitavam, a biblioteca itinerante era obrigada a reduzir. O mar surgiu à vista deles quando as primeiras luzes azuis apareceram pelo retrovisor. No alto, um helicóptero cortava o céu. Eles chegaram tarde demais.

— Nós não conseguimos — disse Val. Bobby beijou a pele macia onde o pescoço de Val se transformava na clavícula, depois pegou em seu rosto uma lágrima e deixou que ela investigasse sua mão como uma aranha pequena.

— Conseguimos — disse ele.

O comboio da polícia aproximava-se da biblioteca itinerante, mas as estradas eram estreitas demais para a ultrapassarem. Val reduziu a velocidade e os levou pelo vilarejo sonolento até o alto do penhasco, um cortejo fúnebre para o mar ao amanhecer.

O detetive Jimmy Samas, graças a um diálogo agressivo, pouco característico, pelo rádio, conseguiu levar seu carro para a frente do grupo, atrás da biblioteca itinerante. Enquanto os pneus da frente do caminhão paravam bem na beira do penhasco — o mais leve toque no acelerador os faria voar dali —, ele parou a perseguição surreal. Agora apenas alguns metros de relva separavam a polícia — com ele à frente — das pessoas por quem procurava havia meses. Ele teve medo de a mulher se assustar com a presença deles se chegassem mais perto. Com uma queda de noventa metros abaixo, ele não queria provocar nenhuma decisão precipitada. Certamente ela estava sensível, privada de sono, um verdadeiro teste para o treinamento de negociação no qual ele recentemente fora aprovado com louvor. Precisava falar com ela, olhar em seus olhos. O helicóptero agora zunia no alto e falava de uma mulher e duas crianças na cabine, mas nenhum sinal de um homem. O detetive o instruiu a descer. O barulho de sua hélice era desconcertante. Quem sabia como isso assustaria as crianças? Depois de ter se afastado e as sirenes das viaturas serem desligadas, a manhã, agora começando, parecia outra qualquer, quando era tudo, menos essa confusão.

— Mantenham as armas apontadas para a traseira do caminhão — disse ele pelo rádio. — Não apontem para a cabine. O perigo aqui é Joseph Sebastian Wiles.

21

FIM

Lábios, pegajosos, não como os da mãe quando o beijava. Ele só levava em conta a diferença de idade entre as duas quando sentia o gosto de sua maquiagem.

— Estamos encrencados? — perguntou Bobby.

— Não — disse Val. — Não estamos mais.

Pelo retrovisor lateral, Val viu Rosa e Bobby passarem pelo detetive, que parecia jovem, na direção do furgão de sorvete. Atrás deles estava Bert, seu traseiro gingando de um lado a outro. Ela engoliu em seco, o ar salgado do mar formando uma película no fundo de sua garganta. Bobby tinha dito a ela que a sua mãe tinha pretendido escapar pelo mar. Ela se sentiu honrada com a perspectiva de cumprir esta promessa para o filho que as duas passaram a partilhar.

O detetive se aproximava, com as mãos no fundo dos bolsos. Nervoso, repassava várias maneiras de se apresentar enquanto chegava perto da porta. Ele conhecia a mulher melhor do que qualquer um, apesar de nunca tê-la encontrado.

— Olá — disse ele pela porta aberta —, meu nome é Jimmy Samas.

— Oi, Jimmy — cumprimentou ela —, eu sou Val.

— Ah — disse o detetive Samas, sorrindo. — Ah, eu já sabia disso.

Ela continuava ao volante, mas virou as pernas para ficar de frente para ele enquanto o detetive se plantava ali, olhando para cima. Pelo para-brisa, os primeiros raios de sol batiam em seus olhos e ele os protegeu com a mão trêmula. Ele notou duas coisas, a primeira mais importante do que a segunda. Ela estava calma e era muito mais bonita pessoalmente.

— Um monte de gente esteve procurando por você, srta. Reed — disse ele.

— Por favor, me chame de Val.

— Você é muito esquiva para uma mulher em um caminhão gigantesco.

— Mas agora está tudo acabado, não está?

— Sim, acho que está. — Ele notou que ela sussurrava e presumiu que fosse para que Joseph Sebastian Wiles, na traseira do caminhão, não pudesse ouvi-la.

— Gostaria de fazer isso com calma e no seu ritmo, Val, se eu puder. Rosa e Bobby estão a salvo com meus colegas, então acho que este é um ótimo começo.

Val olhou o alto da colina, para além da fila da polícia, o furgão de sorvete, onde os dois estavam de mãos dadas, decidindo que picolé tomar.

— Tudo bem.

— Ótimo. — O detetive fez um gesto para a traseira da biblioteca itinerante. — Val — disse ele em voz baixa —, tem alguém aí dentro?

— Tem — respondeu ela.

— Você se importaria de me dizer quem é essa pessoa?

— Essa pessoa é alguém que eu acredito que vocês conheçam como Joseph Sebastian Wiles.

O detetive murmurou no rádio algo que Val não conseguiu ouvir. Na fila da polícia, com seu alvo confirmado, os policiais reunidos apontaram as armas ainda mais atentamente para a traseira da biblioteca itinerante. Abaixo, as ondas se quebravam com um estrondo que brevemente distraiu os dois.

— Gostaria de descer daqui — disse Val.

— Então, você pode. — Ele estendeu as mãos para ela, e foi como se segurasse um galho de oliveira.

— Mas primeiro eu preciso explicar — disse ela. — Preciso que você entenda que só pretendíamos sair por um dia e nada mais.

— Eu entendo.

— Bobby Nusku me procurou. Estava coberto de hematomas. Esteve na casa dele, policial?

Jimmy Samas pensou no tamanho das mãos do pai de Bobby, o dedo feio que faltava.

— Sim — disse ele —, estive.

— Então, deve ter conhecido o pai dele. Eu queria levar Bobby para um lugar seguro, para longe dele. A biblioteca itinerante era o único veículo ao qual eu tinha acesso.

— Me parece razoável. Mas posso perguntar... Por que você não procurou diretamente a polícia?

Val tirou um fio de cabelo dos olhos.

— Porque eu tinha dado uma queixa à polícia só um mês antes. Sobre um ataque à minha filha, sabe?

O detetive agora se lembrava, culpado; ele vira a queixa escrita na ficha dela.

— E ninguém fez nada. Pensei que a vida de Bobby estivesse em perigo. Queria fazer alguma coisa que chamasse a sua atenção para a gravidade da questão.

Enquanto ela falava, o detetive reavaliava os riscos. O alto do penhasco o deixava tonto, uma náusea vertiginosa que ele nunca tivera na vida, que fazia a relva em volta de seus pés parecer se afastar sempre que ele olhava. Queria que isto acabasse, mas não estava disposto a deixar que Val soubesse.

— Dirigimos até uma floresta. E íamos acampar ali, só por uma noite.

— E...

— Foi onde encontramos um homem escondido. Esse homem era Joseph Sebastian Wiles.

— O que Wiles estava fazendo lá?

— Escondendo-se. De vocês. Ele disse que tinha sido preso por bater em outro soldado.

— Isso é verdade. Ele é um homem muito violento e perigoso.

— Ele disse que tinha fugido.

— Ele fugiu.

— Tomara que não tenha machucado ninguém ao fazer isso. A gente ouve histórias horríveis no noticiário o tempo todo, de tumultos e carcereiros sendo tomados como reféns.

O detetive coçou atrás da orelha com uma caneta e pensou numa verdade desagradável.

— Na realidade, a fuga dele foi bem o contrário. Joseph Sebastian Wiles saiu da prisão militar devido a um erro burocrático. Uma confusão de identidades. Recebeu os documentos de outra pessoa por acidente, e abriram as portas para ele sair direto dali. Então, ele saiu. Quando perceberam o erro que cometeram, ele tinha desaparecido, simples e rapidamente.

Val lutou para reprimir o sorriso, imaginando esse gigante saindo livre, cumprimentando o guarda com um gesto de cabeça.

— Ele nos pegou — disse ela —, fez com que agíssemos como se fôssemos da família dele, assim poderia se esconder de vocês com mais facilidade.

— Ele machucou vocês?

— Ele nos assustou.

— Mas machucou vocês?

— Ele nos levou para a Escócia, à casa do pai dele. Fez com que desfilássemos como marido e mulher, como se quisesse provar alguma coisa. O velho o abandonou, sabe?

O pai dele? Isso era novidade para o detetive, um fato que ele tinha vergonha demais de admitir. Tomou nota mentalmente para prender Barão por mentir a um policial.

— E você fez isso?

— Sim. Mas eu não tinha alternativa. Não sou uma sequestradora. Estou com medo. Tenho medo de que ele me machuque. E tenho medo de ele machucar as crianças.

— Não precisa mais ter medo.

— E tenho medo do que vocês irão fazer comigo. Vocês pensam que eu sou má, não é?

— Sra. Reed, não cabe a mim julgá-la.

— Eu não sou má. Não sou nada má. Sou uma mãe. Só o que eu quero é que você me garanta que Bobby Nusku não será devolvido ao pai dele.

— Eu compreendo e, é claro, se o que você alega for a verdade, não vai acontecer. Vamos precisar falar com Bobby sobre isso.

— Ótimo. Eu quero que ele, com o tempo, possa ficar comigo.

— Esta é uma conversa para o futuro.

— Por isso eu tranquei Wiles na traseira da biblioteca itinerante para vocês.

— Agradeço por isso. Com a ajuda que você está nos dando para levá-lo à justiça, tenho certeza de que o que você fez será visto favoravelmente. — O detetive podia sentir a negociação chegando a um fim natural. Ele entregou a Val um lenço de seu bolso.

— Obrigada — disse ela, enxugando as lágrimas. As palavras eram agradáveis em sua língua, se demorando como o gosto de vinho fino.

— Preciso lhe perguntar...

— Sim?

— A biblioteca itinerante está trancada?

— Ah, sim.

— Então, ele não pode sair.

— Não sem a chave.

— E onde está a chave?

— Bem aqui, em minha bolsa.

— Então, se você sair da cabine, podemos tirar a biblioteca daqui.

— É claro, detetive...
— Jimmy — disse ele.
— Eu só preciso pegar minhas coisas.

O detetive se virou para acender um cigarro em comemoração. As negociações, por sua própria natureza, eram complexas, uma exponencialmente diferente da anterior. Esta, a conclusão de uma perseguição que fora narrada por toda a Europa e a América do Norte, terminara melhor do que poderia.

Este foi seu segundo e maior erro em toda a investigação. A negociação não estava terminada, a investigação não estava completa. Não cabia a ele decidir quando a história termina, algo que ele aprendera no primeiro dia de trabalho — muito tempo atrás, há mais tempo do que sugeria sua pele lisa.

Val acariciou o corino da cabine, fechou os olhos e descansou a cabeça no painel. Este era seu adeus invisível à biblioteca itinerante. Ela pegou a bolsa no chão, ajeitou a alça na sua máxima extensão, fez um laço e o enganchou no freio de mão, cujo pequeno botão vermelho ela apertou para soltar.

— Estou indo, Jimmy — disse ela. — A biblioteca itinerante é toda sua.

O detetive se virou a tempo de ver Val saltar da cabine e atrás dela a alça da bolsa se retesar, soltando o freio de mão. Ela gritou, soltou a bolsa e cambaleou para Jimmy Samas, que a puxou para uma distância segura e olhou, incrédulo, a gravidade conspirar com a inclinação do penhasco e o brilho escorregadio deixado pelo orvalho matinal na relva.

A biblioteca itinerante estava se mexendo, deslizando, rodando, o peso de uma baleia, para a queda.

Depois que as rodas da frente passaram pela beira, se criou um ímpeto. A cabine virou de lado e o disparo do eixo teve eco pela face do penhasco. A traseira da biblioteca itinerante empinou. Suas paredes de metal se amassaram sob seu próprio peso. Agora completamente perpendicular, sua estrutura condenada saudou as ondas e, de longe, a um quilômetro e meio até o alto do morro, de onde ainda podia ser vista, ela parecia desmoronar, virar sanfona, no mergulho para o mar, se dividindo ao meio e soltando sua carga. Centenas, depois milhares de livros levantaram voo, bateram asas e se precipitaram, palpitaram e caíram, como um bando de aves mergulhando no mar.

A cabine bateu nas pedras abaixo, trovejando no chão, e uma faísca mínima acendeu um rastro de combustível. Com uma explosão ensurdecedora, a biblioteca itinerante se tornou uma torre de fogo, queimando sua sombra no calcário.

Em algum lugar por ali, pensou o policial enquanto o calor rastejava por sua pele e pelas roupas, estava Joseph Sebastian Wiles, o inferno reclamando seus restos mortais. Em algum lugar ali havia um fim.

Bobby e Rosa olharam as chamas arderem, deixando o sorvete derreter nos dedos. Páginas queimadas de livros giravam pela fumaça, uma nevasca interminável de cinzas flutuando em volta deles. E no céu uma arara azul e amarela, livre e gloriosa, voava para o mar. Eles passaram pela linha policial na direção de Val, no alto do penhasco. Irmão, irmã, mãe.

22

UMA HISTÓRIA INFANTIL, SEGUNDA PARTE

O robô viu o dragão pela televisão. Tinha bafejado fogo pela primeira e última vez, disse o locutor, que parecia chocado como todos os outros. Mostraram gravações da fumaça que ficou para trás, enchendo o céu acima do mar por quilômetros e quilômetros. O robô ficou tão surpreso com a notícia que seus olhos faiscaram, como deviam fazer.

A primeira coisa que ele fez foi apertar os parafusos de seus braços e pernas. A segunda foi correr por toda a oficina que recentemente construíra, tomada de mapas, cadeiras e coisas humanas.

A terceira coisa foi contar ao Homem das Cavernas, que dormia em sua oficina. O Homem das Cavernas ficou deliciado ao ouvir a notícia. Agora que o dragão tinha bafejado fogo, significava que ninguém se importaria mais com um humilde Homem das Cavernas. Na realidade, significava que pensavam que ele não existia mais e não se pode procurar por uma coisa que não existe. Ele se sentou e esperou que a família chegasse. O Menino, a Princesa, a Rainha. Ele esperaria o tempo que fosse necessário pela chegada deles.

Impressão e Acabamento:
Bartira Gráfica